अनपढ़ बनाये रखने की साज़िश

कांटे की बात-2

काँटे बी बात-1

न लिखने का कारण

काँटे की बात-2

अनपढ़ बनाये रखने की साज़िश

काँटे की बात-3

गुलामी का आनंद और स्वतंत्रता के ख़तरे

काँटे की बात-4

आगे रास्ता बंद है

काँटे की बात-5

खामोश, चिंतन चालू आहे!

काँटे की बात-6

स्थगित यात्राएँ

काँटे की बात-7

अँधेरों से उठती गुहार

काँटे की बात-8

खंड-खंड पाखंड

काँटे की बात-9

शब्द का भविष्य

काँटे की बात-10

प्रेत-मुक्ति

पिछले 30 वर्षों में लिखी गयी समीक्षाओं, टिप्पणियों, अनुवीक्षाओं, 'हंस' के संपादकीयों से चुनाव

वाणी प्रकाशन

21-ए, दरियागंज, नयी दिल्ली-110002

फोन : 011-23273167, 23275710, 41562622

फैक्स : 011-23275710

e-mail : vani_prakashan@yahoo.com

vaniprakashan@gmail.com

website : vaniprakashan.com

कांटे की बात-2

अनपढ़ बनाये रखने की साज़िश

राजेन्द्र यादव

समायोजन
विद्यानिधि

वाणी प्रकाशन

वाणी प्रकाशन

4695, 21-ए, दरियागंज, नयी दिल्ली 110 002

फ़ोन : +91 11 23273167 फ़ैक्स : +91 11 23275710

शाखाएँ

अशोक राजपथ, पटना 800 004, बिहार

कॉफ़ी हाउस कैम्पस, महात्मा गांधी मार्ग, इलाहाबाद 211 001, उत्तर प्रदेश

महात्मा गांधी अन्तरराष्ट्रीय हिन्दी विश्वविद्यालय, वर्धा 442 001, महाराष्ट्र

www.vaniprakashan.com
marketing@vaniprakashan.in
sales@vaniprakashan.in

(Kante Ki Baat-2)
Anpadh Banaye Rakhne Kee Sazish
by Rajendra Yadav

ISBN : 978-93-5229-925-6

संस्करण 1998, 2007
तृतीय संस्करण 2023

मूल्य : ₹ 399

सिटी प्रेस, दिल्ली-110 095 में मुद्रित

वाणी प्रकाशन का लोगो मक़बूल फ़िदा हुसेन की कूची से

अर्चना को

एक : संकट

दो : स्फोट

तीन : संक्रमण

संगति की तलाश

वर्तमान स्थिति में विचार का एक सिरा राजनीति है, दूसरा संस्कृति. यह लोकतंत्र की राजनीति है–कभी अल्पसंख्यकों की, तो कभी बहुसंख्यकों की, कभी अलगाववाद की, कभी गुंडों की, तो कभी तांत्रिकों-स्वामियों की, कभी उर्दू की सांप्रदायिक मांग की, कभी अंग्रेजीदां जहालत की, तो कभी हिन्दी के पिछड़ेपन की.

यह राजनीति जन्म देती है एक ऐसी संस्कृति को, जिसमें असहमति और विद्रोह की चेतना नहीं, सत्ता को चुनौती देने या बदलने का साहस नहीं, बल्कि हिंसा, अपराध और भ्रष्टाचार की स्वीकृति है, झूठ को जीने और मूल्यों को ध्वंस करने का दंभ है. उसमें व्यक्ति, समाज और देश को जाहिल, मूर्ख, परतंत्र और निर्भर बनाए रखने की साजिश है जिससे वे न तो अपनी नियति से साक्षात्कार करें और न भविष्य को बदलने के सपने ही देखें.

समाजवाद ऐसा ही सपना था, जिसकी मौत घोषित कर दी गई है और तीसरी दुनिया को दिखाया जा रहा है पूंजीवादी 'खुले समाज' का आदर्श अमरीकी स्वप्न. लेकिन यह मार्क्सवाद की मृत्यु का नहीं, संक्रमण का काल है क्योंकि समता और समानता की मानवीय इच्छाएं कभी नहीं मरती. वे अन्याय के खिलाफ उठने वाली एक निरीह, दबी-कुचली आवाज में जिंदा रहती हैं. लोकतंत्र के संकट से गुजरते हमारे देश के लिए इनमें से कौन-सा स्वप्न प्रासंगिक है–इन्हीं सवालों से जूझने की प्रक्रिया है **अनपढ़ बनाये रखने की साज़िश**.

विद्यानिधि

पढ़ें, दीवार पर लिखी इबारत, वर्ना...

प्रिय राजीव जी,

कुछ भी लिखते हुए खतरा महसूस होता है। कड़वी सचाइयां सब सुन नहीं पाते। पसंद तो कोई कर ही नहीं पाता। लेकिन विश्वास मानिए, अपने देश से गहरा सरोकार न होता तो शायद मैं भी अपने और साथियों की तरह चुप हो जाता। आपने नया पद-भार संभाला है, इसलिए ज़रूरी है कि कोई तो आपको स्थिति की वास्तविकता बताये। हो सकता है आप इस समय सुन लें। आगे पता नहीं आप तक ये आवाज़ें पहुंच भी पायें या नहीं।

अपने ही सुरक्षा-गार्डों द्वारा श्रीमती इन्दिरा गांधी की हत्या ने हम सबको. देश और दुनिया को स्तब्ध कर दिया है और बाद की प्रतिक्रिया देखकर तो सारा मानव-इतिहास जैसे सुन्न हो गया है। जूलियस सीज़र से लेकर मुगल बादशाहों तक जाने कितने हुए हैं जिन्हें 'अपनों' ने ही मारने की कोशिश की। गांधी, मार्टिन लुथर किंग, कैनेडी, लियाकत अली खां, अलिंदे, मुजीब, सादात–सभी की हत्याएं हुई हैं। मगर सबको मारनेवाले बाहर के थे और घोषित विरोधी थे, उनके पीछे कहीं 'सिद्धांत' थे, तो कहीं सत्ता की भूख। कहीं प्रतिहिंसाएं थीं, तो कहीं प्रतिशोध। मगर यह घटना तो सबसे अलग लगती है। हो सकता है इन कठपुतलों को नचानेवाले हाथ वही रहे हों जो और जगहों पर भी सक्रिय थे।

यह मानवीय विश्वास और आस्था की हत्या है। ऐसे में विवेक और संकल्प ही कुछ मदद दे सकते हों तो दें, वर्ना खड़े होने की ज़मीन तो दिखाई नहीं देती। मगर मैं सोचता हूं कि यह सारा विस्फोट एक प्रक्रिया की ही अनिवार्य परिणति तो नहीं था? अगर इन्दिरा गांधी लोकतंत्र, समता, न्याय और सद्भाव की ही प्रतीक थीं तो क्या उनकी हत्या बहुत पहले ही नहीं हो चुकी थी? क्या अपने ही 'सुरक्षा-गार्डों' ने उन्हें बहुत पहले ही छलनी नहीं बना दिया था और क्या यह सच नहीं है कि उस पहली लाश का न कोई मातम मनाया गया और न अस्थि-कलश घुमाये गये?

कोई महान-नायक आयेगा और सभी कुछ ठीक हो जाएगा—इस सपने में अब हमारी आस्था नहीं रह गयी है। इस व्यवस्था-तंत्र में आप या कोई भी क्या कर लेगा? अपराध, राजनीति, नौकरशाही, न्याय-प्रणाली सब आपस में जिस तरह घुल-मिल गये हैं, उसमें कोई चमत्कारी मसीहा ऐसा नहीं है जो इन्हें छांटकर अलग-अलग कर दे। लोकतंत्र का सीधा अर्थ है सबको समान अवसर, न्याय और उद्यम की स्वतंत्रता—सबके प्रतिनिधियों की चुनाव-शृंखला में अन्तिम रूप से एक का चुना जाना... मगर आज तो ये सारे चुनाव वही जीतेंगे जिनके पास साधन होंगे, शक्ति होगी, पैसा होगा। यानी चुनाव आज आदर्श, मूल्य और स्वप्न नहीं जीतेंगे, जीतेंगे सिर्फ साधन-सम्पन्न, धर्मांध, हत्यारे, डाकू और स्मगलर—या इनकी मदद लेकर आये हुए 'प्रतिनिधि'... बदले में इन्हें खुली छूट और सुरक्षा के आश्वासन दे सकने वाले कठपुतले! अगर आप चाहें भी तो इस दुश्चक्र को नहीं तोड़ सकते। आपको भी यही कुछ करना है या होते हुए देखना है। यह आपकी इच्छा और क्षमता पर शंका नहीं, आपकी मजबूरी है। आपकी सफलता और कुशलता इसी बात में होगी कि कैसे आम आदमी का विश्वास और उसकी सहानुभूति लें ताकि वह भावुकता के बहाव में बेबस फिर से इसी इन्दिरा-मार्का लोकतंत्र के चरणों में आ गिरे... तंत्र नहीं बदलेगा सिर्फ नये पैकिंग में देशव्यापी नुमायश का कौशल आपका होगा।

क्योंकि लाख नाउम्मीदी और हताशा के क्षणों में भी कहीं आदमी सोचता है कि शायद कुछ बदला जा सके, हो सकता है स्थितियों के दबाव में कुछ बदले; कुछ ऐसा होगा कि ज़रूर बदलेगा। चाहें तो इसे आप मनुष्य-मात्र का भाग्यवाद कह लें, आशावाद कह लें, या मनुष्य की शक्ति में विश्वास कह लें कि चीज़ें ज़रूर बदलेंगी—कम से कम यही नहीं रहेंगी। जो कुछ अब है उससे ज़्यादा बुरा और क्या होगा? इसलिए जो भी कुछ बदलेगा वह इससे अच्छे के लिए ही होगा...

तब ध्यान आता है—जो है, उसके स्वरूप का। आपको तो शायद सोचने का अवसर ही नहीं मिला कि कैसे खूंखार दरिंदों और जलते हुए खाण्डव के बीच आपको ठेल दिया गया है। इन्दिराजी को खतरों से खेलने का आत्म-विश्वास था, वे निडर और दुस्साहसी थीं। कोई न कोई रास्ता निकाल लेने की उनमें अद्‌भुत प्रतिभा थी। लेकिन क्या आपको नहीं लगता कि अब चीज़ें उनके हाथ से फिसलने लगी थीं और स्थिति को एक बिन्दु तक बढ़ने देने के बाद उसे अपने हित में मोड़ लेने की कला कहीं झूठी पड़ने लगी थी। वे सिर्फ 'ऐडहॉक-बेसिस' पर हताश भाव से समाधान तलाश करने लगी थीं। "यह समस्या तो जैसे-तैसे हल हो, फिर आगे देखेंगे क्या किया जा सकता है।" नतीजे में 'तत्काल-समाधान' खोजने के चौतरफ़ा दबाव ने उनके सामने सही-ग़लत का, उचित-अनुचित का भेद मिटा दिया था। वे इलाज की नहीं, 'पेन-किलर्स' अपनाते रहने की मजबूरी में आ गयी थीं। वर्ना बीमारियों को उनसे अच्छा और कौन जान सकता था? बीस सालों

में चाहतीं तो इलाज की दिशा में भी बहुत कुछ कर सकती थीं। हो सकता है कर आप भी कुछ न पायें, लेकिन वास्तविकता को हम नहीं बतायेंगे तो कौन बतायेगा? सही सलाह और सुरक्षा देने वाला घेरा बचाव करता हो या न करता हो, सचाई और आपके बीच आड़ ज़रूर कर देता है। बहरहाल, शायद यह हमारा धर्म है कि उन बीमारियों को बताने की कोशिश करें जिन्होंने सारे देश को खोखला और समाज को जर्जर कर डाला है और जिनके कारण लोकतंत्र में ही हमारा विश्वास टूट गया है या सामान्य आदमी हताश होकर किसी और व्यवस्था की कामना करने लगा है। सबसे पहले तो आपकी जिम्मेदारी यही है कि देश और समाज के हित में लोकतंत्र को बचा सकें, मरने न दें। हालांकि हम जानते हैं कि नासूर इतने भीतर उतर गये हैं कि सिवा असहाय होकर मौत का इन्तज़ार करने के कोई और रास्ता दिखायी ही नहीं देता। फिर भी हर नये डाक्टर से उम्मीद होती है कि शायद उसकी दवा ही कारगर हो सके...

सबसे पहले समस्या तो यही है कि वर्तमान व्यवस्था में 'अल्पसंख्यक' नाम की स्थिति का क्या समाधान हो? चूंकि अभी हम इसी आग के दरिया से गुज़र रहे हैं, इसलिए स्वाभाविक है कि सबसे पहले ध्यान इसी की तरफ आकर्षित हो। इस समस्या को देखने और इसे सुलझाने का सारा रवैया हमें बदलना पड़ेगा। लगता है इन पर विचार करने का काम हमने सिर्फ सांप्रदायिक सोच के लोगों के लिए छोड़ दिया है और हम जब भी बात करते हैं तो साम्प्रदायिक मान लिये जाते हैं। पिछले चालीस सालों में हमने सिर्फ इसके परिणाम भुगते हैं और इसी की आग में अपनी सदी के महानतम व्यक्तियों के साथ-साथ लाखों लोगों को झोंक दिया है। 'अपनी अलग पहचान, धार्मिक स्वतंत्रता और अपनी अलग विकास-योजनाओं' के नाम पर सिर्फ जहालत, धर्मान्धता, पिछड़ापन, और विज्ञान-विरोध का ही बोलबाला रहा है, सिर्फ जातिवाद और प्रान्तीयता का ही नंगा नाच होता रहा है। यहां हमें नहीं भूलना चाहिए किं जिन्ना की पहली मांग ही 'अपनी अलग पहचान' से शुरू हुई थी।

हमने अपने संविधान में ब्रिटिश और अमेरिकन संविधानों से महत्वपूर्ण बातें ली हैं। क्या रूस और चीन से यह नहीं सीखा जा सकता कि उन्होंने जाति, धर्म, भाषा, प्रान्तीयता की समस्याओं को कैसे सुलझाया है? वहां भी अलग-अलग धर्म हैं, भाषाएं और प्रान्तीयताएं हैं—लेकिन आज भी वहां की प्रमुख समस्याएं सिर्फ यही बनी हैं, ऐसा सुनने में नहीं आता। अगर होतीं तो लाख छिपाने के बावजूद अमेरिकन संचार-माध्यम उन्हें छोड़ नहीं सकते थे। यह तो समझ में आता है कि किसी देश की आन्तरिक समस्याएं आर्थिक और सामाजिक सफलताओं-असफलताओं को लेकर हों। मगर हमारी कलहें आज तक...?

अपने यहां तो हमारा अनुभव यही रहा है कि बात 'अपनी पहचान' और 'धार्मिक स्वतंत्रता' से शुरू होती है और देखते-देखते धार्मिक आधार पर संगठित होकर शासन

को ब्लैकमेल करके सत्ता में हिस्सेदारी मांगती है, ताकि 'प्रभावी ढंग से धर्म और धर्मावलम्बियों की पहचान सुरक्षित रख सके।' ऐसे संगठनों का एकमात्र सरोकार 'बहुसंख्यकों' के शासन पर निरन्तर अपना दबाव बनाये रखना होता है। 'अपनी पहचान और धार्मिक स्वतंत्रता' की ये मांगें कभी समाप्त होने के लिए शुरू नहीं होतीं। उधर संगठन कठमुल्लों, पोंगापंथियों, मूर्खों, गंवारों और आधुनिकता-विरोधियों के हाथों में सिमटते चले जाते हैं। भगवान और धर्म की अनंत-शाश्वत शक्तियों के प्रतिनिधि बनकर जाहिल नेता इलहामी फ़तवे जारी करते हैं और अपने को प्रचण्ड बुद्धिजीवी कहने वाले प्रगतिशील उनके चरणों में लोट लगाते हैं, चूं नहीं कर पाते। इन धार्मिक-संगठनों का हमला दुतरफ़ा होता है। एक ओर अपने अनुयायियों को धर्म का नाम ले-लेकर अधिक से अधिक बेवकूफ बनाये रखने में और दूसरी तरफ़ इस 'संगठित शक्ति' का प्रदर्शन करके सरकार से अधिक से अधिक अधिकार, छूटें और सुविधाएं हथियाने में—हमें अलग भाषा दो, अलग कानून दो, अलग व्यवहार और रियायतें दो और अन्त में अलग देश दो, क्योंकि "हमारी पहचान और सुरक्षा आप लोगों की दया पर नहीं छोड़ी जा सकती। धर्म किसी भी देश या राष्ट्र से ऊपर है और उसे बचाने के लिए जो भी देशी-विदेशी, उचित-अनुचित, साधन-सहायता, तरीक़े-तिकड़में होंगी, हम वे इस्तेमाल करेंगे। धर्म खतरे में है और यह धर्म-युद्ध है। इसमें अगर दस-बीस लाख लोगों को शहीद होना भी पड़े तो हमारे पास स्वयंसेवक हैं, हम हर बलिदान देंगे और लेंगे।"

नतीजे में सारे 'अल्पसंख्यक' समुदाय आज धर्मयुद्ध चलाये हुए हैं—उदण्ड, उग्र और युद्धोन्मत्त! हरेक का नारा है कि अगर एक 'अल्पसंख्यक वर्ग' को ये-ये सुविधाएं, छूटें मिल सकती हैं तो हमें क्यों नहीं मिलेंगी? देखें हमें कौन रोकता है? हम जीना मुहाल कर देंगे, गृह-युद्ध शुरू कर देंगे और ज़िन्दगी या देश को बिल्कुल नहीं चलने देंगे। सबसे पहले हमारी मांगें स्वीकार की जानी चाहिए...

समझ ही नहीं आता कि हिन्दुस्तान में बहुसंख्यक कौन है? सभी तो अल्पसंख्यक हैं। मुसलमान, सिख, ईसाई, जैन, बौद्ध, आर्य-समाजी, सनातनी, अनुसूचित, आदिवासी, बंगाली, मराठा, तमिल, काश्मीरी... फिर उनके भीतर अपने फिरके। शियाओं का राज है तो सुन्नी मारे जा रहे हैं, अकालियों का ज़ोर है तो निरंकारी असुरक्षित हैं, श्वेताम्बरों को सुविधाएं हैं तो दिगम्बर उपेक्षित हैं, ऊंची जातिवाले हिन्दू नीची जातियों को खाये डाल रहे हैं। शिक्षा, वैज्ञानिकता और आधुनिक ज्ञान-विज्ञान को नकारते ये 'अल्पसंख्यक' कब तक शासन की नीतियों और गतिविधियों को तय करते रहेंगे? अपने को धर्म-निरपेक्ष बता-बता कर कब तक हम दूसरों की धर्मान्धताओं, जहालत, रूढ़िवादिता और कठमुल्लेपन को बढ़ावा देते रहेंगे? कब तक उनकी अलगाववादी शर्तें स्वीकार करते हुए उनसे वोट लेकर अपने को सत्ता में बनाये रखने का खूनी खेल खेलते रहेंगे? और अब तो हालत

यह आ गयी है कि जब भी शासन सख्त कदम उठाकर सुरक्षा जैसी इन मांगों को नियंत्रित करना चाहता है, तभी हत्या, लूटपाट, मारकाट और आगज़नी का सिलसिला शुरू हो जाता है... उधर सत्ता भी 'तत्काल हल' के इसी दुश्चक्र में फंस गयी है कि रियायतें दो और शान्त करो। इतने यातनादायक अनुभवों के बाद भी क्या हमें यह जानना शेष है कि एकदम अलग राष्ट्र बनने से पहले ये मांगें कभी समाप्त नहीं होतीं? एक जगह जहां कुछ देर के लिए स्थगित हुई कि दूसरा सम्प्रदाय उठ खड़ा होता है। नतीजे में सारा हिन्दुस्तान सिर्फ 'अल्पसंख्यकों' के आपसी दंगल का अखाड़ा बन गया है।

वोट की राजनीति के पास इसके सिवा कोई रास्ता नहीं है कि मांगें मान कर आक्रामक सम्प्रदायों को खुश रखती रहे और जैसे-तैसे सत्ता में बनी रहे। इसके लिए सत्ता का खेल होता है– अल्पसंख्यकों को निरन्तर असुरक्षा में बनाये रखना और अपने को रक्षक सिद्ध करने की तिकड़मों में उनके जान-माल और धर्म पर हमले का वातावरण ताने रखना। "हमें वोट दो वर्ना..." उधर सम्प्रदाय का जाहिल, उजड्डु, गुरु कहता है, "हमारी मांगें मानो वर्ना..." यानी प्रजातंत्र का अर्थ रह गया है आज इन 'वर्नाओं' की सौदेबाज़ी। स्वयं इन्दिराजी इसी एक 'वर्ना' का ही तो शिकार हुईं... और आज तो ये वर्ना सिर्फ बड़े सम्प्रदायों तक सीमित नहीं हैं। हरिजन-सवर्ण, ठाकुर-भूमिहार, ब्राह्मण-अब्राह्मण जैसी जातियों तक उतर आये हैं। हम क्या अनन्तकाल तक इन 'वर्नाओं' की संगीनों के नीचे ही अपने फैसले लेते रहेंगे?

अगर लोकतंत्र का अर्थ ही 'अपनी अलग पहचान' के नाम पर अलगाववाद के बदलते पैंतरे हैं तो मुझे कुछ भी नहीं कहना। मगर इसका अर्थ सबसे पहले मज़बूत राष्ट्र होता हो तो 'अल्पसंख्यकों' के नाम पर चलनेवाली ये सारी धामिक सौदेबाजियां तत्काल बंद कर दी जानी चाहिए। सारी दुनिया में राष्ट्र का जो अर्थ है उसे ठण्डे दिल से समझने की ज़रूरत सबसे पहले है। एक भाषा, एक मुद्रा, एक कानून-व्यवस्था, एक न्यायपालिका ही राष्ट्र की पहचान है और इसके सिवा कोई पहचान नहीं होती। हमें किसी वर्ग की अलग पहचान की नहीं, राष्ट्र की अपनी पहचान को पहले तय करना होगा। समझ नहीं आता कि धर्म, प्रान्त, भाषा और नस्ल के आधार पर अलग-अलग पहचानों की बात ही क्यों शुरू हुई? "हिन्दी हैं हम, वतन है हिन्दोस्तां हमारा" काफ़ी नहीं था?

बिना साम्प्रदायिक हुए भी अल्पसंख्यकों को समझाया जा सकता है कि आज की दुनिया में सबसे पहले राष्ट्र ही होता है, धर्म या राजनैतिक दर्शन बाद में और दूसरे नंबर पर आते हैं। ऐसा न होता तो एक ही धर्मवाले राष्ट्र कभी एक दूसरे पर हमला न करते और इराक-ईरान से लेकर इंडोनेशिया तक के सारे धर्मावलम्बी एक दूसरे की 'कार्बन-कापी' होते। मार्क्सवाद के सार्वभौमिक सिद्धान्त के बावजूद आखिर माओ ने अन्तर्राष्ट्रीयता से पहले राष्ट्रीयता को वरीयता दी है। अगर हम यह मानते हैं कि हर ईसाई के लिए राष्ट्रीयता

से पहले वैटिकन और पोप के प्रति वफ़ादारी बड़ी चीज़ है तो हमें "चीन का चेयरमैन, हमारा चेयरमैन" मान लेने में भी कोई आपत्ति नहीं होनी चाहिए।

अब आयें भाषा के सवाल पर। मैं बिल्कुल नहीं कहता कि राष्ट्र की भाषा सिर्फ हिन्दी ही हो। वह अंग्रेजी, बंगाली, तमिल, उर्दू– कोई हो, मगर वह हो एक ही और उसे दुचित्तेपन, आधे-अधूरे तरीक़े से नहीं, पूरी निष्ठा और सख्ती के साथ लागू किया जाना चाहिए। हां, उस एक भाषा के साथ-साथ अपनी-अपनी भाषाएं भी अनिवार्य कर दी जानी चाहिए। लेकिन दूसरी भाषा सिर्फ और सिर्फ बोलनेवालों की संख्या के ही हिसाब से चुनी जाये, संप्रदाय या धर्म के लिहाज़ों से नहीं। धर्म के साथ सिर्फ उन भाषाओं को जोड़ा जाए जिनमें सम्प्रदाय-विशेष के धर्म-ग्रंथ लिखे गये हैं और स्वेच्छानुसार उनके पढ़ने की छूट हो। सरकारी स्तर पर उन्हें कोई संरक्षण देना धर्म-निरपेक्षता का अपमान है या फिर उन्हें अंग्रेजी की तरह धर्म-निरपेक्ष बना सकने की प्रक्रिया हमारे पास हो। कैसा क्रूर मज़ाक है कि कल तक की सबसे अधिक धर्म-निरपेक्ष भाषा उर्दू, सिर्फ एक धर्म की अपनी भाषा बना डाली गयी है– क्योंकि बग़ल के इस्लामी देश ने उसे अपनी भाषा घोषित कर दिया है और आज हर मुसलमान बात शुरू करता है उर्दू की धर्मनिरपेक्षता से। मगर अन्त में उसका एकमात्र तर्क यह होता है कि उर्दू एक अल्पसंख्यक वर्ग की अपनी भाषा है। इसलिए उसकी रक्षा की जानी चाहिए। सचमुच वे बुद्धिजीवी दयनीय ही हैं जो एक बार यह देखने की तकलीफ़ गवारा नहीं करते कि दुनिया के कितने देशों ने उर्दू को इस्लाम की भाषा माना है? गये तो थे बंगला देश का उर्दूकरण करने! और अगर हिन्दुस्तान के विशेष हालात को मद्देनज़र रखते हुए उर्दू एक धर्म-विशेष की भाषा है तो उस धर्म के स्वरूप भी देश की स्थितियों के हिसाब से क्यों नहीं बदलेंगे?

मूलतः धर्म, व्यक्ति या समुदाय का निजी मसला है। उसमें सिर्फ उसी हद तक छूट दी जानी चाहिए जहां दूसरे की स्थिति पर आंच न आये। अपनी धौंस या देशी-विदेशी मदद के आधार पर की जानेवाली ऐसी हर हरकत लोकतंत्र पर हमला है। दूसरे की क़ीमत पर 'अपनी पहचान' या 'धार्मिक स्वतंत्रता' की छूट किस सभ्य राष्ट्र में बर्दाश्त की जाती है? जहां भी एक ही धर्म में दूसरे व्यक्ति या समुदाय की हैसियत, स्थिति, जीवन और भविष्य प्रभावित होते हैं, वहां वह मसला सिर्फ और सिर्फ कानून का है और कानून राष्ट्र के हर व्यक्ति के लिए एक ही होता है। व्यक्तिगत और धार्मिक कानून जैसी कोई चीज़ लोकतंत्र में स्वीकृत नहीं होती, नहीं होनी चाहिए। धार्मिक आधार पर यह भेदभाव आपसी दूरियों को ही बढ़ाएगा कि मैं करूं तो अपराध और दूसरा करे तो धर्म। इस तरह की छूटें धर्मों के बीच आपसी असंतोष, वैमनस्य या गलत किस्म की होड़ पैदा करती हैं। कल अगर मैं, या मेरा सम्प्रदाय वेदशास्त्रों या धर्मग्रंथों के आधार पर यह सिद्ध करने में सफल हो जाते हैं कि सती-प्रथा और नरबलि धर्म-सम्मत हैं तो क्या व्यक्तिगत कानून के

नाम पर मुझे इनके पालन की छूट मिलेगी? छुआछूत, मन्दिरों में शूद्रों या विधर्मियों के प्रवेश या दहेज के पक्ष में क्या धर्म-ग्रंथों के उद्धरण नहीं पेश किये जा सकते? फिर राष्ट्रीय स्तर पर इनके विरुद्ध कानून बनाना क्या हिन्दुओं के व्यक्तिगत धर्म में हस्तक्षेप नहीं है? क्या हम धार्मिक आधार पर गुलाम और ग़िलमें रखने की छूट देना चाहेंगे या चोरी करने पर हाथ काट देने को उस धर्म विशेष का अपना मामला कहकर छोड़ देंगे?

अगर हज़ार, पांच-हज़ार साल पहले की सामाजिक स्थितियों के हिसाब से तैयार किये गये धार्मिक कानून ही शाश्वत हैं तो लानत है हमारे सारे आर्थिक-सामाजिक विज्ञानों पर, दार्शनिक और विकासवादी शास्त्रों पर, वैज्ञानिक आविष्कारों पर। पहुंचने दीजिए हमें समय-चक्र को उलटा घुमा कर उन्हीं आदिम-कबीलों और बर्बर-हिंस्रों की दुनिया में– उन्हें वैध और गरिमामय बताने के लिए धर्म-ग्रंथ मौजूद ही हैं। अगर वैज्ञानिक-अन्वेषणों और उत्पादन के साधनों ने सारे समाज के संबंधों और स्वरूपों को कहीं भी बदला है तो हमें कानून भी उसी हिसाब से स्वीकारने होंगे, बदलने होंगे। आज की व्यवस्थाएं और शासन-प्रणालियां शंकराचार्यों, इमामों और जत्थेदारों की समझ से नहीं चलेंगी। उस दिन मैं पागल हो जाना ज्यादा पसंद करूंगा जिस दिन मेरी सारी समझ और अक्ल इन लोगों के पास गिरवी रख दी जायेगी। मेरे लिहाज़ से तो आज की राजनीति में इनका प्रवेश बिल्कुल निषिद्ध कर दिया जाना चाहिए। वे परलोक की व्यवस्थाएं देते रहें, यह लोक खुले दिमाग़ वैज्ञानिकों, विवेकवान दार्शनिकों और समाज-सम्बद्ध लोगों के हाथों ही रहने दें_ हमें यह दुचित्तापन और अन्तर्विरोध आज या कल समाप्त ही करने होंगे कि एक तरफ़ तो हम चांद पर जाने के अन्तरिक्षीय प्रयोग करें और दूसरी तरफ़ चन्द्रलोक में देवताओं का निवास सिद्ध करें_ विज्ञान भविष्य देखता है और धर्म अतीत। हम दोनों दिशाओं में एक ही साथ चलने का आग्रह रखेंगे तो सिर्फ अपने को बांटेंगे और तोड़ेंगे_

इसके साथ ही हमें सख़्ती से समाप्त करनी होंगी दर्जनों भगवानों की जाल-साज़ियां और पाखंड-लीलाएं। दुनिया भर के बाज़ीगर, ठग, ऐयाश, तस्कर, हत्यारे और अपराधी गेरुआ या पीले कपड़े पहने लाखों लोगों को जिस तरह बेवकूफ बना रहे हैं, अपनी कारगुज़ारियों की खुली छूट पाये हुए हैं वह जितना दुखदायी है उतना ही आश्चर्यजनक भी। जहालत की हद है कि कोई रीगन को अपनी दैवी-शक्तियों से धूल चटाने की बात करता है तो कोई कोसिगिन द्वारा व्यक्तिगत रूप से मांगी गयी माफ़ियों के विवरण देता है। इन्हें देखकर ज़रूर उन बर्बर कानूनों के लिए एक 'नोस्टेल्जिया' होता है जब आधा गड़वाकर कुत्ते छुड़वा दिये जाते थे, या बीच मैदान में संगसार कर दिया जाता था। हर महायोगी या भगवान की आधुनिकतम दुकानें हैं और हरेक के पास लम्बी सूची है कि कौन-कौन से मिनिस्टर, चीफ़-मिनिस्टर, जस्टिस रोज़ उनके चरण छूते हैं। हमें अभी भी वह अश्लील फ़ोटो याद है जिसमें चीफ़-मिनिस्टर जगन्नाथ मिश्र एक बाबा के चरण सिर पर रखे कृतार्थ हो रहे हैं। मेरी समझ में नहीं आता कि दया-धर्म

का रात-दिन कीर्तन करने वाले अनंत आध्यात्मिक शक्तियों से विश्व-विजय का दावा करनेवाले बन्दूकों की फ़ैक्टरियां लगाकर हत्या के व्यापार में क्या भाड़ झोंक रहे हैं ? त्रिकालदर्शी और योग-सिद्धियों के स्वामी, जाग्रत-कुंडलिनी के शेखीख़ोर, देश-काल कहीं भी प्रकट हो सकने की घोषणाएं करने वाले क्यों लिमोजीनों और जंबो-जहाज़ों के बिना एक क़दम नहीं चल पाते ? अन्तर्राष्ट्रीय जासूसी संस्थाओं और तस्करी की दलालियों से पलनेवाले इन सारे महायोगियों और भगवानों को क्यों हमारे देश की सरकार ऐसा निरंकुश छोड़े हुए है ? 'धर्म की अफ़ीम' पर नहीं, सचमुच की अफ़ीम के ये व्यापारी बेहयाई और बेशर्मी से किसी भी मंत्री, मुख्य-मंत्री को खरीद-बेच सकते हैं, अफ़सर का ट्रांसफ़र करा सकते हैं, उसे 'सबक़ सिखा' सकते हैं और 'ब्यूरोक्रैसी' के किसी भी पदाधिकारी को बनाने-बिगाड़ने का खुला श्रेय ले सकते हैं।

इन्हीं की एक दूसरी शाखा है तांत्रिकों और ज्योतिषियों की। पिछले बीस सालों से तो ऐसा लगने लगा है जैसे सारा देश सिर्फ इन्हीं के बूते चल रहा है और जहां भी देश-विदेश में जो कुछ भी हो रहा है उस सबके पीछे कोई न कोई तांत्रिक या ज्योतिषी बैठा हुआ है–कोई न कोई महायोगी या भगवान इन कठपुतलियों को नचा रहा है। लगता है भारत का शायद की कोई राजनेता, मंत्री, गर्वनर या सेक्रेटरी होगा जो रोज़ इनसे आशीर्वाद न लेता हो। कोई 'हजार कुण्डी' यज्ञ करा रहा है तो कोई महीनों चलनेवाले अनुष्ठान। आम आदमी घी की शक्ल देखने को तरस गया है और वहां हज़ारों मन घी हवनों और यज्ञों के नाम पर रोज़ फूंका जा रहा है। यह राष्ट्रीय सम्पत्ति का दुरुपयोग नहीं, शुद्ध बरबादी है। हमें गाय-सूअर की चर्बी खिलाई जाती है और वहां झोंका जाता है घी। लेकिन करोड़ों के इन घपलों और नाश की जांच कौन करे? जो करने की बात सोचेगा, एक मंत्र से महात्मा जी उसके सात पुरखों को ठिकाने लगा देंगे। दूसरों को मारने और अपनी हवश के मारे वे खुद ही तो यह सब कराते रहते हैं।

हो सकता है नेहरूजी के ज़माने में भी एकाध त्रिकालदर्शी, सिद्ध, सौ फ़ीसदी शुद्ध भगवान, महायोगी, तांत्रिक या ज्योतिषी इधर-उधर पड़े हों, मगर पिछले बीस वर्षों से तो सम्पूर्ण सरकार और समाज पर यही रासपुटिन छाये हुए हैं। माना कि आर्थिक मंदी और पूंजीवादी नीतियों की असफलताओं में महंगाई, मुद्रास्फीति के साथ-साथ व्यापक रूप से भाग्य और भगवान का कोढ़ फूटता है, हर क्षेत्र में लॉटरियों का बोल-बाला होता है, मगर सारे शरीर पर इतने सारे कैन्सरी फोड़े लेकर ही क्या हम इक्कीसवीं सदी में क़दम रखेंगे ? संस्कृति तो चीन की भी हमसे पुरानी है, वहां भी क्या ऐसे ही चमत्कारी वीर-भद्र अपना ताण्डव किये हुए हैं ?

अगर आपको भी मक्कारों, चमचों और जालसाज़ों की प्रशस्तियों में ही कुछ समय शान से बिताना है, तब तो मुझे या किसी को भी क्या कहना हो सकता है ? और अगर

सचमुच देश को एक दिशा देने की बात भी आपके मन में है तो लोकतंत्र, शासन-व्यवस्था और न्यायपालिका में जड़ से टूटे विश्वास को फिर से जमाना होगा, राष्ट्र की ऊर्जा को नये लक्ष्य और व्यक्तित्व देने होंगे। इसके लिए बेहद सख्ती और बिना किसी मुलाहिजे के प्रशासन और न्यायपालिका को राजनीतिक प्रभावों से एकदम, तत्काल ही मुक्त करना होगा। देश की ये दोनों श्वास-नलियां राजनीति, या ज्यादा सही कहें तो चुनाव और सत्ता की राजनीति की मुट्ठी में दम तोड़ चुकी हैं। जब बड़े से बड़ा अफ़सर, न्यायाधीश, सांसद पैसे से खरीदा-बेचा, उठाया-गिराया जा सकता है तो न्याय और व्यवस्था के सारे अखबारी वक्तव्य झूठे, मक्कारी भरे और मखौल लगते हैं। क्या आप खुद नहीं देख रहे कि राजनीतिज्ञों द्वारा इस्तेमाल किया गया सारा प्रशासन भ्रष्टाचार और उदासीनता, अयोग्यता और निरंकुशता का अड्डा बन गया है? कोई कुछ नहीं करना चाहता, क्योंकि पता नहीं कल कौन-सा दबाव उनकी जान मुसीबत में कर दे। नतीजे में चमचों और घूसखोर अफ़सरों की जन्म दिन पार्टियों, शादियों और धार्मिक पूजाओं की बहारें देख आना काफ़ी है। कोई किसी से पूछनेवाला नहीं है कि बड़े से बड़े विभाग की महीने-भर की तनख्वाह दो घण्टे में खर्च कर डालने वाले के साधन क्या हैं?

पैसों के बल पर ही अफ़सर, सांसद, मंत्री बनाये या बिगाड़े जा सकते हैं तो किसका विश्वास रह जायेगा इस लोकतंत्र में और कौन न्याय या नीति की बात करेगा? आज तो होड़ लगी है कि सही या ग़लत तरीक़ों से कौन कितना पैसा देशी-विदेशी बैंकों में जमा कर लेता है, ताकि संकट पड़ने पर भविष्य सुरक्षित रहे और वर्तमान की नीलामी के लिए ऊंची से ऊंची बोली लगाई जा सके। सत्ता में हो या विपक्ष में, हरेक के पास एक दूसरे के आंकड़े हैं। क्योंकि खरीदने-बेचने के अन्तर्राष्ट्रीय स्टॉक-एक्सचेंज में शेयरों की बोलियां जिन ऊंचाइयों पर पहुंच गयी हैं वहां पक्ष-विपक्ष दोनों को अपनी थैलियां तैयार रखनी पड़ती हैं। कम्बख्त एक-एक एम० पी० पन्द्रह-बीस लाख से कम में हाथ ही नहीं रखने देता है। जो सत्ता में हैं वे तेल, खनिज, हथियार और दूसरी चीजों में ऊपर ही ऊपर कमीशन खाते हैं और जो सत्ता से बाहर हैं वे देशी-विदेशी, धार्मिक-अधार्मिक, कानूनी-गैरकानूनी संस्थानों का मुंह जोहते हैं, अपनी जाति या क्षेत्र के डाकुओं से संरक्षण-टैक्स लेते हैं। किसे फुरसत है कि सही-ग़लत स्रोतों की जांच करे, और क्यों करे? अब चुनाव आ रहे हैं। फिर सत्ता-पार्टी उद्योगपतियों और व्यापारियों से अन्धाधुंध चन्दा वसूलेगी और बदले में फिर हर चीज़ के दाम ड्योढ़े हो जायेंगे। यह सिलसिला कभी रुकेगा भी या नहीं?

मगर वह आदमी बेवकूफ या अन्धा है जो समझता है कि ग़लत तरीक़ों से लाया हुआ पैसा लेकर वह अपना काम निकाल लेगा! ग़लत पैसा, ग़लत दबाव और शर्तें नहीं लायेगा? बल्कि वही लायेगा। फिर पैसा क्या हवा से आकर चुनावों, बैंकों और व्यापारिक संस्थानों में

लग जाता है ? लानेवाली पूरी एक प्रणाली होती है, उससे जुड़े लोग होते हैं। आप भी जानते हैं कि अनेक हाथों में होता हुआ जो बर्फ़ का ढेला आप तक पहुंचा है उसका वज़न क्या शुरू में भी वही था ?

जी नहीं, ग़लत पैसा देनेवाले, लानेवाले, संभालने वाले और फिर सांसदों, अफ़सरों, मंत्रियों को खरीदनेवाले, या व्यावसायिक संस्थानों में लगानेवाले न अकेले होते हैं और न धवल-स्वच्छ। उनके भी अपने-अपने सौदे हैं, शर्तें हैं। बेईमानी के इस खेल में उनकी ईमानदारी और वफ़ादारी बनाये रखने के हथकण्डे इस्तेमाल करनेवालों की दूसरी पंक्तिवाली सेना होती है। इस सारे जाल में किसी को आपको 'प्रोटैक्शन' देना होता है, किसी को कानूनी चंगुल से छुड़ाना होता है, किसी का आदमी रखना पड़ता है तो किसी को सौदे, लाइसेंस और ठेके देने पड़ते हैं। जब ऊपरवाले अपने ढंग से भरते हैं तो नीचे वाले बैठकर गीता-पाठ नहीं करते। भ्रष्टाचार तो वह ज़हर है जो एक बार मुंह में जाता है और खून के रेशे-रेशे में पैठता जाता है। अगर बिना अपना कमीशन लिये एक भी देशी-विदेशी सौदा नहीं किया जा सकता तो हमें उस चपरासी और क्लर्क को भी छूट देनी होगी जो बिना अपना 'हक' लिये आपकी अर्ज़ी नहीं पकड़ता रेल का टिकट नहीं देता।

बात यहीं तक होती तो भी ग़नीमत थी। मैंने कहा, ग़लत पैसे के साथ ग़लत दबाव और ग़लत शर्तें आती हैं, ग़लत सौदे और समझौते आते हैं और सबसे बड़ी बात ग़लत लोग आते हैं। कुछ चुनावों के रास्ते आते हैं, कुछ प्रभावों के। नतीजे में हम देखते हैं कि बड़े से बड़ा आदर्शवादी, स्वप्नदर्शी और राष्ट्र को दिशा देने की प्रतिज्ञाएं लेकर आनेवाला नेता स्मगलरों, हत्यारों, बलात्कारियों, गुण्डों या धर्मान्धों से घिर जाता है। वह चाहे तब भी उन्हें झटक कर अलग नहीं कर सकता। यानी राजनीति अपराध को प्रश्रय देती है और अपराध राजनीति से सुरक्षा पाता है– ज्यादा दबंग, उद्दण्ड और बेशर्म होकर। जब डाकू और स्मगलर बूथों पर कब्ज़ा करके, डरा-धमकाकर, खरीद-बेचकर उम्मीदवार को संसद या विधानसभा में लायेंगे तो बदले में छूट और बचाव भी तो मांगेंगे ! और आज तो सारा दृश्य ही बदल गया है। तस्कर और डाकू दूसरों को खड़ा न करके सीधे ही चुनाव लड़कर आ रहे हैं। देखें कौन रोकता है उन्हें या कौन वोट नहीं देता ? वे गांव के गांव जलवा देंगे, साम्प्रदायिक दंगे करा देंगे, अफ़सरों को मरवा डालेंगे। नहीं राजीव जी, अब वे अपनी-अपनी गुफ़ाओं, तहखानों और चम्बलों से बाहर निकल आये हैं। बहुत हो चुकी गुमनामी और बदनामी की ज़िन्दगी। वे अब देखते-देखते संसद में आयेंगे, मंत्री, उपमंत्री और मुख्यमंत्री बनेंगे, अपने-अपने विभाग संभालेंगे और आपके साथ बैठकर देश-विदेश की नीतियां तय करेंगे। अपनी 'देश-सेवाओं' के दिनों में अपने ऊपर चलनेवाले हत्याओं, बलात्कारों, दंगों और तस्करी के मुकदमे समाप्त करायेंगे और 'दोषी' अफ़सरों की खाट खड़ी कर देंगे। इनमें से एक-एक इतना ताक़तवर है कि पच्चीस-पच्चीस सांसदों को अपनी एड़ी के नीचे रखेगा। देखे हैं कभी इनके चेहरे ?

छत्तीस उजागर हत्याओं वाले सूर्यदेव सिंह और रघुनाथ सिंह, समर्पित घनश्याम सिंह और माखन सिंह, हाजी मस्तान और युसूफ पटेल, देशी हरम और खाड़ी के दीनारों की वर्षा करते संजय-मंच के कलाकार... जिन्ना के नये अवतार सैयद या सरदार शहाबुद्दीन... क्या कर लेंगे आप ? आप चाहें या न चाहें, आपको अपने साथी और सहयोगी इन्हीं खूंखार भेड़ियों, बाघों और ज़हरीले अजगरों में से चुनने हैं, वे जिस दिन चाहेंगे उस दिन बेअंतसिंह और ब्रूट्स की भूमिका में उतर आयेंगे और उस दिन हम इन्क्वारियों और कमीशनों में इसी पहेली को सुलझाते बैठे रहेंगे कि इशारा 'आत्मा के भीतर' से आया था, बगल के कमरे से आया था या सीमा पार से...

सचमुच मेरी समझ में नहीं आता कि राजनीति, अपराध और प्रशासन की इस मिली-भगत में लोकतंत्र का अर्थ क्या होता है ? तीनों के इस खूनी खेल में कैसे कोई सही आदमी चुनाव जीतकर आ सकता है ? उसे या तो किसी जेल में सड़ना है या किसी एक्सीडेंट में मरना है, या 'मुठभेड़' का शिकार होना है या फिर 'सही' होने के फ़ितूर को ही दिमाग़ से निकाल देना है। क्या आपने पता लगाया है कि आपकी ही तरह ऊंची शिक्षा और अच्छे घरानों से आये हुए कितने हज़ार नौजवान नक्सली बता कर भून दिये गये हैं ? यही तो उनका अपराध था कि इन्दिराजी जिन आदर्शों और सूत्रों की बात सिर्फ बोलती थीं उन्हें ही वे कारगर तरीक़ों से लागू कराना चाहते थे !

इन बीस-पच्चीस सालों में हमें कहां ले आया गया है, जहां न राजनैतिक नारेबाजी में हमारा विश्वास रह गया है, न न्याय और प्रशासनिक व्यवस्था में। शायद हर सही चीज़ से हमारा विश्वास ही उठ गया है। सही और ग़लत आपस में इस तरह गड्ड-मड्ड हो गये हैं कि आंखों ने सही काम करना बंद कर दिया है। चकित हैं कि फिर भी हम जीवित हैं, व्यक्ति और समाज के भविष्य की बातें भी करते हैं। रोज़ रात को जंगली दरिंदों के बीच से वापस लौट आने पर आश्चर्य होता है। बिजली, टेलिफोन, राशन, पानी, परिवहन और रेलें अगर दो दिन लगातार सही चलते हैं तो खुद ही बैचेनी होने लगती है कि अरे, यह चमत्कार कैसे हो रहा है ?

क्या इस 'संयोग' की तरफ़ भी आपका ध्यान गया है कि गांधीजी ने छोड़े थे बड़े व्यक्तित्व, दिग्गज प्रतिभाएं। नेहरूजी ने देश को दिये बड़े-बड़े संस्थान, संस्थाएं और योजनाएं– क्योंकि वे खुद संस्था थे और उनके पास एक विज़न, एक सपना था। इन्दिरा जी ने छोड़े हैं भगवान, योगी, तस्कर, भिण्डरवाले और शासन के अंदर रूप बदले बेअंत सिंह ! व्यक्तित्व निर्वंश होकर गायब हो गये, संस्थान बौने और भ्रष्ट होते चले गये, इंस्टीट्यूशंस और संस्थाएं खोखली हो गईं और किसी भी क्षेत्र में नया कुछ भी नहीं जुड़ा। हमारी प्राथमिकताएं हो गयीं कार, रंगीन टी० वी० और पांच-सितारा होटल– हांगकांग और बैंकाक की यात्राएं, हर घर का अंधेरा वी० सी० आरों की नीली फिल्मों से जगमगा उठा, रेडियो 'टी० वी०' बम्बइया कमर-लचकाऊ सिनेमाओं, महंगी उपभोक्ता वस्तुओं के विज्ञापनों और डिस्को नृत्य-संगीत से

गूंजने लगे। इसी संस्कृति को तो हमने उनसे विरासत में पाया है अपने घरों में– बाहर, सड़कों पर राष्ट्रीय नुमायशों को मात करती शादियां और सारे मुहल्ले की नींद हराम करते देवी-जागरण... घर की देवियों, बहू-बेटियों को मिट्टी का तेल डालकर जलाते, किसी वैष्णों देवी या शेरों वाली की सान्निपातिक गुहारें लगाते नव-धनाढ्य...

क्या आपको नहीं लगता कि सामाजिक, राजनैतिक, आर्थिक, सांस्कृतिक और नैतिक आपाधापी के इस दंगल में सही व्यक्ति और बुद्धिजीवी दोनों को घेरे से बाहर फेंक दिया गया है ? किसे फुरसत है कि देखे वे किस कोने में जान बचाये, सहमे हुए असहाय भाव से इस नंगे नाच को चुपचाप देख रहे हैं और पहला अवसर मिलते ही वहां से हटकर कहीं और चले जाना चाहते हैं ? इसे आप प्रतिभा-पलायन या मूल्यों की आत्महत्या, कोई भी नाम दे लें, लेकिन स्थिति यही है कि जिसे भी मौक़ा मिला है वह देश या समाज की बाहरी सरहदों पर आ गया है। उनके पास विकल्प ही क्या बचा है ? या तो इस खून-खराबे का हिस्सा बनें या फिर अपने को इस सबसे दूर कर लें। मगर न तो सभी बाहर जा सकते हैं न आत्महत्या कर सकते हैं। फिर भी समय-समय पर बुद्धिजीवियों के नाम से निकलेवाली अपीलों, वक्तव्यों और विरोध-पत्रों को आपने देखा होगा। कौन हैं ये बुद्धिजीवी ? बड़े-बड़े व्यावसायिक या राजनैतिक संस्थानों के इशारों पर चलनेवाले पत्रकार, (विशेष रूप से अंग्रेजी पत्रकार) वादी और प्रतिवादी दोनों को कीमत के हिसाब से जिताने-हराने वाले कानूनदां और डिग्रियां बेच-बेचकर पद और कोठियां बनानेवाले प्राध्यापक ! बुद्धिजीवी का अर्थ क्या पत्रकार, न्यायवेत्ता और प्राध्यापक ही रह गया है ? कहां गये विचारक, लेखक और रचनाकार ? वैज्ञानिक और समाज-चिन्तक ? कहीं कोई दिखायी देता है ? कितनी आसानी से कहा जा सकता है कि वे हैं ही कहां ? इस सामाजिक परिदृश्य में अगर यहां सार्त्र और बर्ट्रेण्ड रसेल भी होते तो दिखायी देते ? उन जगहों के संचार-माध्यमों की स्थिति भी अगर वही होती जो आज हमारे यहां है तो निश्चय ही वे भी नहीं होते या कहीं निर्वासन और आत्मनिर्वासन की गुमनाम ज़िन्दगी बिता रहे होते...

मुझे नहीं मालूम कि इस कहावत में कितनी सचाई है कि जब जहाज़ से चूहे कूद-कूद कर लहरों में छलांगें लागने लगें तो समझ लेना चाहिए, जहाज़ के डूबने के दिन आ गये हैं। हो सकता है विशाल जहाज़ में बुद्धिजीवियों की स्थिति भी चूहों जैसी ही हो, और वे डरपोक भी वैसे ही हों– मगर यह बता सकना मेरे लिए मुश्किल ही है कि दिशाहीनता के भंवर में फंसे राष्ट्र की पहली निशानी बुद्धिजीवियों का खुद जान बचाकर सरहदों और निगाहों के पार हो जाना है या बुद्धिजीवियों के बाहर फेंक दिये जाने के कारण ही कोई राष्ट्र मूल्यहीनता की इस धमाचौकड़ी का शिकार होता है। बहरहाल, यह 'संयोग' बार-बार घटित हुआ है कि देश का भविष्यहीन होना और बुद्धिजीवियों का निगाहों से गायब हो जाना साथ-साथ ही हो ! या इसे यों भी कह लें कि जब समाज में मूल्यहीनता का ही बोलबाला होता है तो रचनाकार और

उत्पादनकर्ता दोनों हाशियों पर फेंक दिये जाते हैं। जिन देशों में उत्पादनकर्ता केन्द्र में हैं, वहीं रचनाकार विचारक और बुद्धिजीवी भी केन्द्र में हैं...

बहरहाल, उपजीवी और उपभोक्ता संस्कृति की हिस्सेदारी में एक दूसरे को कुचलते-खूंदते प्रवक्ताओं और प्रतिनिधियों की अगली पंक्ति में जो आ खड़े हुए हैं उन्हें आप कैसे छोड़ेंगे? झख मार कर चुनाव आपको भी उन्हीं में से करना है, क्योंकि वे आपको बख्शेंगे नहीं। आज वे उदासीनता की मुद्रा ओढ़े, अपनी बारी का इंतज़ार करते, कल वाले 'अनुशासित सैनिक' नहीं हैं। आज तो वे उद्धत अधिकार से आंखें मिलाते 'वर्ना' की मशीनगनें लिये आपके सामने खड़े हैं। हम जो कहते हैं वही करो, "वर्ना..."।

माफ़ कीजिए, इन्दिराजी की हत्या 31 अक्टूबर, 1984 को नहीं हुई थी। तारीख तो आपको खोजनी होगी, मगर उनकी हत्या का सिलसिला शुरू उस दिन हुआ था जिस दिन उन्होंने आपस में ही एक दूसरे को 'वर्ना' कहनेवालों, लेकिन उनसे डरनेवालों को अपने निकट आने दिया था। सत्ता और साधनों की हिस्सेदारी का खून मुंह में लगाकर इन्दिराजी ने ही उन्हें सरपरस्ती और संरक्षण देकर उनके मन का डर, सही-गलत का भेद या अपराध-बोध निकाला था। क्या खुद उन्हें मालूम था कि जिसका डर, या नैतिकबोध निकल गया है और जिसके पास आपके संरक्षण के सिवा कोई शक्ति नहीं है वह कल पलट कर आपकी ही ओर अपना मुंह कर लेगा और धमका कर कहेगा, "वर्ना...वर्ना मैं आपका कच्चा-चिट्ठा सबके सामने रख दूंगा, विपक्ष में मिल जाऊंगा, अपनी जाति और धर्म का एक भी वोट आपको नहीं मिलने दूंगा, हत्याएं लूट-पाट आगज़नी शुरू करा दूंगा, देश के सारे भेद विदेश को बेच दूंगा और आपको गोली मार दूंगा..."

ऐसे में क्या आप लोकतंत्र में हमारी आस्था को जीवित रख सकेंगे? कौन जाने एशिया में लोकतंत्र के लिए यही मौक़ा आखिरी हो। बाहरी हमले तो हैं और वे हमेशा ही बने रहेंगे. लेकिन जनता खुद जिस व्यवस्था में अपना अन्तिम विश्वास खो देती है उसे समाप्त कर डालने में उसे कोई तकलीफ़ नहीं होती। फिर चाहे उसे कुएं से निकल कर खाई में ही क्यों न ज़ाना पड़े। जनता कभी चुप और उदासीन नहीं होती। लोगों का क्या है, वे सब बर्दाश्त कर लेंगे, हमारे पास फौजें और कानून है–एक मिनट में ही सारा जोश ठण्डा कर दिया जायेगा–इसी अहंकार की पुनरावृत्तियों ने ही इतिहास बनाये हैं। जनता सिर्फ मौक़ा देती और मौक़े की राह देखती है–उसका धैर्य टूटने से पहले ही...

शुभ कामनाओं के साथ,

आपका,
राजेन्द्र यादव

सिर्फ लिखे जाने की तारीख—12-11-84

दो विरोधी : हम और वे

देश के कुछ भागों में–विशेषकर दक्षिण भारत में–हिंदी का बहुत विरोध है। वक्तव्य, हड़तालें, दंगे, प्रदर्शन और यहां तक कि 'खालिस्तान' और 'गोरखालैंड' जैसे आंदोलन की धमकियां पैदा हो रही हैं, संविधान की प्रतियां जलायी जा रही हैं। राजनीति के हाथों हालात कुछ ऐसा रूप ले रहे हैं कि परंपरा और सद्भाव की दुहाइयां नक्कारखाने में तूती की आवाजें बनकर रह गयी हैं। तीर्थों की देशव्यापी समानता, पांच सौ सालों से हिंदी का प्रयोग, संतों और आचार्यों की हजारों सालों की भावनात्मक एकात्मकता, हिंदी फिल्मों का सबसे निर्णायक उत्पादन केन्द्र, या बाजार –सुब्रह्मण्यम भारती से लेकर राजाजी और सुब्बुलक्ष्मी तक के उदाहरण –ये सारे तर्क या अपीलें बहुत प्रभावी नहीं रह गये हैं। राष्ट्रीय अखंडता की चिंताएं और बाहरी खतरों के सामने अपनी फूट को भूल जाने की भावुक दुहाइयां, उधर 'उस भौगोलिक अर्थ में भारत कभी एक राष्ट्र रहा ही नहीं', जैसी उपनिवेश समर्थक बौद्धिक धमकियां... ये सब विघटन की प्राकृतिक प्रक्रिया है, या अपनी अस्मिता, अलग पहचान का आग्रह? कई संदर्भों में यह सवाल उठाया जा सकता है कि 'अपनी पहचान' का अर्थ क्या बाकी सबसे अलग-थलग जा पड़ना और सारे आपसी संबंध और 'संवाद' तोड़ लेना है?

समाजशास्त्रियों और राजनीति के विद्वानों को गहराई से इस सवाल पर विचार करना चाहिए कि 'अलग पहचान' का आग्रह 'अलगाववाद' का ही दूसरा नाम तो नहीं है–आत्म-गौरव, अपने महत्व और महानता की झूठी-सच्ची शेखियां, कहीं अलग होने के साथ 'विशिष्ट' होने की आत्महीनताओं में से तो नहीं आतीं? और क्या यह एक नये विशेषाधिकार प्राप्त अभिजात वर्ग (एलीट क्लास) बनने की दबी महत्वाकांक्षा तो नहीं है? 'मैं सब जैसा नहीं हूं' 'मैं औरों से अलग और महान हूं!' कहकर ही हम विशेष दर्जा, विशेष कीमत और विशेष दावा पाने के सौदे करते हैं–दूसरों की कीमत पर... क्योंकि दूसरे भीड़ और भेड़ हैं। मैं उन्हीं में शामिल होकर अपनी पहचान, अपनी विशेषता खो दूंगा... वे जायें भाड़ में, मैं अपने को उनका हिस्सा बनाते ही 'मैं' मैं नहीं रहूँगा... मेरी भाषा, मेरा रहन-सहन, मेरा धर्म, मेरा इतिहास सभी कुछ दूसरा है–उनसे

अलग है। इस 'महान व्यक्ति' को आप 'असामाजिक' या 'समाज-विरोधी' कहना चाहेंगे या नहीं? इसे दुलारना और पोसना_ बाकी सबको भीड़ और भेड़ मानना नहीं है? मैं 'अपनी अलग पहचान' नहीं बनाऊंगा तो या तो उन्हीं में खो जाऊंगा या वे मुझे खा जायेंगे क्योंकि वे सिर्फ भेड़ और भेड़िए हैं– असुरक्षा का यही आतंक है कि काफ्का का एक पात्र चौबीसों घंटे मांद में छिपा बैठा रहता है और झल्लाकर कामू कहता है– "दूसरे नरक हैं"! तब क्या 'अपनी पहचान' की माँग अपने आपको दीवारों दुर्गों में घोटते जाने और दूसरों को खूंखार जानवरों में बदलकर देखने की मानसिकता का ही एक नाम है? हमेशा अपने को अलग या विशेषाधिकार प्राप्त बताने की घोषणाएं क्या सुनने वालों में 'सद्भाव' ही जगाती हैं?

सवाल को दूसरी तरह देखें। मुझे लगता है कि ये वे मुद्दे हैं जिनमें हमें उलझाकर रखा जा रहा है और हम इतिहास, पुराण, कुरान सबको घोट-घोट कर बता रहे हैं कि कहाँ, कौन सी बात कैसे है? एक अजीब शास्त्रार्थ छिड़ा हुआ है। शब्दों की लड़ाई हमें शारीरिक और भौतिक हिंसा में उतार रही है। समझदारी और सहिष्णुता में नहीं। कहीं ऐसा तो नहीं है कि सारा शासन और प्रशासन गलत दिशाओं में बिखर गया है, असफल और व्यर्थ हो चुका है। निरंतर गलत नेतृत्व, नकली और अप्रासंगिक प्राथमिकताओं ने देश का बंटाढार कर दिया है। खूबसूरत या महिमामय (राजा-राजकुमारी के?) चेहरों और अच्छी-अच्छी बातों के दूरदर्शनी आश्वासन, या आवाह्न हमारे भीतर झुंझलाहट और गुस्सा जगाते हैं– सत्ता के पास न कोई दृष्टि है, न दर्शन, न विज़न। तत्काल जहां जैसा हो, तोप-ढंककर बाढ़ की दरारों को रोको– महंगाई, कर्ज़ा, बेरोजगारी, भुखमरी, नागरिक सुविधाओं और आधारभूत ज़रूरतों का निरंतर असफल और समाप्त होते जाना– सब मिलाकर क्या ऐसा नहीं लगता कि हमें भयानक धोखा दिया गया है, कहीं का नहीं छोड़ा गया। कुर्सियों पर बैठे लोग संबंध, रिश्तेदारियां, रिश्वतदारियां निभा रहे हैं, वे अयोग्य, असमर्थ और निकम्मे हैं, सब 'लूटो, मारो, खाओ और चिपके रहो' में लगे हैं, वे बड़ी-बड़ी विदेशी डिग्रियों (पैसा), हवाई योजनाओं, झूठे आश्वासन, इतिहास पुराण और संविधान के मंत्रों से समस्याओं को समाप्त कर देना चाहते हैं– तांत्रिकों और मांत्रिकों (मंत्रियों) के बूते!

नतीजे में एक व्यापक और हिंस्र गुस्सा है– हम तुम्हारे (हां_ हां_ तुम्हारे) संविधान जलायेंगे, तुम्हारा राष्ट्रीय गीत नहीं गायेंगे, तुम्हारी भाषा को भाड़ में डालेंगे, तुम्हारे कल-कारखानों को तहस-नहस हो जाने देंगे, तुम्हारी रक्षण और आरक्षण नीतियों का चकनाचूर कर देंगे, तुम्हारी कानूनी नहीं अपनी मुद्रा चलायेंगे, तुम्हारे थाना-पुलिस को फूंककर अपनी निजी सेनाएं बनायेंगे, हम तय करेंगे कि कानून क्या हो, विधान क्या हो– हम अपने लिए भाषा संरक्षक, मददगार, आका सब बाहर से चुनेंगे, तुम हमें गद्दार

जयचंद या विभीषण जो चाहे बोलते रहो... तुम गुंडा-गुर्दी, घूस और धोंस से हमारा मुंह बंद करना चाहते हो? हम बतायेंगे गुंडा-गर्दी क्या होती है, माफ़िया क्या होता है, हिंसा क्या होती है। हम तुम्हें तुम्हारी औकात दिखायेंगे, तुम्हें सिर्फ चमचों और चूहों में बदल देंगे और तुम हम में से ही कभी किसी 'दादा' की शरण ढूंढ़ोगे, कभी किसी माफ़िया किंग को। एक से दूसरे को लड़ाने की तिकड़में करोगे ताकि सांस लेने का कुछ तो मौका मिले... लेकिन बचोगे कब तक? हमारा कुछ नहीं है, ट्रेनें, बसें, कल-कारखाने, सेना-शासन, भाषण सब तुम्हारा है और हमें वही नेस्तनाबूद करना है। और बनाओ तुम अपने दूरदर्शन, कम्प्यूटर, यात्राएं, खेल... और विदेशी-संपर्क...

असफल, अयोग्य और अंधे नेतृत्व का यह संपूर्ण अस्वीकार है... अब समस्या अपने मूल रूप में न हिंदी की रह गयी है, न शरीयत की, न तस्करी की, न राष्ट्र गान या ध्वज की! न आरक्षण की है, न सांप्रदायिकता की। जो कुछ भी सरकार है, नेता है, अधिकारी है, हमें वह नहीं चाहिए–यह सारी व्यवस्था, सत्ता नेतृत्व के खिलाफ–सिर्फ अंधा विद्रोह है–दिशाहीन और आत्महंता। शिकार आज हिंदी है, कल न्यायपालिका होगी, संविधान होगा, राष्ट्रीयता होगी, भौगोलिक सीमाएं होंगी।

इसी अवसर पर लगता है कि काश, हमारी वामपंथी-पार्टियां इस तरह विघटित और बिखरी न होतीं... उन्होंने यों जनता का साथ न छोड़ा होता! और सिर्फ सत्ता बदलने के सांसदी खेल में ही न उलझी रहतीं। क्योंकि आज व्यवस्था बदलने वाला दर्शन तो सिर्फ उन्हीं के पास है–बाकी सब तो नीतियां-अनीतियां और कुरीतियां हैं। मूलतः यह लड़ाई 'गलत हो जाने' और 'गलत करने वालों' के बीच की लड़ाई है।

['कांटे की बात', हंस, नवंबर, 1986]

राष्ट्रीयता के मायने

माखनलाल चतुर्वेदी चौकन्ने पत्रकार, संवदेनशील कथाकार-कवि और ओजस्वी वक्ता थे मगर आज उनकी जो तस्वीर हम तक, साठ-सत्तर साल पार करती आयी है वह मुख्य रूप से पत्रकार की ही है। चूंकि वे अपने समय की समस्याओं से बेहद गहराई से जुड़े थे, इसलिए समय को पार कर सकते थे। पत्रकार तात्कालिकता और सामयिकता से बंधा होता है, उसे उन मुद्दों पर लिखना होता है जो अगले दिन पुराने हो जायेंगे! इसकी प्रासंगिकता स्थितियों को समझने की अंतर्दृष्टि में होती है– अपने आपको भविष्य में प्रक्षेपित कर सकने की क्षमता में होती है, साहस और ईमानदारी में होती है। उन पर बात करने के कई मुद्दे हो सकते हैं। (1) एक कवि साहित्यकार द्वारा पत्रकारिता और तात्कालिकता को चुनना। (2) साहित्यिक पत्रकारिता और सामाजिक-राजनैतिक घटनाश्रयी पत्रकारिता के अंतर और परंपराएं। (3) पत्रकारिता का मिशन और पेशा– इस क्षेत्र में आने के दबाव और प्रलोभन (4) दो महायुद्धों के बीच पत्रकारिता की व्यवस्थागत बनावट और अंकुश।

मैं यहां अंतिम बात से ही शुरू करना चाहता हूं। आज पत्रकारिता एक उद्योग है, इस तथ्य को थोड़ी देर के लिए भूल जाइए। मगर पत्रकारिता और फिल्म उस समय भी खर्चीले माध्यम थे। तब साहसी और ईमानदार यानी 'राष्ट्रीय' होने का अर्थ था– सब कुछ खोने का उन्माद और बलिपंथ का चुनाव, हर अपने का उत्सर्ग। माखनलाल जी की इस बलिपंथी पत्रकारिता को इतने लंबे समय तक चलाये रखने वाले आर्थिक स्रोत क्या थे, इस पर विचार करना न जाने-क्यों छोटापन माना जाता है। सही है कि राष्ट्रीय-उन्माद के उस माहौल में न अपनी जरूरतें होती थीं, न परिवार की– वैसे ही काम करनेवाले भी मिल जाते होंगे– मगर आर्थिक व्यवस्था के बिना दसियों वर्ष साप्ताहिक पत्र को (या उस समय के ऐसे अनेक पत्रों को) चलाया कैसे जाता था? क्या माखनलाल जी गांधी की तरह चमत्कारी फ़कीर थे? क्या 'कर्मवीर' किसी पार्टी का मुख-पत्र था? क्या पारिवारिक रूप से वे बहुत संपन्न व्यक्ति थे? या वे प्रताप नारायण मिश्र की तरह भिक्षा मांगकर पत्र चलाते थे?– जाहिर है कि इन सबमें से कुछ भी नहीं था और यह भी साफ है कि मिशनरी पत्रकारिता उस समय भी आत्मनिर्भर नहीं बना सकती थी– खासतौर पर तब, जब टक्कर

सीधी उस दमनकारी सरकार से हो जो जमानत और जेल के अलावा कोई भाषा जानती ही नहीं थी। रास्ते दो ही बचते हैं : या तो माखनलाल जी के पास 'ब्लिट्ज' की तरह डरा सकने का गुर था, या कुछ साधन दे सकने वाले लोगों को अपने मिशन में शामिल कर सकने का 'गुड़'। उस माहौल में ऐसे पागलों की कमी नहीं थी जो घर फूंककर तमाशा देखने का मजा लेते थे–हो सकता है उनमें से कुछ या कोई पागल, 'कर्मवीर' को स्वतंत्रता-संग्राम-सेनानी मानकर उनके साथ हो गये हों। दूसरी तरफ भगतसिंह जैसे लोग भी थे जो देश को स्वतंत्र कराने के महान मिशन के लिए कोई भी साधन अपना सकते थे... ट्रेन या बैंक लूटकर, क्योंकि चाहे जितने सस्ते का जमाना हो और कर्मचारी सिर्फ चना-चबेना खाकर पत्र निकालने में जुटे रहते हों, मगर महीने में चार अंक निकालने के लिए सब मिलाकर दस-पांच हजार रुपयों की ज़रूरत तो पड़ती ही होगी... पत्र की बिक्री से ही ये खर्चे निकल सकें–इस स्थिति तक जाने के साधन भी तो कुछ रहे ही होंगे... पत्र की प्रसार-संख्या क्या थी?

हो सकता है मेरा इस तरह सोचना बहुत 'सिनिकल' लगता हो। मगर आज यह सवाल उठाना क्या सचमुच मूर्ति-भंजन है कि माखनलाल जी, गणेशशंकर विद्यार्थी जैसों की हिम्मत और ईमानदारी को बनाये रखने के पीछे आधार क्या थे? राष्ट्रीय भावनाओं से प्रेरित 'हरिजन' और 'यंग इण्डिया' को कांग्रेस और संपन्न लोगों का समर्थन था, उन्होंने ट्रस्ट या कोष बना दिये थे, कांग्रेस का चंदा और दान थे, बनारस के 'आज' के पीछे शिवप्रसाद गुप्त थे, 'चांद' के पास क्रांतिकारियों का पैसा था। ये सिर्फ पत्र ही नहीं थे, आंदोलनों के केंद्र थे–स्वयं राष्ट्रीय आंदोलन थे। इनका बने रहना, या बंद हो जाना अपने लड़नेवाले सैनिकों का हारना-जीतना भी था और राष्ट्रीय आत्म-सम्मान से भी जुड़ा था। हर लड़नेवाले को पता था कि जब तक वह हिम्मत और ईमानदारी से लड़ेगा, पीछे से रसद आती रहेगी।

वे लगभग सारे सैनिक आज लड़ भिड़कर या टूट-फूटकर समाप्त हो चुके हैं... हां, वे कुछ लोग जो उन्हें रसद पहुंचाते थे, आज उनकी रसीदें लिये दुगने-तिगने दावे जरूर वसूले बैठे हैं। हम मूलतः मूर्ति-पूजक लोग हैं–हमें आज दबंग साप्ताहिक 'कर्मवीर' नहीं; माखनलाल जी की मूर्ति चाहिए–हमें 'प्रताप' और 'हंस' नहीं–गणेशशंकर विद्यार्थी, प्रेमचंद के नाम पर समाधियां, पार्क, सड़कें, भवन, संस्थान और पीठों की जरूरत है, ताकि समय-समय पर उत्सव और समारोह किये जा सकें। श्राद्ध और श्रद्धा की नुमायशें या चील कौवों को रिहायशें दी जा सकें... उनके युद्ध समाप्त हो चुके हैं, अपने मिशन, विचार और संघर्ष या त्याग से वे जो कुछ पाना चाहते थे, वह मिल गया–अब उनके स्मारक बनाकर हमें उनका ऋण चुकाना चाहिए... अर्थात् हम उन्हीं पर शोध करेंगे, उन्हीं पर भाषण देंगे, उन्हीं की गवेषणा करेंगे... क्या हुआ उनके संकल्प ईमानदारी और साहस की परंपरा

का ? मशाल को उन्होंने जिस जगह छोड़ा था, उसे वहां से आगे ले जाने का ? या हम सचमुच यही माने बैठे हैं कि अंधेरे समाप्त हो गये हैं और वे मशालें बुझा दी जानी चाहिए ? उनकी जगह अब उठे हुए हाथों में नहीं, राष्ट्रीय संग्रहालयों की पारदर्शी पेटियों में है– उनकी पहचान, रोशनी और ताप नहीं, सिर्फ पेटियों पर लगी हुई चिप्पियां हैं। बूढ़े पस्त और लक्ष्य प्राप्ति से संतुष्ट हमारी एक ही श्रद्धांजलि है : जो संकल्प-संघर्ष, ईमानदारी और साहस वे दिखा गये– वही उन्हीं के साथ समाप्त हो गया– आज वह सब कहां है ? 'आह, कैसे थे वे लोग ?' और अपने इस निष्कर्ष से हम विचार को एक प्रक्रिया नहीं, परिणति मानकर उसे समाधि दे देते हैं। मानो उनके बाद मनुष्य ने जन्म लेना बंद कर दिया हो ; समाज, सोच और संघर्ष सब अस्तित्व-हीन हो गये हों। क्या यह उनके और उनकी परंपरा के साथ विश्वासघात नहीं है ?

और इस विश्वासघात की जड़ें स्वतंत्र हो जाने या बाद की उस उतावली में है जहां राष्ट्र और राष्ट्रीयता को एक आरामदेह धारणा में बदल दिया गया है। माखनलाल जी या उस समय की राष्ट्रीयता पर बात करते हुए कुछ बातों पर ध्यान जाये बिना नहीं रहता।

स्वतंत्रता के पहले अंग्रेजों या विदेशी साम्राज्यवादियों से लड़ना ही राष्ट्रीयता नहीं थी, वह सब भी राष्ट्रीय था जो हमारी इस लड़ाई को कमजोर करता था– गरीबी, पिछड़ापन और बीमारियों से लड़ना भी राष्ट्रीय धर्म था और अशिक्षा, अंधविश्वास, धार्मिक रूढ़ियां, छुआ-छूत, नारी-दासता, ऊंच-नीच सभी के खिलाफ लड़ना, राष्ट्रीयता और स्वतंत्रता-संग्राम का हिस्सा था। यानी साम्राज्यवादी अंग्रेजों ने अपनी सुरक्षा और सुविधा के लिए जिन सामंतों और सामंतशाही को पाल-पोसकर बनाये रखा– उनसे लड़ना भी राष्ट्रीय मुक्ति-संघर्ष ही था। भारतीय जनता एक साथ दो पाटों में पिस रही थी—उसे सरकारी नौकरशाह भी पीसता था और सामंत भी– गांव में उसे पुलिस, तहसीलदार भी मारते थे, तो जमींदार और उसके कारिंदे भी। एक के पास ताकत और कानून थे तो दूसरे के पास रूढ़ियां, अंधविश्वास, धार्मिक दलीलें और ताकत या कानून से सांठ-गांठ– गांधी ने राष्ट्रीयता के इन व्यापक आयामों को समझा था। इसलिए उनकी लड़ाई एक तरफ निरक्षरता और छुआछूत दूर करने जैसी छोटी-छोटी लगने वाली बातों को लेकर थी तो दूसरी ओर बड़े उद्योग-धन्धों और अंग्रेजी शासन और शोषण के खिलाफ भी। सामंतवाद से लड़ाई के क्षेत्र में उन्होंने वैकल्पिक व्यवस्था पर उतना जोर नहीं दिया जितना हृदय-परिवर्तन और आचार-शुद्धता पर, यह दूसरी बात है। बहरहाल, राष्ट्रीय गौरवगान, युद्ध का संकल्प और सैनिकों का अभिनंदन, विजय का विश्वास और देश के भौगोलिक सौंदर्य पर मुग्ध उच्छ्वास– यह सब राष्ट्रीयता का बहुत छोटा-सा मुखड़ा था– असली लड़ाई तो रोज चल रही थी, गली-गली और घर-घर में चल रही थी– सामंतवादी विकृतियों से लड़ाई।

लेकिन देश की स्वतंत्रता के साथ ही समग्र-राष्ट्रीयता चेतना दो हिस्सों में बंट गयी।

राजनैतिक और आर्थिक 'राष्ट्रीयता' सरकार ने ले ली और सामाजिक व्यवस्थागत राष्ट्रीयता या तो नौकरशाही के प्लानों और प्रोजैक्टों में फंसी रही और सामाजिक कल्याण के करोड़ों के बजट कभी उन लोगों तक पहुंच ही नहीं पाये, जिनके नाम पर वे चलाये गये थे–या फिर सूखती और विकृत होती स्वयंसेवी संस्थाओं के खाऊ हाथों में। अंग्रेज चले गये, मगर नौकरशाही वहीं रही–वैसी ही हृदयहीन और लूट-खसोट-पटु... राजा समाप्त हो गये–मगर सामंतवादी मूल्य और व्यवस्था वही रही... और वैसी ही बनी रही दोनों के बीच की सांठ-गांठ। कुर्सी और नौकरी बचाऊ सरकार को चूंकि जनता के लिए कुछ भी नहीं करना था, इसलिए आज सरकारी राष्ट्रीयता और समाज की राष्ट्रीयता दोनों एक दूसरे के खिलाफ खड़ी हुई हैं। सरकार के लिए राष्ट्रीयता का अर्थ है उत्सवधर्मिता, मूर्तियों का पूजन, भौगोलिक वंदना और देश की सीमा सुरक्षा–इसके अलावा राष्ट्रीयता की हर परिभाषा राष्ट्रद्रोह है। उसके हिसाब से सिर्फ केंद्रीय सत्ता को बचाना ही राष्ट्रीय होना है। उधर बीच रास्ते में ही छोड़ी गयी सांस्कृतिक और सामाजिक क्रांतियां जातिवाद, सांप्रदायिकता, धर्मांधता और कठमुल्लावाद में बदल गयी हैं। आज जागरण और अधिकार चेतना की प्रक्रिया पूरे समाज को अपने घेरे में नहीं लेती ; सिर्फ अपनी जाति, धर्म और क्षेत्र तक सीमित रहकर केंद्र से सौदा करती है–कोई भी गुट न सुधार चाहता है, न परिवर्तन। उसे तो और अधिक रूढ़िवादिता, संकीर्णता और कट्टरता चाहिए ताकि 'एकजुट' होकर सत्ता में हिस्सेदारी कर सके...

चूंकि सत्ता की राष्ट्रीयता सिर्फ भौगोलिक सीमाओं और राजनैतिक एकछत्रता तक सीमित हो गयी है इसलिए विपक्ष का हमला सिर्फ इसी सरकारी 'एकता और अखण्डता' के खिलाफ है। देश के भीतर छोटी-छोटी सीमाएं और राजनैतिक दल उठ खड़े हुए हैं। सबको केंद्रीय-सत्ता में टुकड़ा या अलग सत्ता-केंद्र चाहिए... "उधर मजबूत केंद्र ही राष्ट्र को बचा सकता है" नारे के तहत "देश खतरे में है" के हौवे के नीचे केंद्र हर चीज को अपने चंगुल में बनाये रखना चाहता है–गवर्नर, मिनिस्टर से लेकर प्रांतीय चपरासी की नियुक्ति तक... सब कुछ निर्विघ्न होता रह सके, इसके लिए बहुमत की खरीद-फरोख्त से लेकर दमन, हत्या तक। हड़बड़ाहटी लिहाजों और दबावों में हर रोज मोहरे बदल दिये जाते हैं। नौकरशाही से लेकर न्यायपालिका तक सब केंद्र की सेवा और इच्छा के गुलाम हैं। परेशान करने वाली छोटी-छोटी पार्टियां या तो केंद्र का वर्चस्व मानें या आपस में ही सिर फोड़ती रहें–क्योंकि किसी का धर्म खतरे में है तो किसी की अस्मिता। सिर्फ यह है आज राजनीति का अर्थ। आज यह कह सकना मुश्किल है कि यह छोटी-छोटी और बड़ी सामंती ताकतों की लड़ाई है या गृह-युद्ध की पूर्वभूमिका। हां, लोकतंत्र चूंकि कहीं नहीं है इसलिए इसका अंत या तो बिखराव में होगा या फिर अधिनायकवाद में। 'एक दूसरे का इस्तेमाल' की इस राजनीति का एकमात्र नारा है : राष्ट्रीयता और खतरा।

अधूरे सामाजिक परिवर्तन और बीच में छोड़ी गयी– सांस्कृतिक क्रांति को इसी घाट आकर लगना था.. इस माहौल में जो आर्थिक समानता के लिए लड़ते हैं, भूमि-संबंधों में बदलाव लाना चाहते हैं, श्रमिकों, शूद्रों और नारी को उसकी मर्यादा देना चाहते हैं और सामंती या नौकरशाही शिकंजों से सामान्य जन की मुक्ति चाहते हैं– वे ही राष्ट्रद्रोही हैं। उनके खिलाफ धर्माचार्य हैं, भूमि सेनाएं हैं, माफिया गिरोह हैं और सरकारी वर्दीधारी हत्या-संगठन हैं..

धन के अश्लील प्रदर्शनों, हत्या, बलात्कारों, चुनावी भाषणों, भगवती जागरणों, सांप्रदायिक फतवों और घर-घर से फूटती दहेज की लपटों के बीच राष्ट्र की मोहक छवि पर बलि-बलि जाता हुआ राष्ट्रीय कवि आज कितना हास्यास्पद लगता है। माखनलाल जी के समय कितनी सीधी सरल और अविभाजित थी राष्ट्रीयता। आज तो खंड-खंड में बिखरे भूगोल और इतिहास दोनों ही एक दूसरे के खिलाफ बंदूकें ताने खड़े हैं, और "खतरा-खतरा" चिल्ला रहे हैं। इस धुआंधार में हम राष्ट्रीयता की लाश कहां तलाश करें..? सरकारी वक्तव्यों में, तथाकथित पक्ष विपक्ष के 'खतरेवादी नारों में' या सुदूर खेतों-खलिहानों में लड़े जाने वाले खूनी संघर्षों में..? या इन सबको भूलकर स्वतंत्रता सेनानियों के संस्मरणों और संपादकीय अग्रलेखों में?

गौरव की पुरानी खुमारियों या हैंग-ओवर को भूलकर आज हमें राष्ट्रीयता की एकदम अलग पहचान और परिभाषा तलाश करनी होगी.. औपनिवेशिक विकृतियों और सामंत-वादी प्रवृत्तियों के आधारों को क्रूरता से बदलकर। जनमत के दबावों और सुधारवादी सद्भावनाओं से ही अगर यह काम हो सकता तो चालीस-पैंतालीस साल इसके लिए कम नहीं थे। जिस राष्ट्रीयता की हमें तलाश है वह न केंद्र के दिखावटी 'एकता-अखंडता' के नारों में है, न संस्कृति, धर्म और क्षेत्रीय अस्मिता बचाने की सौदेबाज़ी में..

['मेरी तेरी उसकी बात हंस, मई, 1989]

अनपढ़ बनाए रखने की साजिश

चुनावों के बाद जब राजीव गांधी बाकायदा प्रधानमंत्री बने, तो अपने पहले ही भाषण में उन्होंने तालियां-बटोरू घोषणा की, कि "कीमतें किसी हालत में नहीं बढ़ने दी जाएंगी।" ठीक उसी दिन शाम को कागज और चीनी की कीमतें बढ़ गईं।

सवाल उठता है कि इतने प्रचंड बहुमत से जीती पार्टी के सर्वाधिक शक्तिशाली नेता और देश के प्रधानमंत्री के वक्तव्य का कोई अर्थ है या नहीं ? इस तरह देश के प्रधानमंत्री ने अपने पहले वक्तव्य में इतनी हवाई और गैर-जिम्मेदार बात की, लेकिन ज़्यादा बडा सच तो यह है कि देश के पूंजीपति वर्ग ने सीधे प्रधानमंत्री के मुंह पर तमाचा मार कर बता दिया कि तुम मंचों से जो चाहे कहो, स्थितियां उसी तरह बनेंगी जैसी वे चाहेंगे। सत्ता और शासन को यह सबक सिखाने का तेवर उद्योगपतियों में कहां से आया ? साफ है कि या तो इसके पीछे कोई घिनौना समझौता है या फिर चुनावों में सत्ता पार्टी को इतना एहसानमंद कर दिया गया कि प्रधानमंत्री तक को त्यौरी दिखाकर उनकी सही जगह बतायी जा सके। या फिर विदेशी कर्जा बढ़ गया है कि कीमतें बढ़ने का सिलसिला अब रुकता नहीं दिखायी देता।

और इसके बाद पेश किया गया बजट... एक सुशिक्षित, संवेदनशील और कविनुमा राजकुमार मंत्री द्वारा... रंगीन टी वी, मोटरों के पुर्जे, इलैक्ट्रोनिक्स पर या तो लाइसेंस और दूसरे कर हटा दिये गये या फिर उत्पाद-शुल्क समाप्त हो गये। बढ़ाये गये पेट्रोल-डीजल और रेल भाड़े, दुलाई और ट्रान्सपोर्टेशन पर अधिभार... अब ऐसी कौन सी चीज़ है जो एक जगह पैदा होती है ? सभी तो यहां से वहां दुलाई करके पहुंचाई जाती हैं। देखते-देखते, या कहें रातोंरात महंगाई 20 से 25 प्रतिशत बढ़ गई। 1986 के इस बजट से पहले फिर पेट्रोल कोयले पर अंधाधुंध दाम बढ़ा दिये गये और छोटे-छोटे तंगहाल परिवारों पर दो-ढाई सौ रुपया प्रतिमाह का खर्चा और आ जुड़ा। आम आदमी के हितों का नारा देने वालों की समझ की दाद देनी चाहिए जहां बाकायदा योजनाबद्ध ढंग से फैशन और ऐयाशी की चीजों पर छूट और सुविधाएं दी जायें और बिजली, गैस, पानी, तेल-चीनी-आटा महंगे कर दिये जायें। सरकारी आंकड़े विधवा-विलाप करते रहें कि राहतों और महंगाई

को नियंत्रण में लाने को क्या-क्या तरीके किये जा रहे हैं। आम आदमी कहां मर रहा है, इसे नज़रअंदाज़ करके विकसित देशों के सूर्यांध अर्थशास्त्रियों ने इस 'अद्भुत बजट' का भरपूर गुणगान किया। भविष्य की राहतें गिनाते समय वे यह भूल गये कि बजट पांच साल के लिए नहीं, सिर्फ एक साल के लिए है और इस बात का कोई आश्वासन नहीं है कि सारी तथाकथित राहतें अगले वर्ष समाप्त नहीं कर दी जायेंगी। बहरहाल, दी गयी राहतों में कागज कहीं नहीं था। उल्टे भाड़े और चुंगी इत्यादि के नामों पर कागजियों को पांच सौ रुपये प्रति क्विंटल बढ़ाने की छूट थी। यानी दो महीनों में एक हज़ार रुपया क्विंटल।

रोटी-कपड़ा मकान के बाद जिस देश में पहली, या कहें एकमात्र आवश्यकता साक्षरता और शिक्षा है, वहां ऐसी दृष्टिहीनता या तो मूर्खता के कारण है या फिर धूर्तता के कारण। हो सकता है कि जिन बहुराष्ट्रीय कंपनियों के आतंक और वर्चस्व को रोकने की आवाजें उठायी जा रही हैं, उन्हीं की गहरी पकड़ हमारी सारी आर्थिक और राष्ट्रीय नीतियों को तय कर रही है। क्योंकि जिन चीजों पर छूट दी गयी है वे सभी तो बाहर से आती हैं। कहीं ऐसा तो नहीं है कि अंतर्राष्ट्रीय इलैक्ट्रोनिक कंपनियां जिन रियायतों और दरियादिली के साथ भीतर तक घुस कर 'कम्प्यूटर युग' ला रही हैं, उन्होंने हमारे कर्णधारों को ही सबसे पहले रोबो या मशीन-मानवों में बदल डाला है? खैर, यह तो साफ ही है कि इलैक्ट्रोनिक्स और कम्प्यूटरों के क्षेत्र में पुर्जे सब बाहर से आयात होंगे और भारतीय उद्योगपति सिर्फ उन्हें जोड़ेगा– पेंच कसो, अपना ठप्पा लगाओ और बेच दो। न किसी अनुसंधान की जरूरत है, न विकास की। उगते हुए उद्योग के लिए यह शॉर्टकट कितना आत्मघाती है, यह बताने की ज़रूरत नहीं है। अगले दसियों साल उसे परोपजीवी ही बनकर रहना है। यानी वे मूलतः उद्योगपति नहीं, व्यापारी के स्तर पर पटक दिये गये हैं, और बाहरी माल के लिए सिर्फ क्लियरिंग एजेंटों के रूप में काम करेंगे।

सारे राष्ट्र को टी० वी०, वीडियो और कंप्यूटरी चमत्कारों का दर्शक बनाये रखने और दूसरी तरफ पढ़ने-लिखने की चीजों को महंगा या अनुपलब्ध करते चले जाने के पीछे एक बाकायदा सुचिन्तित योजना है। जनता का ध्यान शोषण से हटाये रखने या शोषण को जायज़ सिद्ध करने के लिए सामंतवाद, धार्मिक अनुष्ठानों, कीर्तनों और देवी जागरणों का सहारा लेता है। आज के ये आधुनिक सामंत सारे देश को दूरदर्शन केंद्रों के बढ़ते हुए ज़ाल में बांधकर अपने चेहरे, वचन या घटिया मनोरंजन पिला रहे हैं। वे आदमी को सोचने-समझने का कोई मौका नहीं देना चाहते। चूंकि ये सिर्फ सरकारी माध्यम हैं, इसलिए हर समय या तो नेताओं, मंत्रियों के जिंदा-तिलिस्माती भाषण देखिए या फिर कूल्हे और कमर लचकाते चित्रहार निगलिए.. उच्च मध्यवर्गीय लोग कैसे शाही खेल खेलते हैं, किन कपड़ों के लश्कारे लेते सूट-टाई पहनते हैं, कौन-कौन से पेय किन कप-गिलासों में और

किस अदा से पीते हैं, किन जन्नाटे लेती गाड़ियों और हवाई जहाजों में यात्राएं करते हैं, किन होटलों या पर्वतीय रमणस्थलियों में किलोलें करते हैं– हीनता का मारा मध्यवर्ग और आम आदमी सब देख-देखकर विस्मय-विमुग्ध होता रहेगा और देवलोक के ये प्राणी उसमें हमेशा एक दूरी और हसरत का भाव जगाते रहेंगे, काश, यह जीवन हमारा भी हो सकता। विज्ञापनों के सहारे एक विशेष जीवन-पद्धति हमारे सोच और सपनों को नियंत्रित करने लगी है। कहने की जरूरत नहीं कि यह हसरत ही भ्रष्टाचार की पहली कोंपल है, क्योंकि सही तरीकों से तो वह इनमें से एक ब्रीफकेस तक नहीं खरीद सकता।

अफीम खिलाने के षड्यंत्र का यह सिर्फ एक पहलू है। दूसरी मार ज्यादा गहरी है– आदमी को अपने दिये सपनों और अंधविश्वासों में डाले रखना, सोच-विचार, संस्कृति-साहित्य वैज्ञानिक और क्रांतिकारी विचारों से काटे रहना… क्योंकि वहां से उखाड़कर ही तो उसे आप अपने बनाये गड्ढे में घेर कर पहुंचायेंगे। पर्दे के पीछे घिनौनी चालों या दीखती सच्चाई, को गहराई से जांचने की दिशा में लौटाने के सारे रास्ते पहले बंद करने होंगे। सोचने-समझने, अपनी स्थिति का विश्लेषण करने या शतरंज के ऊंचे खिलाड़ियों की चालबाज़ियों को पकड़ने की कामना करना खतरनाक है। हर हालत में जनता को इस खतरे से बचाकर रखना होगा– खतरा यानी स्वतंत्र-निर्भीक सोच।

सारी मानव-सभ्यता को जिन दो आविष्कारों ने आमूल-चूल बदल डाला था उसमें एक था बारूदी हथियार और दूसरा कागज– यानी ज्ञानविज्ञान का लिखित दस्तावेज। पत्र- पत्रिकाएं बड़े उद्योगपतियों के हाथों में हैं, उन्हें प्रायः बधिया बना दिया गया है। वे वही सब कर रही हैं जो सरकार अपने माध्यमों से चाहती है। दूरदर्शन का वे कागजी संस्करण हैं। स्वतंत्र हैं, सिर्फ किताबें, इसलिए सारे सरकारी माध्यम और व्यावसायिक पत्रकारिता किताबों को फालतू, अप्रासंगिक, अनुपलब्ध कराने में जी-जान से जुटे हैं। संचार माध्यमों के किसी भी कोने में किताबें नहीं हैं। सरकार हर गैर-जरूरी चीज को सब्सीडाइज कर सकती है, चाहे तो उसे रियायती मूल्य पर सुलभ करा सकती है– न कागज के मूल्य में कोई कटौती करेगी, न डाकखर्च में कोई छूट देगी… डेढ़ सौ पन्ने की पुस्तक, मूल्य तीस या पैंतीस रुपया, डाकखर्च पांच या सात रुपया। कैसा मजाक है कि लेखकों को सम्मान-पुरस्कार सब हैं, मगर जिस चीज ने उन्हें लेखक बनाया है उन किताबों के लिए कहीं कोई सुविधा नहीं है। शिक्षा और संस्कृति का बजट किस तेजी से घटाया गया है– यह देखकर धक्का लगता है।

इसके पीछे सिर्फ तीन ही कारण हो सकते हैं : या तो सरकार और सरकारपरस्त पत्रकारिता किताब को निहायत ही फालतू चीज समझती है, जिसकी किसी को कोई जरूरत नहीं है या फिर उनका ख्याल है कि यह शराब और होटलों जैसा कोई नशा है कि आदमी, झख मारकर, बीवी-बच्चों का पेट काटकर, अथवा ब्लैकमनी को ठिकाने लगाने के लिए

उन्हें खरीदेगा ही। या फिर हथियारों की तरह की यह कोई घातक और विस्फोटक चीज है जिसे जनता से दूर रखना है– उन्हें बनानेवाले उपकरणों की कीमतें अंधाधुंध बढ़ाकर, या अन्य सुविधाएं समाप्त करके। सीधे-सीधे हमला करना तो अनपढ़ होना माना जायेगा।

और मुझे असली कारण यही लगता है। सुनते हैं मुगल-साम्राज्य के आखिरी दिनों में जब एक से एक मसखरे 'शहंशाह' दिल्ली के सिंहासन पर जलवाअफ़रोज थे तो लाल कुंवर नाम की एक कुंजड़िन पटरानी बन बैठी थी और सारे महत्वपूर्ण पद उसी के भाई-बंदों के हाथ आ गये थे। जाहिर है उन लोगों के बीच ग़ालिब, दाग या जौक के कलामों की क्या कीमत होती। यहां की प्राथमिकताएं तो तबले, सारंगी, और घुंघरू या हरी स्वास्थ्यवर्धक सब्जियां ही होनी थीं। अभी दो-तीन दशक पहले ही हमारे नेताओं में दुनिया के महत्वपूर्ण बुद्धिजीवी रहे हैं। पढ़ने और लिखने वाले लोग। राधाकृष्णन, राजगोपालाचारी, आचार्य नरेन्द्रदेव, के.एम. मुंशी, जवाहरलाल नेहरू, लोहिया, जिन्होंने दुनिया के ज्ञान-विज्ञान, साहित्य-संस्कृति के साथ अपना मानसिक विकास किया था और जिनके पास देश और आदमी को लेकर अपना सपना (विज़न) था। आज न तो व्यक्तित्व की वह ऊँचाई रह गई है, न वैसा नैतिक संकल्प। अकबर की खुद शिक्षा-दीक्षा चाहे जैसी रही हो, लेकिन वह अपने सही सलाहकार चुनना जानता था। आज हमारा भाग्य उन लोगों के हाथों हैं जो अपने-अपने विशेष क्षेत्रों या योग्यताओं के लिए प्रतिबद्ध नहीं, 'इंदिरा मैया' और 'राजीव भैया' के लिए समर्पित हैं– अगूंठा टेक जाहिल और अनपढ़। या पब्लिक स्कूलों के कॉमिक्सघोंटू अफसरनुमा नेता। आम आदमी को विचार, साहित्य-संस्कृति अर्थात पुस्तक नाम की इस फालतू-सी चीज की ज़रूरत क्या है? कुछ वाक्य हैं जो अपने पहलेवालों से सुनते रहे हैं, इसलिए रट्टू तोते की तरह उन्हें ही दुहरा देते हैं। भीतरी लगाव और सरोकार जब संस्कारों में ही नहीं है तो फिर व्यवहार में कहां से आयेगा?

आज जैसा माहौल हो गया है उसमें किताब की बात करना सचमुच बहुत फालतू अप्रासंगिक और हास्यास्पद-सा लगने लगा है– लगता है जैसे आप भैंस के आगे बीन बजा रहे हों। मगर इस सच्चाई को हम कैसे नज़रंदाज़ कर दें कि दुनिया के सशक्ततम राष्ट्र वे ही हैं जिनके लिए किताबों से जुड़े लोग सबसे महत्वपूर्ण रहे हैं, फ्रांस, इंग्लैंड अमेरिका और रूस– वर्ना समृद्धि तो अरब के शेखों से ज़्यादा किसके पास है? वहां क्यों हम सांस्कृतिक दरिद्रता की बात करते हैं? लगता है हम भी अब उसी विसांस्कृतिक वैज्ञानिकता की ओर बढ़े रहे हैं– नंगे, भूखे, अशिक्षित और जड़– लेकिन दूरदर्शनों, कारों और कंप्यूटरों के सामने लाइनें लगाये। दुनिया भर में नोबेल पुरस्कार का इतना शोर शराबा न होता तो हमें इस कंप्यूटरी होड़ में डाल देने वालों को तो शायद यह अंतर करना भी मुश्किल था कि गार्सिया मारखेज और दियेगो गार्सिया में कौन-सा द्वीप है और

कौन-सा आदमी ? राष्ट्रीय, अंतर्राष्ट्रीय हवाई अड्डों पर जो किताबें दिखाई देती हैं उन पर लेखकों की जगह आर्थर हैली, मैकलीश, लुडलुम, फुलेमिंग, वैलेस, रॉबिन्स जैसे कुछ नाम छपे होते हैं। बट्रेण्ड रसैल, सार्त्र, ताल्स्तोय... ? हां, अम्मा और नाना कभी-कभी ऐसे कुछ नाम लिया तो करते थे। गांधी... ? कुछ लिखता भी था क्या ? ऑटनबरो ने अपनी फिल्म में उसे लिखते हुए तो नहीं दिखाया।

बहरहाल, पढ़ना बहुत खतरनाक चीज है। इससे आदमी को सोचने, समझने और कुछ करने की बीमारी लगती है। ये पुराने बुड्ढे, शिक्षा, साक्षरता, जागरूकता-अनुसंधान या पता नहीं, क्या अलाय-बलाय वाली योजनाएं छोड़ गये हैं। अब न तो उन्हें बंद किया जा सकता है, न ही चलाये रखा जा सकता है। रास्ता सिर्फ यही बचा है कि उनका सत्यानाश कर दिया जाये। कैसा खूबसूरत मज़ाक है कि एक तरफ नारा है साक्षरता और शिक्षा बढ़ाओ, शिक्षा को नौकरी के साथ नहीं, ज्ञान के साथ जोड़ो– दूसरी तरफ, साक्षरता, शिक्षा और ज्ञान के सारे साधन-सुविधाएं समाप्त कर दो, कागज और स्याही-छपाई के दामों को आसमान में पहुंचा दो। इसमें आसानी यह है कि उनको सामग्री वही दी जा सकेगी, जो सरकार चाहेगी, खुद पढ़ना-गुनना चाहो तो स्लेट-पट्टी और भोज-पत्र। दुनिया के सारे अनपढ़ तानाशाहों ने सबसे पहले या तो पुस्तकालय जलाये हैं या किताबों को कुचला है। देखा, कैसी एहतियात से हमें इक्कीसवीं सदी में ले जाया जा रहा है ?

जिन्हें हमने साक्षर और शिक्षित किया है उनकी पहुंच में पढ़ने की सामग्री क्या है, क्या कभी किसी ने देखने की कोशिश की है ? उनके सामने बिछी है चिकनी, चमकदार, रंगीन पत्रिकाएं, पाकेट-बुक्स, और उन सब में लगातार परोसा जा रहा है हत्या, बलात्कार, आगजनी, लूटमार, सांप्रदायिकता, हिंसा का रक्तबीजी जहर, भ्रष्टाचार और घूस-फरेब के खोजपूर्ण भंडाफोड़, ब्लू-फिल्मों के मुद्रित संस्करण। लगता है जैसे हम चारों तरफ चल रही एक स्टण्ट फिल्म के बीचों-बीच बैठे हैं। यानी हर समय या तो यही सब निगलते हैं या फिर देखते हैं सरकारी प्रचार के दूरदर्शनी सपने, प्रायोजित इंद्रलोक, अश्लील और पलायनी फिल्में, देवी-जागरण, लाटरियां, जो थोड़ा बहुत समय मिलता है उसमें इन्हीं सबके वीडियो चालू कर लेते हैं। इसी निष्कलुष वातावरण में हम और हमारी नयी पीढ़ी तैयार हो रही है। चिन्तन, पुस्तक या ज़िंदगी के किसी भी रचनात्मक और पौज़िटिव पक्ष या मूल्य को देखने परखने का अवसर कहां है ? जो बचे भी हैं वे आपा-धापी में धकेलकर निरंतर पीछे कर दिये जा रहे हैं। हमारे नायक हैं भ्रष्ट मंत्री, स्मगलर, गिरोहबाज, गुंडा, चमत्कारी बाबा, और सर्व-व्यापक भगवान की तरह हर जगह पहुंच जाने और हर असंभव कर डालनेवाले सुपरमैन। अंधविश्वास, रूढ़िवादिता, सतियों और तांत्रिकों की सर्व-शक्तिमत्ता, नरबलि और बहू-दहन हमारे विकृत और सैडिस्ट मन को हल्की सनसनाहट ही देते हैं। हमें फुरसत भी कहां दी जा रही है कि सारे आर्थिक ढांचे और मानसिक माहौल को

खरीद लेने वालों के चेहरे देख सकें। हर आदमी एक दूसरे से अलग कर दिया गया है, बीच के संवाद को तोड़कर व्यक्ति को माध्यम (मीडिया) से कील दिया गया है और हमने मान लिया है जिन्हें इस सबको लेकर कुछ करना है वे कोई दूसरे ही लोग हैं, कम से कम हम नहीं हैं।

अपने ऋषि-मुनि मूर्ख नहीं थे जिन्होंने शूद्रों और नारियों की जिंदगी से शिक्षा यानी किताब को एकदम बाहर निकाल कर उन्हें सेवा धर्म सिखाया था। किताब आदमी को ज्ञान देती है, किताब विचार देकर उसका दिमाग खराब करती है, किताब उसे अपने भीतर उतार कर अपनी स्थिति और नियति से साक्षात्कार कराती है, किताब उसे सपने और भविष्य देती है, किताब… ही है जो स्वतंत्र है।

नहीं, जिसे जाहिल, मूर्ख, परतंत्र और निर्भर बनाकर रखना है उसके हाथ में किताब नहीं दी जायेगी। उसे इतनी फुरसत नहीं दी जायेगी कि कुछ पढ़े, या आपस में संवाद स्थापित करे। किताब या तो उसकी जिंदगी से बिल्कुल ही निकाल दी जायेगी या फिर इतनी दुर्लभ और पिलपिली कर दी जायेगी कि उसके होने न होने से फर्क न पड़े… कागज, छपाई, डाकखर्च के हथियारों से उसका एक-एक पंख काटा डाला जायेगा ताकि सीताहरण के पवित्र अभियान में यह जटायु, बाधा बनकर न खड़ा हो… हिटलर ने जब फ्रांस पर अधिकार किया तो उसने अपनी फौजों को दो ही आदेश दिये थे, "बैंक डी फ्रांस और गालीमार प्रकाशन-गृह को अपने कब्जे में ले लो…"

या खुदा, ये प्रायोजित नाखुदा हमें कहां ले जा रहे हैं…?

['कांटे की बात', हंस, अक्तूबर, 1986]

लूटने-खाने की संस्कृति

सुना है, हिंदी के मौलिक जासूसी उपन्यास लेखक ओमप्रकाश शर्मा का एक उपन्यास है–'दूसरा ताजमहल'। इसमें उन्होंने ताजमहल के पड़ोसी मोहल्ले, ताजगंज में नज़ीर अकबराबादी को केंद्र के रूप में लिया है। मैं समझता हूं नज़ीर के लिए इससे अच्छा दूसरा नाम नहीं हो सकता था। वसंत पंचमी पर वहां एक 'नज़ीर मेला' लगता है, न कोई निमंत्रण-पत्र, न विज्ञापन। मेले के नायक होते हैं, भिश्ती, संगतराश, रंगरेज, जमादार और तांगेवाले। अपने आप ही दो दल बन जाते हैं और फिर घंटों चलती है नज़ीर की कविताओं की प्रतियोगिता। कभी होली, कभी कृष्ण-लीला, कभी बारहमासा, कभी मानव-जीवन की निस्सारता, माशूक का रूप वर्णन, कभी रोजमर्रा की बातें– जैसे रोटियां, तिल के लड्डू आदि। दोनों दल एक ही विषय पर लिखी गयी नज़ीर की कविताओं को बढ़-चढ़कर सुनाते हैं। शायद ही कोई हिंदी भाषी होगा जिसने "सब ठाठ पड़ा रह जायेगा, जब लाद चलेगा बनजारा" या "यारो तुम्हें सुनाएं कृष्ण कन्हैया का बालपन' जैसी पंक्तियां न सुनी हों। लोक-जीवन के ऐसे अंतरंग कवि वहां की जिंदगी का हिस्सा हो जाते हैं। और जब इस नज़ीर को उठाकर हबीब तनवीर 'आगरा बाजार' के रूप में प्रस्तुत करते हैं तो दर्शकों के मन में कुछ विस्मय का भाव ही अधिक रहता है, मानो विशाल बरगद को जापानी बॉनज़ाई शैली में ड्राइंग-रूम की मेज पर देख रहे हों– अरे, इतना बड़ा पेड़ ज्यों का त्यों इस रूप में। लोक-कलाकारों को दूर-दूर से लाकर देश-विदेश में 'प्रदर्शन के अवसर' देने वाले सरकारी उत्सव कुछ ऐसे ही सवाल उठाते हैं। और एक गहरी पड़ताल की मांग भी करते हैं कि क्या यह वास्तविक और वही लोक-कला है या हमारे लिए उसे विशेषरूप से तैयार कर दिया गया है? फिर दो चार उत्सवों में भाग ले चुकने और प्रशंसा पैसा अर्जित कर लेने के बाद वापस लौटे हुए कलाकार स्थानीय जीवन का वैसा ही हिस्सा बने रहेंगे जैसे पहले थे? क्या वे दोनों ही जगह 'प्रदर्शन की वस्तु' बन जाने के लिए अभिशप्त नहीं हो जायेंगे?

कहने का मकसद यह बिल्कुल नहीं कि उन्हें 'अपरिचय के विंध्याचलों' के पीछे पड़ा रहने दिया जाये। लेकिन फिर एकमात्र नियति की तरह क्या यही मान बैठा जाये

कि सरकारी नौकरशाहों के हाथों देश की अन्य संस्थाओं और संस्थानों की जो दुर्दशा हुई, वही हश्र अब संस्कृति का भी होगा ही। उत्सवों और मेलों से देश की संस्कृति का क्या बनेगा, यह तो पता नहीं, हां, लूटने, खाने और अपनों को ठूंसने और घूसने की संस्कृति ज़रूर अपने करिश्मे दिखायेगी। दयनीय और शोचनीय स्तर तक पहुंचा हुआ शिक्षा का बजट अब सिर्फ मेलों, तमाशों की आतिशबाजी में ही फूंका जायेगा। इधर डाक और दूसरे करों के ज़रिये अखबारों और किताबों को जिस सुनियोजित ढंग से कुचला जा रहा है उससे किसी को भ्रम नहीं रहना चाहिए कि हम 'आदर्श दर्शकों' के रूप में ही इक्कीसवीं सदी में प्रवेश करेंगे– कभी उत्सवों के मंडल के नीचे, कभी दूरदर्शनी पर्दे के आगे। अलविदा पढ़ने-लिखने, सोचने-विचारने, समझने और कुछ करने के दिन।

['मेरी तेरी उसकी बात', हंस, फरवरी, 1987]

न बिकने की व्यथा

अहा, कैसा सुंदर, मनोहारी और आध्यात्मिक दृश्य है। अप्रैल के भगवान भुवन-भास्कर अभी खपरैलों पर उदित हुए हैं, पक्षी कलरव करने लगे हैं, पशु गले में घंटियां टुनटुनाते चरने निकल आये हैं, ह्रदों (तड़ागों) में राजीव मुस्कुराने लगे हैं... 'राज-घाट' पर संतों की भीड़ है, लहरों में कछुओं, मगरमच्छों और घोंघा-बसंतों का जमघट है, भक्तजन आटे की गोलियों में 'रामनाम' की बारूद भरे लूट मचाये हैं। हर तुलसीदास चंदन घिस रहा है, हथेली पर गर्दन रखे बार-बार उचक रहा है : शायद रघुबीर इसी भाल को तिलकित कर दें... हर 'विनय-पत्रिका' का एक ही 'सुर' है, 'कबहुं तो दीनदयाल के भनक परैगी कान'... हर नटवर लाल ने बालपने की प्रीत-प्रेरित अपनी अपनी 'गोपी' पकड़ रखी है और बड़े-बड़े सुरेस-महेस-गनेस वंदित सूरमा, अहीर की छोरियों के पांव पलोट रहे हैं, जिन्हें दो कौड़ी की कसबिन कहते थे, उनकी चिरोरियां कर रहे हैं, "कबहुंक अम्ब, अवसर पाइ... हमारी हू सुधि द्याइबो..." पद्मासन मारे हिल-हिलकर होठों ही होठों में करीमा पढ़ा जा रहा है, "करीमा ब-बख्शाए बर-हालमा... राजसभा का मेम्बर तू मुझको बना..."

दुर्घटना का मनोविज्ञान कहता है, लाखों-करोड़ों को छोड़कर दुर्घटना मुझे ही चुनेगी क्या? मेरे पड़ोसी को क्यों नहीं? उधर लॉटरीवाला सोचता है, "जब पड़ोसी को मिल सकती है तो मुझे क्यों नहीं?" इन दोनों घनघोर 'आशाओं' के बारे में न जाने कितने कारीगर कलाकार गणितज्ञ बनकर अपने-अपने ग्रहयोग देख रहे हैं। जिस साहित्य को बीसियों वर्षों से घास नहीं डाली, उसी की रामनामी ओढ़े दो-तीन या चारों वेद पढ़े डाल रहे हैं—वेदियों पर डटे हैं पंचम-वेद के माहिर, गलितं-पलितं देह वेदांती... कोई कल तक की विरुदावलियों के हवाले दे रहा है तो कोई वर्तमान उपयोगिता की सूची लिये है, किसी को रीतिकाल में इक्कीसवीं सदी दिखाई दे रही है तो किसी को महाभारत में ; कोई मरे हुए सगर-पुत्रों के लिए आकाश से गंगा उतारे ला रहा है तो कोई रामायण की धारावाहिकता में सार्थकता पा रहा है—जिसकी जैसी लिंक या बुनियाद... हरेक 'नक्शदार' फ़रियादी बना खड़ा है—अपने-अपने चित्र-विचित्र क़ागज़ी पैरहनों में... मेरा सलाम कहियो, गर नामावर मिले... गये वो दिन जब गोगोल को लिखा था बैलिन्स्की ने ; "बना है शाह

का चाकर, फिरे है इतराता..." अब तो कोट में फूल लगाने को आतुर सारे के सारे ब्राउनिंग इस दरबार से उस दरबार में आवत-जात ही पन्हैया घिसे डाल रहे हैं। खता मुआफ, ऐसे सुहाने मौसम में सन् 56-57 में लिखी अपनी एक कविता याद आने लगी है: न बिकने की व्यथा–

भेड़ों के झुंड में एक भेड़ बोली यों/"वह जो आया था, तहमद लगाये हुए/कान में बीड़ी थी/बेरहम आंखों में मौत की सख्ती थी/हाथों पर खून था/ज़रूर कसाई था/अपनी भूरी को पहली ही बार में/मुंह-मांगा दाम दे, उसने खरीद लिया/कान से खींचकर साथ-साथ ले गया... असल में मूर्ख था/फूले-फूले रोओं से ऐसा भरमा गया/कि हम जैसी भेड़ें-- मोटी और चरी हुई/देखती ही रह गयीं/अच्छा, चुप-चुप/देखो, कोई वैसा ही/फिर आता दीखता है"

मूल्यों, आदर्शों और रचनात्मकता के सूखे की कीमत मांगती हमारी पीढ़ी-- अपनी सुविधाभोगी धुरी-हीनता ही नयों को विरासत में दे सकती है ; दे रही है।

['मेरी तेरी उसकी बात', हंस, अप्रैल, 1986]

एक संदेश, नई पीढ़ी के नाम

मेरे नौजवान दोस्त,

अपनी शिक्षा पूरी करने के अवसर पर तुमने मेरे आशीर्वाद मांगे हैं और चाहते हो कि मैं 'कुछ शब्द' जरूर लिखूं कि तुम्हारा 'मार्ग-दर्शन' हो सके.. सचमुच ऐसे संकट में मैंने अपने को कभी नहीं पाया। मैं राजनेता होता तो तुम्हें दर्जनों 'चाहिए' गिना सकता था-- 'युवकों को यह करना चाहिए..' या फिर अपने को तुम्हारे साथ शामिल करने की उदारता में बोलता, 'हमें यह करना है..' मगर सच मानो, शब्दों की बाज़ीगरी के सारे अभ्यास के बावजूद यह सब लिखा नहीं जा रहा.. यह कल्याण-कामना नहीं, तुम्हारे साथ दुश्मनी निकालना होगा..

आज मैं ईमानदारी से अनुभव करता हूं कि 'शब्द' वह जहरीला सांप है जो पीढ़ियों को डसता है। हम उसे छेड़ते हैं, चिढ़ाते और घेरकर मार देते हैं.. मगर कहीं से, कभी भी उसका कोई साथी आकर अचानक दांत गड़ा देता है। प्रतिशोध में शब्द भी इसी तरह डसता है-- हमें और हमारी आनेवाली पीढ़ी को.. हमने 'भाषा' और 'शब्द' के साथ यही सलूक किया है। हमने उसे झूठा, नकली और आडंबरी बनाया है। जितना ही हमने अपने नंगेपन, घिनौने चेहरे को शब्दों से ढांपने की चालाकी की, उतना ही शब्दों ने हमें नंगा और बेनकाब किया है। आज हमारी भाषा सुनकर तुम्हारे भीतर आस्था और श्रद्धा नहीं, गुस्सा, चिढ़ और प्रतिहिंसा जागती है। तुम्हारा किसी भी भाषा से विश्वास उठ गया है। हमारी भाषा का इस्तेमाल करते तुम्हें घृणा, शर्म और हीनता महसूस होती है, क्योंकि उसे हमने सिर्फ अपना झूठ और अपनी चालाकी दी है..

अक्सर यह सोचकर मैं कांप जाता हूं कि हम तुम्हारे लिए कौन-सी दुनिया छोड़े जा रहे हैं? चारों तरफ वही मार-काट, हाहाकार, आग-बलात्कार और 'मारो-बचाओ' की चीखें। गोलियों और बमों के विस्फोट, एक दूसरे पर छुरे-फरसे, गंडासे और बंदूकें लिए चढ़ दौड़ते पागलों की भीड़.. एक धू-धू करती लंका ही तो हम तुम्हारे लिए छोड़कर जा रहे हैं। कैसे निकलेंगे, इस माहौल में मेरे मुंह से तुम्हारे लिए यह आशीर्वचन कि "जाओ, तुम्हारा रास्ता शुभ हो..?" किस शुभ और कल्याण की गुंजाइश छोड़कर जा रहे हैं हम?

तुम हत्या करते हो, बैंक लूटते हो, बसों और सरकारी दफ्तरों को आग लगाते हो,

घर-बाजार को फूंकते हो, बहनों-बेटियों के साथ बलात्कार करते हो– या फिर अफीम, स्मैक, शराब में अपने को झोंकते हो, हमें गालियाँ देते हो, हमारे आदर्शों, अनुशासनों पर थूकते हो, भाषा, संविधान, न्याय-प्रणाली, राष्ट्रीयता सबको चकनाचूर करते हो और हम गुस्से से फनफना उठते हैं, पीट-पीट कर तुम्हारा भुर्ता बना देना चाहते हैं और फिर दुख से विगलित होकर तुम्हारी इन आत्महत्याओं पर रोने लगते हैं... "बच्चो, यह मत करो... अपने आपको यों मत मारो... जिस डाल पर बैठे हो, उसे मत काटो..." और तुम हो कि हमारी कोई बात नहीं सुनना चाहते... हमारा गुस्सा और उपदेश और बढ़ते हैं– लेकिन शायद तुम्हारे बहरे कानों तक कुछ भी नहीं पहुंचता !

यह क्या सिर्फ तुम्हारा ही दोष है ? क्यों तुम अचानक आत्महत्याओं की इन अंधी गलियों में दौड़ पड़े हो ? इसमें क्या हम कहीं भी नहीं हैं ? हमारा दामन क्या एकदम पाक साफ और दूध का धुला है ? दोस्तो, हमने तुम्हें सिर्फ मारना सिखाया था, पड़ोसी और दोस्त का गला काटने की शिक्षा दी थी– फिर क्या हुआ कि तुम अपने आपको ही मारने लगे ? हमने तुम्हें कहां तोड़ दिया कि तुम खुद अपने लिये पड़ोसी और दोस्त जैसे ही अपरिचित हो गये ? तुम्हारा अपने आपसे रिश्ता टूट गया और तुम्हारे भीतर से निकले इस अपरिचित, अनपहचाने आदमी को बर्दाश्त करना तुम्हारे लिए दुश्वार हो उठा– तुम उसे ही मारने दौड़ पड़े... उसे यानी अपने आपको। उस 'अपने आप को' जो हमने तुम्हें दिया था... यानी जो हम स्वयं थे...

हम तुम्हें चाहे जितना भी सीधा-सादा, भोला, अनजाना समझते रहें, मगर तुम अच्छी तरह जानते थे और जानते हो कि हम कौन हैं ? कैसे हैं ? हम बाहर चाहे जितने ढोंग-दिखावे, आडंबर करते रहें, चाहे जितने मुखौटे और मुखोश पहने रहें– तुम जो हमारे बेटे हो, हमारे घरों में पले-बढ़े हो, शुरू से जीवन का अंग बनकर रहे हो– कैसे नहीं जानोगे कि हम कितने नीच, गिरे हुए और भ्रष्ट हैं ? तुम्हें हम आदर्श, नैतिकता, चरित्र, अनुशासन और राष्ट्रीयता, मेहनत-लगन के उपदेश देते हैं– क्या खुद हमने इनमें से किसी एक का भी पालन किया है ? व्यवसाय और बिजनैस के नाम पर क्या नहीं किया हमने ? जीवन-रक्षिणी दवाओं में हमने रेत और पानी मिलाया, खाने पीने की किसी चीज़ को हमने शुद्ध नहीं रहने दिया, कोई पुल, कोई बांध, कोई बिल्डिंग है देश में, जो हमारी कमीनगी की गवाही न देती हो ? है कोई योजना, कोई प्रोजेक्ट, कोई कार्यक्रम जिसे हमने ऊपर से नीचे तक खाने-चबाने की चरागाह न बना डाला हो ? ... हम अपने आपको विश्वास दिलाते रहे कि होगा किसी और का बच्चा, बाप, भाई जो मरते-हुए हमारी दवा खाकर तत्काल दम तोड़ेगा... होंगे कोई और गांव, शहर जो रेत-मिले सीमेंट के बाँध टूट जाने से बहेंगे... होंगे कोई और तेल-घी में चर्बी खाने वाले, नकली मशीनों और पुर्जों के एक्सीडेंट से मरनेवाले, पुलों और सड़कों की दुर्घटनाओं में कुचलने वाले। असलियत यह थी कि हम सबने जीवन के हर हिस्से में काम आनेवाले एक-एक आइटम को ले लिया था और सब एक दूसरे को अपनी करामात दिखा रहे थे...

आखिर सारी चीजें ही तो एक दूसरे के काम आती हैं, और उन्हें बनाने, बांटनेवाले हम

ही तो थे.. हमने सिर्फ वे कानून बनाये जो 'दूसरों' को पकड़ सकें– बेईमानियां, भ्रष्टाचार, घूसखोरी, कालाबाजार के 'म्यूजिकल चेयरगेम' में कभी हम एक कुर्सी पर होते हैं तो कभी दूसरी.. और तुम्हें उपदेश देते रहे हैं ईमानदारी, पवित्रता और निष्ठा का.. हमने उत्सवों, मेलों, शादियों में लाखों करोड़ों की नुमायशें कीं, देवी-जागरणों और संत-समागमों में, यज्ञों, हवनों में टनों सामग्री और मनों घी फूंका और तुम्हें किफायत से रहना बताते रहे.. हमारे घरों में जो नोटों की गड्डियां, गहना-कपड़ा और दुनियाभर का देशी-विदेशी सामान भरा था क्या तुम नहीं जानते थे कि वह कहां से और कैसे आ रहा है ?

हमने तुम्हें देश के लिए मर-मिटने के आह्वान दिये और पुराने-खराब हथियार, हवाईजहाज लाकर तुम्हारे सिर पर लाद दिये– फौज के कपड़ों, खाने में घूंसें खायीं, देशी-विदेशी बैंकों में पैसा जमा किया और तुम्हें झोंक दिया दुश्मन के मोर्चों पर। हमने विरोधियों-दुश्मनों को खरीदा, मारा, जलाया और चुनाव-बूथों के पास नहीं फटकने दिया– फिर प्रजातंत्र की महानता और निष्पक्षता के कीर्तन किये। धर्मांधता और 'मजहब खतरे में हैं' की आग लगायी और खुद तापकर सौदे और कुर्सियां पकाते रहे.. अपने बच्चों को विदेश भेज-भेजकर देश-सेवा और राष्ट्रीय उत्थान में सहयोग देने के नाम पर तुम्हें विदेशों से बुला-बुलाकर जलील-अपमानित करते रहे, जेलों और पागलखानों में डालते रहे; देशी-उद्योग-धंधों को बढ़ाने के नारे सिर्फ तुम्हारे और दूसरों के लिए थे और देश को हम पाट रहे थे। बहुद्देशीय कंपनियों के इलैक्ट्रिक-सामानों से, मशीनों और कल-पुर्जों से ऐयाशी की एशगाहों से.. क्योंकि वहां हमारे हिस्से लगे थे.. तुमसे अपील करते थे कि बाहर से धन लगाकर देश को समृद्ध करो और हमारा पैसा जा रहा था विदेशी बैंकों में, कंपनियों में, बिल्डिंगों में.. हम तुम्हें नकली, झूठी और परायी भाषा देकर, आविष्कारक, अनुसंधानकर्ता या प्रथम श्रेणी की प्रतिभाओं में नहीं– सिर्फ अच्छे व्यवस्थापक, नकलची और दूसरे दर्जे के, जूठन पर पलनेवाले वैज्ञानिकों, इंजीनियरों या व्यवसाय-व्यवस्थापकों में बदल रहे थे.. हमने तुम्हें समझाया था कि आविष्कार अनुसंधान दूसरे कर ही रहे हैं– तुम सिर्फ उन्हें समझने, उन जैसा कुछ बना लेने में ही 'महान' हो.. हम अच्छी तरह जानते थे कि रूस, जापान, जर्मनी, अमेरिका– कुछ भी नया या मौलिक इसीलिए कर पाये हैं कि उनकी भाषा और संस्कार या ज़रूरतें उनकी अपनी हैं– लेकिन हम तो तुम्हें बेज़बान, बेचेहरा और बेपहचान 'अंतर्राष्ट्रीयता' में बदल रहे थे.. तुम्हें संवेदनाशून्य रोबो बना रहे थे.. नकलचियों में बदल रहे थे। बिना कोई संस्कृति, संस्कार, अंकुश या मूल्य दिये हमने सारे ऐयाश और समृद्ध देश तुम्हारे सामने खोल दिये थे, सुलभ कर दिये थे सारे साधन, और सामने आदर्श के रूप में हैं हम स्वयं– बेईमान, मक्कार, झूठे, हत्यारे– नयी-नयी संपत्ति का बेशर्म प्रदर्शन करते हुए और मूल्य-नैतिकता भौंकते हुए..

ईमानदारी, राष्ट्रीयता, निष्ठा, लगन हमारे चरित्र के कभी अनिवार्य-हिस्से नहीं रहे, हमने सिर्फ भ्रष्टाचार, अत्याचार, अनाचार, अन्याय और लूट-मार की खेती बोयी है और तुमसे हम

चाहते हैं देशभक्ति, ईमानदारी, लगन, अनुशासन। पूछो हममें से एक-एक से कि जो जहां है उसने वहां क्या कुछ नहीं किया है ? कहीं अपना नाम लेकर और कहीं तुम्हारा नाम लेकर... धोखा, गद्दारी, चोरी, हत्या... क्या छोड़ा है हमने ? हमने सिर्फ एक दूसरे को खरीदा और बेचा है। खुले में और छिपकर मारा और जलाया है। तुम में से कितनों ने अपनी प्रेमिका या पत्नी को जलाया या मारा है ? ...उन्हें जलाया और मारा है हमने... कभी तुम्हें हथियार बनाकर– कभी सीधे। हमारे खून की एक-एक बूंद हत्या, हिंसा और नृशंसताओं से लबरेज है... धर्म, अध्यात्म, नैतिकता ? हा... हा... हा...

शायद हमारी शिकायत ही यह है कि क्यों तुम ये इक्का-दुक्का हत्याएं, आत्महत्याएं करते हो, क्यों लाख दो लाख लूटने के लिए जान जोखिम में डालते हो ? ... मारो हमारी तरह– बाढ़ में, सूखे में, दंगों में, लड़ाइयों में, दवाओं में, खाने में, दुर्घटनाओं में और चुनावों में– कुछ ऐसा करो कि दस-बीस हजार रोज़ मरें– कटकर, सिसक कर, जलकर और भूख से... देश का पैसा, रहस्य, संस्कृति, प्रतिभा, हड्डियां बेचो विदेशी बाजारों में और लाओ वहाँ से नशे, इलैक्ट्रानिक्स गैजेट्स, डिस्को, मोटरें, टी॰वी॰, ब्लूफिल्में... अरबों काटो और करोड़ों फूंको... इन ईमानदार प्रतिभाशाली, उद्यमी और देशभक्तों को अपनी मौत मरने दो... आत्मा को बहुत कचोटें तो मरवाकर हटाओ इन्हें अपने रास्ते से, तुम खुद कुछ नहीं कर सकते तो बनाओ हमारी तरह सेनाएं ; कहो राजनेताओं से कि पुलिस की नकली मुठभेड़ों में इन्हें खत्म कर दें। अफ़सर बहुत ईमानदारी दिखा रहा है तो ट्रक से एक्सीडेंट कराओ, जंगल में तबादला कर दो, बच्चों को उठवा लो... अहिंसा, मानव-कल्याण, नैतिकता, करुणा, हमेशा दूसरों के लिए होते हैं... हम उनसे अलग और ऊपर हैं।

नौजवान दोस्तो, हमारे शब्दों पर बिल्कुल मत जाओ, जो कुछ तुमसे करने के लिए हम अपने उदाहरणों से बता-दिखा रहे हैं, वही करो– ज़्यादा दक्षता और ज़्यादा कौशल से... हां, अगर यह सब अपने आप या दूसरों के गले न उतर रहा हो तो बुद्धिजीवियों– यानी वकीलों, जजों, अर्थशास्त्रियों, पत्रकारों, प्राध्यापकों, साहित्यकारों, गुरुओं, तांत्रिकों को खरीदो– वे तुम्हें और उन्हें बतायेंगे कि कैसे जो कुछ तुम कर रहे हो– वही सब सही और शुभ है। उनके पास अच्छे, चमकदार, धुंधभरे शब्दों का अथाह भंडार है... और वह सब तुम्हारी सेवा में पलक-पांवड़े बिछाये पड़ा है... उन्हें नौकर रखकर अच्छे शब्द और भाषा सीखो...

देखा तुमने, हमने तुम्हारे ऐश के लिए ज्वालामुखियों की कैसी लहलहाती फसलें छोड़ी हैं, चरने के लिए कैसी हरी-भरी खेती छोड़ी है। जाओ, तुम्हारा कल्याण हो, तुम्हारा मार्ग प्रशस्त हो...

सस्नेह

राजेन्द्र यादव

['कांटे की बात', हंस, दिसंबर, 1986]

लोकतंत्र के नदी-नाले

भारतीय लोकतंत्र का नया इतिहास। यानी नये वर्ष की नयी सरकार। यानी वंशवाद के जुए को उतार फेंकने की फिर एक कोशिश, राजीव गांधी सरकार का पतन। एक ऐसा ठंडा निर्णय जिसके पीछे न भारत की विजय या बंगला देश का निर्माण है, न आपातकाल, न प्रधानमंत्री की हत्या...

हम हर रविवार को 'महाभारत' देखते हैं। पता नहीं वह कितना इतिहास है, कितना काव्य या 'धर्म संस्थापनाय' कितना एक अवतार के उदय की आकांक्षा। फिलहाल इसे भी छोड़िए कि सत्य और न्याय किसके पक्ष में है। सदियों से कहानी पांडवों की ओर से ही कही-सुनी जा रही है, इसलिए खलनायक हैं कौरव... और हम आश्चर्य कर रहे हैं कि इस कथा का 'नायक' दुर्योधन क्यों है? क्या वह बहुत बलशाली है? प्रचंड और दुर्जेय योद्धा है? विद्वान और दूरदर्शी नेता है? धृतराष्ट्र का पुत्र होने के अलावा क्या है उसके पास जो औरों के पास नहीं है? भीष्म, विदुर, द्रोणाचार्य, कृपाचार्य, कर्ण, अश्वत्थामा जैसे अपने-अपने क्षेत्र के अद्वितीय दिग्गज क्यों उसके सामने बौने दरबारी बनकर रिरियाने लगते हैं? भीतर ही भीतर घुटते, कुढ़ते और कसमसाते हैं-- मगर सामने सिर नहीं उठा पाते? उन सबके असंतोष और क्षोभ ने क्यों कभी किसी विद्रोह का रूप नहीं लिया? शायद महाभारत की सबसे बड़ी ट्रैजेडी ही यह है कि ये सबके सब दुर्योधन को गलत और पांडवों को सही मानते हैं और उनकी नपुंसक सहानुभूति अपने विरोधियों के साथ है। ठीक यही सवाल राजीव गांधी को लेकर भी उठता रहा है-- खासतौर पर उनके सत्ता से हटने के बाद दुबारा नेता चुने जाने पर। वे क्या ऐतिहासिक, दलगत, या व्यक्तिगत दबाव हैं कि एक लगभग अनपढ़, अनुभवहीन, असंतुलित और अयोग्य व्यक्ति दुबारा देश की सबसे बड़ी राजनैतिक पार्टी का रहनुमा बना दिया जाता है? मान लिया जा सकता है कि सत्ता के केंद्रीय व्यक्ति के रूप में वे जाने-अनजाने कुछ शक्तियों, व्यक्तियों की ज़रूरतों, आकांक्षाओं और स्वार्थों की सुरक्षा का साधन थे... वे अपने बल पर नहीं, उनके बल पर प्रधानमंत्री थे। वे विज्ञापन और टेक्नॉलाजी की आधुनिकता से भारत को बदल डालने की उतावली के शिकार थे... उनके अपने व्यक्तित्व में कोई करिश्मा या

चमत्कार हो न हो, मगर करिश्मा कर दिखाने के मुग़ालते के मरीज़ ज़रूर थे... उनमें इतना धैर्य नहीं था कि देश की अपनी ऊर्जा और संसाधनों को आधुनिकता के स्तर तक ला सकें– इसलिए आधुनिकता का 'आयात' कर रहे थे। परिणामतः शीघ्र ही उन्हें राष्ट्रीय नहीं, अंतर्राष्ट्रीयता के प्रभावों, दबावों और आतंक में आना ही था। वे विकसित अंतर्राष्ट्रीयता का इस्तेमाल करने की बजाय उसका प्रतिनिधित्व करने लगे– सारा देश उपभोक्ता था और वे आधुनिकता उधार देनेवालों के व्यवस्थापक... इसलिए उन्हें सबसे ज़्यादा ज़रूरत विज्ञापन या नियंत्रित संचार-साधनों की थी। नये उत्पादन की आक्रामक प्रचार-रणनीति वे राजनीति में भी लागू करने की खुशफ़हमी में मारे गये ; हवाओं में उड़ने को प्रशिक्षित एक सदाशयी व्यक्ति उस देश का सर्वेसर्वा बना दिया गया जो बेहद जटिल, गुड्डल और भ्रष्ट था। सैकड़ों साल पुराने कपड़े के जर्जर टुकड़े को झटके से उठाकर लॉण्ड्री में नहीं दिया जा सकता। उन्होंने जिस इलैक्ट्रोनिक टेक्नॉलाजी और कंप्यूटरी चमत्कार को अपनी प्राथमिकता बना लिया था, उसके लिए विदेशों पर ही निर्भर रहना उनकी मजबूरी थी, मशीनें और कलपुर्जे (हार्डवेयर) ही नहीं, भीतरी सामग्री, तौर-तरीके और रहन-सहन (सॉफ्टवेयर) भी वहीं से आ रहे थे। नतीजे में औद्योगिक मानसिकता नहीं, जीवन के हर क्षेत्र में व्यावसायिक-संस्कृति घर कर रही थी। क्योंकि हमें अपनी चीजें 'निर्मित' नहीं करनी थीं अकेले या बहुराष्ट्रीय कंपनियों के 'सहयोग' से उन्हें सिर्फ आयात करना था। या फिर उनके कलपुर्जे बनाने थे। जापानी, जर्मन या इटैलियन 'नोहाऊ' से अगर हम सस्ते श्रम के साथ दो-पहिया वाहन 'बनाकर' तीसरी दुनिया के देशों में निर्यात कर रहे थे तो आंकड़े ज़रूर बढ़ा रहे थे, मगर वस्तुस्थिति यह थी कि हम सिर्फ दलाली के हकदार थे– चाहे फिर माल अपने बाज़ार की खपत के लिए मंगायें या आगे दूसरों को बेच दें। इससे कोई फर्क नहीं पड़ता कि पैकिंग या नाम हमारे हैं, संयुक्त हैं या सिर्फ उनके। दलाली, कमीशन या मार्जिन का अर्थशास्त्र सिर्फ हमारी जिंदगी को ही प्रभावित नहीं करता– भीतर हमारी मानसिकता और संस्कृति को भी निर्धारित-प्रदूषित करता है। और अगर इसका स्रोत सत्ता हो तो वह खुद एक विराट कार्पोरेट-संस्थान बन जाती है, जिसके शेयर्स को उछालने-लुढ़काने के सूत्र दलालों के हाथ में होते हैं। वे ही आपके रुपये का मूल्य तय करते हैं और वे ही आपकी सत्ता का भाव, दिमागों को नियंत्रित करने का सिलसिला तब सिर्फ एक दूरदर्शनी मनोरंजन भर नहीं रहता, बल्कि कहीं दूर मूल कंपनियों के सूत्रों द्वारा होता है जहां ये नियंत्रित करने वाले खुद नियंत्रित किये जाते हैं।

बहरहाल, बड़े व्यावसायिक संस्थानों की समग्र प्रबंधन मानसिकता के साथ देश के प्रबंधन और नियंत्रण की दीवालिया चकाचौंध से मुक्ति पाना हमें अपनी बहुत बड़ी विजय लग सकती है, और शायद यह है भी। मगर इस परिवर्तन के स्वरूप को भी ठंडे दिमाग से समझना ज़रूरी है, क्योंकि संसद में आये नये सत्ताधारी इसे लोकतंत्र की जीत, भारतीय

जनता का वयस्क होना या 'अंतर्राष्ट्रीयता पर राष्ट्रीयता की विजय' के लुभावने शब्द-जाल से समझने-समझाने की कोशिश कर सकते हैं।

साम्राज्यवादी उपनिवेशवाद की खुशामदी छाया में पनपी सामंती मानसिकता से ग्रस्त देश में व्यवस्था का नाम कुछ भी हो- लेकिन सारी शक्ति, निर्णय, नीतियां और मनमानियां ऊपर से नीचे की ओर प्रवाहित होती हैं। ऊपर का भ्रष्टाचार और दलाली ही, निम्नतम स्तर पर रिश्वत की खुली छूट के जायज़ीकरण में बदल जाती है। दरबारियों से लेकर दरबान तक उच्चतम संपर्क का दावा या उदाहरण देकर भ्रष्टाचार को अपना हक बना लेते हैं। लूट की संस्कृति और सुविधाओं से सबके हित इस तरह बंध जाते हैं कि इस व्यवस्था को बदलना बहुत मुश्किल होता है। अकसर वह बदलती नहीं, भीतर से टूटती है, यानी अपने अंतर्विरोध ही उसे ढहाते हैं। इसलिए नवंबर के इन चुनावों के बारे में यह हमें बिल्कुल साफ होना चाहिए कि हमने व्यवस्था नहीं बदली है, सिर्फ चेहरे बदले हैं। नालियां और उनकी दिशाएं वही हैं-हमने उन्हें सिर्फ साफ किया है-पुराने लद्धड़, हरामखोर और अहंकारी मालियों की जगह नये माली नियुक्ति किये गये हैं। हो सकता है कुछ दिन ये चुस्ती और ईमानदारी से काम करें, मगर इनके चटखारेदार 'किस्सों' के लिए भी हमें मानसिक रूप से तैयार रहना चाहिए.. क्योंकि वही प्रशासन है, वही नौकरशाही है, और नौकरशाही अपनी सुविधाएं या विशेषाधिकार छोड़ती कभी नहीं हैं-नयों को तौलने की प्रक्रिया में सिर्फ कुछ समय के लिए स्थगित करती है-जानती है कि नयों की कमजोरियां, ज़रूरतें और दबाव भी वही हैं। यह भी वह अच्छी तरह जानती है कि नये आसमान से नहीं उतारे गये-उन्हीं परिस्थितियों, परिवारों और पृष्ठभूमि से आये हैं जहां से कल आये थे.. हो सकता है ये बिल्कुल वही न हों, कुछ अलग लोग हों-मगर इनकी महत्वाकांक्षाएं और कमजोरियां निश्चय ही वही हैं।

आइए, इन नयों को भी थोड़ा पहचान लें। सदियों से भारतीय समाज व्यवस्था पर ऊंची जातियों का ही वर्चस्व रहा है। 1977 में पहली बार मध्य-जातियों को-जिन्हें समाजशास्त्री सुविधा के लिए 'अजगर' कहते हैं -जनता सरकार के रूप में मान्यता मिली-यानी उन्होंने सत्ता का स्वाद जाना। ये या तो खुद किसान थे या खेती के कामों और पशुओं से जुड़े लोग थे-इन्हीं में से अधिकांश फौजों और औद्योगिक शहरों में जाते थे, तो कुछ खेतहीन मजदूरों और बड़े जमींदारों के बीच के लोग थे ; इसलिए या तो उनकी व्यवस्था के हाथ-पांव थे या खुद उनसे विद्रोह करके जरायम पेशा हो गये बागी। शिक्षा और सुधार की गति इनमें धीमी थी-क्योंकि परंपराओं और रूढ़ियों की पकड़ इनके संस्कार का हिस्सा थी। इन मध्यवर्गीय किसानों के दो 'दुश्मन' थे, मगर जिनके सहयोग के बिना इनका अपना अस्तित्व भी मुश्किल था-और ये थे ऊपर के बड़े जमींदार और नीचे के भूमिहीन-मजदूर या दलितवर्ग। एक इन्हें विशेष सामाजिक स्थिति

से ऊपर नहीं उठने देना चाहता था, तो दूसरों को ये खुद दबाये हुए थे– चाहते थे कि हमेशा ही वे इनके आश्रित बने रहें। स्वतंत्रता आंदोलन, द्वितीयं महायुद्ध और स्वतंत्रता के बाद कृषि को दी जाने वाली विशेष सुविधाओं, नये वैज्ञानिक तरीकों, उपकरणों और फसल-विस्फोट के कारण पिछले पचास वर्षों में धीरे-धीरे ये संपन्न भी हुए और जागरूक भी। बड़े ज़मींदारों ने जब शहरों में ऊंची नौकरियों, उद्योगों और राजनैतिक सत्ता की हिस्सेदारी में आना शुरू किया तो उस शून्य को भरने के लिए यही वर्ग सबसे आगे था। नतीजे में उच्चवर्ग और इस मध्यवर्गीय किसान के बीच लगातार संघर्ष और सहयोग की स्थिति बनी रही। पहले ये लोग ऊपरवाले मालिक लोगों के लिए अपने ही वर्ग या नीचेवालों का शोषण और दमन करते थे, अब खुद अपने लिए करने लगे। बिहार और पूर्वी उत्तर प्रदेश में आज भी यह स्थिति जातियों के आपसी संघर्ष के रूप में देखी जा सकती है। नयी-समृद्धि और लोकतंत्र की चुनावी प्रक्रिया ने इन्हें सिर्फ गोलबंद ही नहीं किया--एक प्रतिशोधी आक्रामकता भी दी। इस वर्ग के चतुर्दिक उभार ने सारी उत्तर भारतीय राजनीति और सामाजिक बनावट के पुराने समीकरण ही बदल डाले-

जाति और बाहुबल के आधार पर समाज में आतंक बनने वाले इन लोगों की राजनेताओं को बेहद जरूरत थी– विरोधियों को मरवाना था, अपने लिए भीड़ इकट्ठी करनी थी, गांव जलवाने या उनकी 'हेकड़ी' को ठंडा करना था– बूथों पर कब्जे करने थे। इसलिए उन्होंने इन्हें प्रोत्साहन, पैसा और संरक्षण ही नहीं दिया, गिरोहों, दलों और सेनाओं के रूप में संगठित करना भी शुरू कर दिया। पहले के लठैत अब नये तरीकों और हथियारों से लैस हो गये। शहरी स्मगलर तथा अंतर्राष्ट्रीय तस्कर, बड़ी और टॉप राजनीति के साथ थे तो प्रदेशों में इन बाहुबली रंगदारों का बोलबाला था। कुछ इनके बल पर तो कुछ सीधे चुनाव लड़कर जब विधान सभाओं और संसद में आ बैठे तो राजनीति के अपराधीकरण और अपराध के राजनीतिकरण की प्रक्रिया पूरी हो गयी। चन्द्रशेखर जैसे काइयां राजनेताओं ने इस कला को और भी सॉफेस्टिकेशन प्रदान किया– गांधी जी की संतई मुद्रा में एक ओर सूर्यदेव सिंह तो दूसरी ओर चन्द्रा स्वामी के कंधे उनके लिए हाज़िर थे। हम सभी ने नलिनी सिंह की 'बूथ-कैप्चरिंग' पर तैयार की गयी टी॰वी॰ रिपोर्ट देखी है। इसमें इन चुनावों के ठीक दो चार दिन पहले लिये गये इंटरव्यू हैं। अखबारी समाचारों और इस जैसी फिल्मों के बाद इन तथाकथित लोकतांत्रिक चुनावों के बारे में किसी को कोई भ्रम नहीं रहना चाहिए। इन सबसे साफ है कि किस तरह यह सारा चुनावी खेल, पेशेवर हत्यारों, डकैतों, लुटेरों और लठैतों के बल पर ही चलता है– सामान्य जनता, विशेष रूप से अनुसूचित और गरीब आदमी औरतें तो बूथ तक पहुंच ही नहीं पाते– उनके सारे वोट मनचाहे उम्मीदवार को डाल दिये जाते हैं। इलाहाबाद के पिछले चुनाव या इस बार के चुनावों से ऐन पहले खूंखार अपराधकर्मियों को खुलकर-खेलने के लिए जेलों से बाहर

निकाल देना अकारण ही तो नहीं होता। हत्याओं, बलात्कार के बीस-बीस मुकदमों वाले हिस्ट्री-शीटर विधायक और सांसद अगर इस बार धूल चाट गये हैं तो हमें बहुत प्रसन्न होने की ज़रूरत नहीं है। बहुत कम जगहें हैं जहां जनता ने संगठित होकर उनके खूनी इरादों को असफल किया है। कहीं-कहीं बिहार में आई॰ पी॰ एफ॰ ने यह मोर्चा लिया। वस्तुतः वे हारे इसलिए हैं कि प्रशासन उनके खिलाफ था और विरोधी दलों की तैयारियां उनसे ज्यादा कारगर थीं, या उन्हें अधिक कुशल पेशेवरों की सेवाएं सुलभ थीं। नलिनी सिंह के इसी वृत्त चित्र में एक साहब दोनों ओर पांव जमीन पर टिकाये मोटर साइकिल पर ठीक फिल्मी खलनायक के अंदाज में आंखों पर धूप का चश्मा, और जीन्स पहने दिखाये जाते हैं। वे निहायत गुस्ताख बेबाकी से बताते हैं कि हम किसी ऐरे-गैरे को वोट नहीं देने देंगे। "क्यों ?" पूछने पर निश्चित जवाब है। "हमारी मर्जी है।" "लेकिन लोकतंत्र में तो..." "नहीं जी, हमारा यही लोकतंत्र है।" "आदमी खेतों में काम करें, औरतें चूल्हा-चक्की देखें, उन्हें वोट-फोट से क्या मतलब ?" "इसके लिए ज़रूरत पड़ने पर आप मार-पीट, हत्या कर देंगे ?" "ज़रूर कर देंगे।" "पुलिस ?" "वह हमारी खरीदी हुई है। हम यहां के ज़मींदार हैं, यहां हम जो चाहेंगे, वही होगा।" इस आदमी के ठंडे और निश्चिंत तेवर, देखने वाले को आतंक से थरथरा देते हैं। यह व्यक्ति सत्ता की ओर भी है तो विपक्ष की ओर भी। हमें कोई आश्चर्य नहीं होना चाहिए अगर यही आदमी भव्य कुर्ता-धोती पहने किसी मंत्री-पद की शपथ लेता हुआ दिखायी दे... लगता है आज जैसे सारी राजनीति इसी दुश्चक्र में फंस गयी है कि गुंडागर्दी का जवाब उससे बड़ी गुंडागर्दी है। नतीजे में दोनों पक्ष एक दूसरे से अधिक संगठित अपराधाश्रयी बनते जाते हैं।

तो गैर-शहरी मध्यवर्गीय संपन्न किसानों की दुनिया से आने वाले ये हैं हमारे भाग्य विधाता। चूंकि न तो इनमें शिक्षा है, न संस्कार, वैचारिक उदारता तो है ही नहीं। इसलिए संसद परिसर या पांच सितारा होटलों, सैमिनारों में जूता-दर्शन और टेंटुआ-मर्दन या पिस्तौल-प्रदर्शन जैसे मनोरंजक दृश्य तो दिखायी देंगे ही, इनके अपने क्षेत्रों की स्थितियां और भी बदतर हो जायेंगी। स्त्रियों और हरिजनों को मिली हुई छूटें कागज से आगे नहीं बढ़ेंगी–राम जन्मभूमि के नेता महंत अवैद्यनाथ और सती की महान परंपरा के समर्थक कल्याणसिंह कालवी जैसों से किसी सामाजिक उत्थान की आशा रखना बेवकूफी है। संस्कृतिविहीन, समृद्ध किसान या तो मुकदमे लड़ते हैं–या ऐय्याशी, निरंकुशताओं और धार्मिक आडंबरों में सार्थकता तलाशते हैं। इनके इस सांस्कृतिक शून्य को भरेगी भारतीय जनता पार्टी और जमायते-इस्लामी। सब मिलाकर यह चुनाव कम्प्राडोर (दलाल व्यवसायियों) से कुलक (संपन्न किसानों) हाथों में सत्तांतरण है।

विश्वनाथ प्रताप सिंह का हिंदी-भाषण हमें सचमुच ही एक ताज़ी बयार की तरह लगा है। और यह भी सच है कि आगे हिंदी या दूसरी भारतीय भाषाएं ही आयेंगी–लेकिन

वे विकसित राष्ट्रीय चेतना और जागृत अस्मिता की अभिव्यक्तियां नहीं– पोगापंथी, रूढ़ और पिछड़ी संस्कृति की दांभिक उद्घोषणाएं होंगी.. भारतीय जनता पार्टी चाहे सीधे सत्ता में न हो। मगर विश्वनाथ प्रताप सिंह की सरकार पर नीतिगत दबाव उसका हमेशा बना रहेगा–हो सकता है राजस्थान, मध्यप्रदेश, गुजरात जैसे कुछ प्रांतों की विधान सभाएं भी वह हथिया ले। इन लोगों के पास आज की दुनिया के अनुरूप न कोई सुस्पष्ट आर्थिक नीति है, न राजनैतिक समझ। छोटे और मध्य वित्तीय व्यापारियों की इस मुख्यतः शहरी पार्टी के पास मूलभूत सामाजिक बनावट और बदलाव की कोई दृष्टि नहीं है। इसका सारा जोर, आग्रह और आधार–मार्क्सवादी शब्दावली में कहें, तो सामाजिक 'सुपरस्ट्रक्चर'– यानी धार्मिक और गतिहीन सांस्कृतिक पुनरुत्थानवाद पर है। अतीत ही उनके लिए भविष्य है। इनका हिंदी प्रेम चोटी और जनेऊ के साथ जुड़ा है। और यही पार्टी होने जा रही है मध्यवर्गीय किसानों वाली विश्वनाथ सरकार की सांस्कृतिक-बैंक.. समाजशास्त्री जानते हैं कि अपराध और धर्म का चोली दामन का साथ है। किसी भी नीति, नियम, कानून और शिष्टाचार से अपने आपको ऊपर समझने के अभ्यस्त हमारे ये नये हुक्मरान, सामाजिक निरंकुशताओं और धार्मिक उत्सवों में ही अपनी सार्थकता तलाश करेंगे–घी और लकड़ी अब देश के ज़रूरतमंद लोगों के लिए नहीं, यज्ञों और हवनों में फूंकी जायेगी और साधु बाबा और महंत निर्धारित करेंगे हमारा दैनिक रहन-सहन.. चाहें तो कह लें कि इक्कीसवीं शताब्दी की हड़बड़ाहट भरी-छलांग की प्रतिक्रिया ने हमें पांचवीं छठी शताब्दियों के अंधेरों में झोंक दिया है.. अगर इस मोर्चे पर सावधानी नहीं बरती गयी तो सारी मानवीय प्रगति अंधविश्वासों और अवैज्ञानिकताओं की बलि चढ़ जायेगी, स्त्रियों आदिवासियों और हरिजनों की स्वतंत्रता सपना होकर रह जायेगी और ये ही तय करेंगे कि इतिहास के किस युग के बाद आने वाले 'आक्रमणकारी विदेशी' हैं! (मानो आर्य और हूण यहीं पैदा हुए थे)

विश्वनाथ प्रताप सिंह भावुक, कवि और स्वप्नदर्शी राजनेता हैं और रचनात्मकता का एकमात्र स्रोत है– कल्पनाशीलता या स्वप्नदर्शिता। दुनिया के सारे बदलाव इन्हीं स्वप्नदर्शी लोगों की बदौलत हैं। प्लेटो ने चाहे अपनी शासन व्यवस्था से इन्हें निष्कासित कर दिया हो मगर आधुनिकतम प्रशासन व्यवस्था इसी कल्पनाशीलता को नयी-नयी तकनीकों और तरीकों की खोज के लिए अनिवार्य मानती है। वह आग्रह करती है कि उच्चतम प्रशासक और व्यवस्थापक प्रयत्नपूर्वक अपनी कलाप्रवृत्तियों का संवर्धन और विकास करें– ताकि उनकी अविष्कारवृत्ति बनी रहे। अपनी कवि-बनावट के लिए विश्वनाथ प्रताप मुझे जवाहरलाल नेहरू की याद दिलाते हैं। निश्चय ही व्यक्तिगत अनुभवों और सामाजिक इतिहासों से गुजरकर आयी हुई नेहरू जैसी व्यापक समझ और विश्व-दृष्टि उनके पास नहीं है– शायद वैसी बौद्धिक संपन्नता और तेजस्विता भी नहीं है। मगर कवि की संवेदनशीलता

और व्यावहारिक पकड़ उनके पास जरूर है–एक किसानी अंतर्दृष्टि.. और यही अमृतकुंभ (या 'एकिलीज हील') उनका सबसे खतरनाक बिंदु है। नेहरू ने कभी चाणक्य नाम से 'मॉडर्न-रिव्यू' में आत्मविश्लेषण किया था और उसमें बताया था कि ज़रा-सा फिसलने पर नेहरू किस तरह क्रूर तानाशाह बन सकता है। दंभी उद्घोषों, अवरुद्ध चेतना, जातिगत अहंकारों और पिछड़ी समझवाले नये-पुराने, कानूनी-गैरकानूनी, छोटे-बड़े 'राजाओं' वाली शिवजी की जिस बारात को लेकर विश्वनाथ प्रताप नये भारत और नये समाज का निर्माण करने चले हैं, वह उन्हें कितनी दूर और कितने दिन चलने देगी–इसमें हम सभी को शक है। क्योंकि आपसी लड़ाइयां और जाति या वंशगत मारकाट हर सामंती समाज का एकमात्र शगल रहा है। मुहावरे में कहूं तो उनमें अक्ल नहीं, सिर्फ मूंछें होती हैं। उन्हें या तो मरोड़ा जाता है या उखाड़ा जाता है। प्रपंचों, उद्दंडताओं और मूर्खताओं से घिरा भावुक व्यक्ति जब अपने साथियों को अपने आदर्शों, स्वप्नों और 'बहुजन हिताय' आकांक्षाओं के अनुरूप नहीं चला पाता, या न्यस्त-स्वार्थों को जब हर कहीं अड़ंगे लगाते देखता है तो अधीर होकर झल्ला उठता है, उसकी प्रतिबद्धता उसे सख्त और दुराग्रही बनाने लगती है। गिरीश कर्नाड के नाटक 'तुगलक' में इस प्रक्रिया का दिलचस्प विकास हमारे सामने है। सहज विश्वासी उदार तुगलक सारी प्रजा की सुख समृद्धि के लिए बहुत कुछ करना चाहता है, सबको न्याय देना चाहता है–मगर कदम-कदम पर स्वार्थी अड़ंगे, विश्वासघात और जालसाज़ियां, निहायत अपनों द्वारा उसे मिटाने और कत्ल करने की कोशिशें उसे क्रमशः अविश्वासी, अकेला और क्रूर बनाने लगती हैं और नतीजे में वह एक निरंकुश, स्वेच्छाचारी और असंतुलित शासक बन बैठता है। शायद इसी प्रक्रिया से संजय और राजीव गांधी गुजरे हैं और इसी से गुजरने की संभावना है विश्वनाथ प्रतापसिंह की भी। क्योंकि दोनों में कहीं भीतर 'राजा' तत्व भी है जो खुशामदियों और बहुरूपियों से घिर जाने के लिए अभिशप्त है। राजीव के दरबारी 'यस सर' के अभ्यस्त हो गये थे, उधर अपने-अपने क्षेत्रों से आये बेताज के राजा ज़्यादा टेढ़े लोग हैं, किसी उत्सव-समारोह में विशिष्ट ढंग का निमंत्रण, एक नंबर ऊपर या नीचे की कुर्सी या पहले और बाद का संबोधन उनके अहंकार को तिलमिलाने के लिए काफी है। इन्हीं छोटी और टुच्ची बातों पर न जाने कितनी बारातें लौटी हैं, तलवारें खिंची हैं और जयचंदों या मीरज़ाफरों ने देश के दुश्मनों से मिलकर व्यक्तिगत दुश्मन को सबक सिखाये हैं। राजतिलक के साथ ही फनफनाये हुए क्षुब्ध चन्द्रशेखर भितरघात के पांसे फिट कर रहे हैं.. मुहम्मद गोरी और क्लाइव ने इस बार रूप बदलकर नाम रख लिये हैं, दीनार और डॉलर..

कल्याणकारी योजनाओं को अंतिम व्यक्ति तक पहुंचाने की प्रतिज्ञाएं, स्वच्छ कर्मठ और योग्य प्रशासन या स्वतंत्र न्यायपालिकाओं के आश्वासन राजीव गांधी ने भी बहुत दिये थे–इसलिए आज बहुत प्रभावित नहीं करते। हां, संचार माध्यमों को स्वायत्त कर

देने की घोषणाएं ज़रूर नयी हैं। 'हमें देखना है' कि यह स्वायत्तता केंद्र-निर्भर उपग्रहों वाली कागजी स्वतंत्रता होगी या सचमुच बी॰बी॰सी॰ जैसी जिम्मेदार आज़ादी। उधर सीरियल-स्वीकृति के लिए चलनेवाली रिश्वतें कितनी कम या ज़्यादा होंगी—क्योंकि अभिव्यक्ति माध्यमों की स्वायत्तता का आधार आर्थिक आत्मनिर्भरता भी है जो या तो सरकार का मोहताज बनायेगी या व्यापारियों का। अभिव्यक्ति के क्षेत्र में सरकारी आर्थिक सहयोग, सहायता, अनुदान या पुरस्कार—प्रत्यक्ष या अप्रत्यक्ष रूप से आंखें और ज़बान बंद रखने की शर्त पर ही दिया जाता है—उधर व्यवसाय हर कला-अभिव्यक्ति को विज्ञापन बना देता है। निर्भीक, स्वतंत्र और समझदार बुद्धिजीवियों के प्रभावी सलाहकार मंडल का नियंत्रण-चक्र तैयार किये बिना रेडियो, टी॰वी॰ की स्वायत्तता या तो वित्तमंत्रालय के क्लर्कों के हाथों गिरवी चली जायेगी या तेल-साबुन, ब्रा-बाइक के राष्ट्रीय-अंतर्राष्ट्रीय व्यवसाइयों के... एक इसे ठस बनायेगा तो दूसरा नशेड़ी उत्तेजना की घूंट... लेकिन इस सबके लिए चाहिए एक निर्भ्रांत और पारदर्शी सांस्कृतिक दृष्टि। सचमुच यह हमारा दुर्भाग्य रहा है कि शिक्षा और संस्कृति को (एक दो अपवादों को छोड़कर) कभी सही व्यक्ति नहीं मिले। हर जगह से अस्वीकृत, अवांछित बौने और छंटनी के लोग ही भारत का शिक्षा-मंत्रालय और सांस्कृतिक विभाग संभाले रहे... न जाने कितनी योजनाएं, अभियान और उत्सव शुरू हुए, दिल्ली की सीमाओं के भीतर ही उड़न-पट्टी पर दौड़े और हवा में उठकर सीधे लंदन-पैरिस या न्यूयार्क जा पहुंचे... हम लोग सिर्फ उनकी उड़ानें और 'दौड़ें' ही देख-देखकर तालियां बजाते रहे... सारा देश ताली-बजाने वालों में बदल दिया गया। विश्वास है कि विश्वनाथ न उतने संस्कारहीन हैं, न वैसे अशिक्षित, दृष्टि-विपन्न... अकबर न सर्वज्ञ था न सर्वश्रेष्ठ... मगर सही जगह के लिए सही व्यक्तियों के चुनाव की दृष्टि ज़रूर उसके पास थी। और लगभग यही दृष्टि थी गांधी और जवाहर लाल नेहरू के पास। आज गांधी और नेहरू का कीर्तन करना सचमुच वीभत्स और वल्गर लग सकता है—मगर उनकी व्यावहारिक समझदारी आज भी निश्चय ही हमारा दिशा-निर्देश कर सकती है। वर्ना मुझे भय है कि 'राजा मांडा' अचानक ही 'त्रिलोक का स्वामी' और 'खमा अन्नदाता' के मुजरे न बटोरने लगे।

हम मानते हैं कि देश की तात्कालिक प्राथमिकता चीनी और चावल की महंगाई है, बढ़ती हुई कीमतें और सांप्रदायिक या क्षेत्रीय विस्फोट हैं, पुनर्जीवित होते हुए अंधविश्वास और नृशंस-धर्मांधताएं हैं, घूसखोर, निकम्मी, पक्षपाती और निरंकुश नौकरशाही और गुर्राते पड़ोसी हैं—सब कुछ है, मगर इतना ही नहीं है। तात्कालिकता (एड-हॉकिज्म) के लिए आदमी अपनी सोच और साधना स्थगित नहीं कर देता। फिर शिक्षा और संस्कृति उतनी अमूर्त या निराकार चुनौतियां भी नहीं हैं। साहित्य सुरुचिसंपन्न होने के नाते हम सब तो यही प्रत्याशा करेंगे कि नये प्रधानमंत्री मुद्रित शब्द को उसकी खोयी प्रतिष्ठा पुनः

दिलायें–यानी किताब को बचायें। क्योंकि यहीं देश की मनीषा अपने अस्तित्व की लड़ाई लड़ रही है। अशिक्षित देश की ज़रूरत रोटी-कपड़ा मकान के साथ-साथ कागज़ भी है। किताब सस्ती और सर्वसुलभ हो, इसके लिए बेहद जरूरी है कि कागज़ सस्ता हो, किताब का डाकखर्च रियायती हो... ताकि असंस्कृत और अशिक्षित समृद्धि का जो नतीजा वे स्वयं भोगने जा रहे हैं वह अगलों को न भोगना पड़े... शायद इस चुनाव का एक बहुत बड़ा सबक यह भी है कि आज भी दृश्य माध्यमों के मुकाबले मुद्रित-शब्द ज्यादा शक्तिशाली है... खुद वे मुद्रित शब्द से ही लड़े हैं... दृश्य माध्यम तो नितान्त 'दूसरों के हाथों में थे'। (बोफोर्स) तोप के मुकाबले, अखबार की इस जीत पर कितनी पुलकित हो रही होगी अकबर इलाहाबादी की आत्मा...

'हमें देखना है' कि भीषण और विस्फोटक स्थितियों के शेर पर सवार विश्वनाथ अपनी घोषणाओं से जय-जयकार पाते हैं, या कार्यों और परिणामों से... मगर यह निर्भर सिर्फ इसी बात पर करेगा कि जानी-अनजानी दिशाओं से आने वाले दबावों, लिहाजों, धमकियों और चुनौतियों के खिलाफ वे संयुक्त-मोर्चा बनाते हैं या 'कॉकस'... क्योंकि उन्होंने सिर्फ सत्ता बदली है, व्यवस्था वही है–दुर्भाग्य से उनका अपना स्टॉक (सामाजिक-नस्ल ?) भी वही है... उनकी टोकरी में भरे हैं एक दूसरे की टांग खींचने वाले केंकड़े... या जैसे-तैसे तराजू के पल्ले में ठूंसे गये मेंढक... और बाहर घात लगाये भेड़िये... मुंह-लगे-खून के चटखारे लेती भ्रष्ट नौकरशाही और पतनशील, जर्जर, आत्महंता सामंती-व्यवस्था की विरासत।

विश्वनाथ प्रतापसिंह व्यवस्था के शिकार नहीं, सवार बनकर आयें। नये वर्ष की इसी कामना के साथ।

['मेरी तेरी उसकी बात', हंस, जनवरी, 1990]

'जी मालिक' की जमूरियत

अभी-अभी नये लोकसभा चुनावों की घोषणा हुई है। गरीब, भूखा, कर्जों से लदा, आपस में सिर फोडता देश हर दूसरे साल चुनावी ऐयाशियों में अपनी छोटी-छोटी दुश्मनियों को अखिल भारतीय समस्याओं में बदलता रहे– क्या सचमुच हम यह बर्दाश्त कर सकते हैं? अब वही जातिवाद और क्षेत्रीयता को भड़काने वाले नारे लगेंगे, खोखली राष्ट्रीयता और झूठे आश्वासनों की बौछारें होंगी, व्यापक हिंसा और खून-खराबे होंगे, खरीदने-बेचने, मारने-पटाने के रिहर्सल होंगे, ब्लैक-मनी दीवारों और सड़कों पर चिंघाड़ेगा; बसें, कारें और जीपें पानी की तरह पेट्रोल बहायेंगी, चुनाव के नाम पर किसने, कहां, कितनी घूस ली, इन आंकड़ों के भांडे फोड़े जायेंगे और सांप्रदायिक सन्निपात में घर-झोंपड़े फूंके जायेंगे... सिर्फ एक छोटी-सी राहत के लिए कि जम्हूरियत के नाम पर हमारी खोपड़ी पर चढ़ा प्रधानमंत्री नाम का एक जमूरा दफा हो जाये। कम से कम इस भंडेती से तो छुटकारा मिलेगा कि "हां, जमूरे।" "जी मालिक।" "जो कहूंगा, वह करेगा?" "जी मालिक।" "तमिलनाडु सरकार गिरायेगा?" "जी मालिक।" "बिहार के गवर्नर को बर्खास्त करेगा?" "जी मालिक" "कोई फैसले तो नहीं करेगा?" "जी मालिक" "मुंडन, नकछेदन, शादी, मौत, ख़तना-जैसे हर आयोजन में जायेगा?" "जी मालिक–"गुंडों, बदमाशों, तस्करों, हत्यारों, चौटालाओं का अभिनंदन करेगा?" "जी मालिक।" "मनहूस चेहरे से मशीन की तरह नैतिकता, अनुशासन, किफायत, राष्ट्रीयता के खोखले भाषण भोंकेगा?" "जी मालिक।" "जिस प्रधानमंत्री पद के लिए जिंदगी भर कुढ़ता, जलता, तड़फड़ाता और बौखलाता रहा उसे जूते की नोंक पर रखने की बात कहेगा?" "जी मालिक।" "अच्छा, अब बहुत खेल हो गया, अपना बोरिया-बिस्तर समेट।" "जी मालिक।" "तो अब खड़ा हो जा और पेट बजा-बजाकर साहब लोगों से वोट मांग।" "जी मालिक।"

चोर, डाकू, हत्यारे, तांत्रिक, स्मगलर, गुंडे, महा 'महिम' पहले भी थे, मगर नेहरू से लेकर इंदिरा तक उन्हें कभी राजनैतिक सम्मान नहीं मिला। संजय ने उन्हें मान्यता दी और चन्द्रशेखर ने सीधे बराबर का आसन दिया–"मैं जो कुछ करता हूं खुलकर करता हूं" के अहंकार के साथ। मानो खुलकर करने से गलत काम सही हो जाता हो, बलात्कार

को पूजा का दर्जा मिल जाता हो। दूसरे शब्दों में चन्द्रशेखर माफिया डॉन की तरह धमकी देते हैं कि 'देख लो, ये हैं मेरे हाथ-पांव और इनकी मदद से मैं राजनीति करता हूं। जो भी बोलना हो संभलकर बोलना।' ठीक है अगर इसे ही आप राजनीति कहते हैं तो कहें, मगर गांधी, लोहिया, जयप्रकाश, नरेन्द्र देव की बकवास तो बंद कर दें_ जब उस तरह के लोगों और कामों से ही मुक्ति पा ली है तो नैतिकता, समता, न्याय, आदर्श जैसे फालतू शब्दों की जान को क्यों लगे हैं? क्या सचमुच उन्हें विश्वास है कि लोग उनकी बातों को बिना हंसे सुनते हैं? धन्य हो, भारत भाग्य-विधाता!

बिल्कुल भी साफ नहीं है कि चुनाव में क्या होगा। कोई भी भविष्यवाणी नहीं की जा सकती। सारे सामाजिक मूल्य, मान्यताएं, ब्यूरोक्रेसी, जुडिशियरी, कानून और व्यवस्था जिस तरह ध्वस्त हो गये हैं उसमें तो हिंसा ही एकमात्र हथियार बचा है। शायद उसी की भरपूर खुराक से चुनाव होंगे। हरियाणा जैसी जगहों पर रिहर्सल हो ही चुके हैं। अब होगा राष्ट्रीय स्तर पर ग्रांडशो। संगठित हिंसा का सबसे बड़ा फायदा शायद धार्मिक दलों को ही होगा। बाकी को पैसों और जाति की सांप्रदायिकता का सहारा लेना पड़ेगा। प्रॉफेशनल-अपराधियों को जो जितना सौदा और सम्मान देगा वही वोट लेगा। इस कला का सबसे लंबा अनुभव कांग्रेस को है, बाकी तो नये और अनाड़ी हैं। शक्ति का दंभ और अतिरिक्त विश्वास तो है, मगर कांग्रेस जैसा शातिर धीरज नहीं। हां, अनेक बार की तरह जनता ही गुपचुप अप्रत्याशित निर्णय कर ले तो बात दूसरी है। तब तो सारी बिसात की पलट जायेगी। मगर जनता बंटी और डरी हुई है–महंगाई और आश्वासनों की मारी है–सुरक्षा और स्थिरता पाने की हड़बड़ी में वह एक गलत निर्णय ले सकती है। पता नहीं, क्यों मुझे बार-बार विश्वास होता है कि जनतंत्र के लिए हम अभी कच्चे और अवयस्क हैं। शोर चाहे जितना मचायें, हम जनतंत्र के महत्व को समझने में नाकाबिल हैं। हो सकता है, हमारे यहां फ़ौजी या किसी एक की डिक्टेटरशिप न आये, मगर राजीव गांधी जैसे अपरिपक्व की 'जनतांत्रिक' डिक्टेटरशिप की यातना से गुजरना ही शायद हमारी नियति है। यानी संपूर्ण समर्पण या सौ फीसदी वफादारी नाम के एकमात्र मूल्य के आधार पर चलेगा जनतंत्र। अब बाज़ीगर प्रधानमंत्री के जमूरे बनेंगे गर्वनर और मुख्यमंत्री।

['मेरी तेरी उसकी बात', हंस, अप्रैल, 1991]

हिंसा का व्याकरण

अनुमान गलत हुआ और राजीव गांधी की अचानक हत्या ने चुनावों को एक महीना बाद के लिए सरका दिया। 21 मई को मद्रास के पास श्री पैरुम्बदूर में एक 'मानव-बम' ने उनके चिथड़े उड़ा दिये... पिछले संपादकीय में मैंने जिस मुद्दे को रेखांकित करने की कोशिश की थी वह थी हमारी आज की हिंस्र मानसिकता या सामूहिक रक्त-पिपासा (सैडिज्म)। फिल्म हो या समाज, जब आपसी संवाद समाप्त हो जाये, आप समस्याओं पर खुलकर और खुले मन से बात न कर पायें तो भाषा सिर्फ प्रतिहिंसा, प्रतिशोध और बदले की धमकियों की गुर्राहट बनकर रह जाती है। वहां न कोई निर्देशक होता है, न नेता। वहां सिर्फ फाइटमास्टर होता है और हिंसा-आतंक-खून को मंच पर अधिक-से-अधिक दैत्याकार बनाकर प्रस्तुत करने की तरकीबें और तकनीकें रह जाती हैं। चूंकि हर पक्ष एक दूसरे का 'दुश्मन' होता है इसलिए एक्शन के नाम पर रह जाते हैं खून के प्यासे आपराधिक कारनामे– या चालाक राजनीति की एय्यार भाषा ! भारतीय राजनीति इस प्रवृत्ति की सबसे दहाड़ती सचाई है। श्री लालकृष्ण आडवाणी जिस 'किलर-इन्स्टिंक्ट' की बात करते हैं वह शब्द तो खेल-जगत का है, मगर चुनाव में उसका अर्थ है उत्तेजना का वह उन्मादी तनाव, जब आप 'जड़-मूल से नेस्तनाबूद करने' की खूंखार मानसिकता को ही एकमात्र विकल्प मानकर राजनीति करते हैं ! साधन कुछ भी हों, दूसरे को नृशंस होकर मारना ही होगा, वर्ना मार डाले जायेंगे। ज़रा-सी चूक का मतलब है सफ़ाया। जाहिर है कि यह लड़ाई आमने-सामने की नहीं, राजनैतिक शतरंजों और षड्यंत्रों की है। मैदान में ताल ठोंककर लड़ने वाले बाहुबली तो सिर्फ मोहरे हैं– असली योद्धा कहीं दूर बंद कमरों और बंद दिमाग़ों में बैठे नक्शे बना रहे हैं और ये सूत्र स्थानीय भूगोल से लेकर प्रांतीय, राष्ट्रीय और अंतर्राष्ट्रीय राजधानियों तक जाते हैं। जो कुछ भी घटित होता है वह तो परिणति या चुनौतियों का सिलसिला होता है... आइसबर्ग का ऊपरी सिरा...

21 मई को राजीव गांधी की हत्या को हमें इसी सिलसिले के रूप में देखने की ज़रूरत है। यह घटना हुई भले, मद्रास के पास श्री पैरुम्बदूर नाम की जगह, किसी आत्मघाती एजेंट के द्वारा– मगर इसके निर्णय और नक्शा निश्चय ही कहीं और तैयार

किये गये हैं। शिकारी की गोली या भाले से घायल पशु का पलटकर किया गया वार भी यह नहीं है। कुछ अंतर्राष्ट्रीय शक्तियां थीं जिनके लिए इंदिरा गांधी बहुत असुविधाजनक हो गयी थीं, इसलिए उन्हें हटाना बहुत ज़रूरी था। उनके आस-पास जो सुरंगें बिछायी गयी थीं उनमें सबसे शक्तिशाली और धुंधआती सुरंग थी 'आपरेशन ब्लू-स्टार।' उन शक्तियों ने उसी सुरंग में पलीता लगाया और इंदिरा गांधी गायब! राजीव गांधी की हत्या का मामला उल्टा लगता है। यहां कुछ शक्तियां हैं जो केंद्र से हटना नहीं चाहतीं, वह उन्हें केंद्र तक पहुंचने ही नहीं देना चाहती थीं। राजीव की सबसे बड़ी गलती थी कि उन्होंने देश को अचानक ही चुनाव में झोंक दिया था और इसके लिए कोई तैयार नहीं था। इस सबसे 'खतरनाक दुश्मन' को हटाने के अनेक फ़ायदे थे। छोटी-मोटी हत्याओं से सिर्फ स्थानीय चुनाव स्थगित हो रहे थे– भूतपूर्व और भावी प्रधानमंत्री के हटने से राष्ट्रीय चुनाव ही टाले जाने का तर्क बनता है। फिर वे ही ऐसे केन्द्रीय व्यक्ति थे जो कांग्रेस को एक जगह बांधे हुए थे। उनके हटते ही तय था कि कांग्रेस बिखरेगी– स्वतंत्र-निर्णय न लेने के अभ्यस्त मुसाहिब एक दूसरे का सिर फोड़ेंगे और इस अफरा-तफरी में साम-दाम-दंड-भेद से हो सकता है, ऐसी स्थिति या समीकरण बन ही जाये कि पार्टी या उसका एक बहुत बड़ा धड़ा अपनी झोली में आ गिरे। इस बीच अपने आपको कौशल से 'बेचने' और सबसे सही विकल्प के रूप में उभारने की बाजीगरी ही तो चाहिए।

यह तो समय ही बतायेगा कि 'कांटे की सटीकता' (क्लॉक वर्क प्रिसीजन) से की गयी राजीव गांधी की इस हत्या से फायदा सबसे अधिक किसे मिलने जा रहा है, मगर यह सही है कि अंतर्राष्ट्रीय स्तर पर तैयार किये गये ऐसे षड्यंत्रों के मूल-स्रोत कभी भी नहीं मिलते। हर सुराग अंधी गली में जाकर समाप्त कर दिया जाता है। कैनेडी की हत्या की गुत्थी आज तक नहीं सुलझी, पाकिस्तानी प्रधानमंत्री (पहले लियाकत अली बाद में ज़ियाउल्हक) की हत्या आज भी पहेली है, इंदिरा गांधी के मूल हत्यारे का आज भी नहीं पता और राजीव गांधी को किसने मरवाया, यह भी कोई नहीं जान पायेगा। हां, अनुमान सभी लगाते हैं कि तरीका या पैटर्न यह सी॰ आई॰ ए॰ का ही है। काम यह लिट्टे या किसी ने भी किया हो, मगर योजना निश्चय ही विदेशों में बनी है और भारतीय राजनीति के वे अपराधी तत्व सहयोगी रहे हैं जिन्हें हर कीमत पर सत्ता में बने रहना है। अजीब बात है कि सारे लोग लिट्टे और अन्य आतंकवादी गुटों के आपसी संबंधों की खोज-बीन कर रहे हैं मगर उस असली दिमाग को कोई नहीं पकड़ पा रहा जो शायद कहीं हमारे ही बीच बैठा अतिरिक्त उत्साह से शोक-प्रस्ताव बोल रहा है। सुई बार-बार इसी सवाल की ओर उठ रही है कि इस समय देश के किस राजनेता के पास ऐसे बीहड़, जालसाज़ दिमाग हैं जो राष्ट्रीय और अंतर्राष्ट्रीय स्तर पर ऐसी योजनाएं सैट कर सकें? जानना हर कोई यही चाहता है कि हत्या के आस-पास चंद्रास्वामी, सी.आई.ए. कुख्यात सुब्रह्मण्यम

स्वामी और मोहन गुरुस्वामी (वही जिन्होंने चंद्रशेखर और पंजाब के आतंकवादियों की गुप्त मुलाकातें करायीं) की गतिविधियां क्या रही हैं? देश-विदेश में कहां और किन 'उपयोगी' लोगों से मिले हैं ये तीनों स्वामी? क्या यह सिर्फ संयोग है कि कुवैत से निकलने वाले 'खलीज-टाइम्स' का जिक्र भारतीय पत्रों में दूसरी बार ही सुनाई पड़ रहा है? पहले वी॰पी॰ सिंह के पुत्र अजेय सिंह के सैंट-किट्स खाते को लेकर इस पत्र ने 'रहस्योद्घाटन' किया था ; इस बार राजीव गांधी की हत्या में लिट्टे का हाथ होने पर विशेष सामग्री दी गयी है। दुनिया के सभी पत्रों ने दी है मगर सभी के मालिक अद्नान खाशोगी नहीं हैं, जो 'संयोग' से चंद्रास्वामी के घनिष्ठ मित्र भी हैं।

बहरहाल, राजीव गांधी के नेतृत्व में कांग्रेस एक मध्यमार्गी पार्टी थी जो न तो एकदम खुलकर सांपद्रायिक हो सकती थी और न सैक्यूलर। उनके हटते ही ध्रुवीकरण आसान और अनिवार्य हो गया है। ज़ाहिर है कि धर्मोन्माद भारतीय जनता पार्टी के ही पक्ष में है और गुट निरपेक्षता का मिथ तोड़ने के लिए अमरीकी साम्राज्यवाद को इस कठपुतली पार्टी की ज़रूरत भी है। पिछला इतिहास बताता है कि सारी दुनिया में आज तक अमरीका ने या तो धर्मांध दक्षिणपंथी (प्रतिक्रियावादी) शक्तियों और पार्टियों का समर्थन किया है या फौजी शासनों का। खाड़ी-युद्ध ने यह तो तय कर ही दिया है कि जूता अमरीका का ही पुजेगा। इधर जिस उत्साह से भारतीय जनता पार्टी में भूतपूर्व सेनाधिकारी, पुलिस अफसर, ब्यूरोक्रैट, डाकू और अन्य संगठित अनुभवी अपराधी आ रहे हैं उससे साफ है कि बहुमत मिलने पर यह पार्टी उग्र राष्ट्रवाद के नाम पर फौजी और फासिस्ट सरकार ही दे सकने के लिए अभिशप्त है।

['मेरी तेरी उसकी बात', हंस, जुलाई, 1991]

इतना कायर हूं कि उत्तर प्रदेश हूं *

मैं भी गालिब की तरह आगरा से दिल्ली आया-वाया कलकत्ता, आगरा छोड़े तीस-पैंतीस साल हो गये। प्रायः जाना नहीं होता– इतना पास है। बड़े शहरों में अपने सबसे निकट पड़ोसी से मिले महीनों निकल जाते हैं ; कभी भी मिल लेंगे। लेकिन कहीं भी रहूं– आगरा मेरे साथ रहता है। वहां का कुछ भी सुनते या पढ़ते हुए दिल में– "कुछ-कुछ" होने लगता है। एक ही भाव है, सुनो, वृक्ष महाराज, किसी देश में रहें, किसी वेश में रहें, पुष्प तो हम तुम्हारे ही कहलायेंगे.. कहां है किसी दूसरे शहर के पास वह गरिमा ?– ताज, सीकरी, सिकंदरा.. अकबर, शाहजहां और सूरजमल, जलेबी, कचौड़ी और पेठा.. ये गलियां, बाज़ार और चौबारे.. वे सूअर घूरे और मक्खियां, डेढ़ सौ सालों से शिक्षा और कला का केंद्र, वे गलियां, गालियां, नंगई और बेशर्मियां.. कुश्तियां, तैराकी, पतंगबाजी और कबूतरबाजियां.. नज़ीर, गालिब और सूरदास। रांगेय राघव, रामविलास और अमृतलाल नागर..? अजी लखनऊ, इलाहाबाद और बनारस.. सब साले फौक्स हैं उसके सामने, एक डेढ़ स्टेशन के शहर, हमारे यहां शहर के अंदर पांच-पांच स्टेशन.. भगवान कृष्ण और डाकू मानसिंह की लीलास्थली.. ऐसे ही नहीं आया था.. अकबर अपनी दिल्ली छोड़कर राजधानी बनाने। बना लेता न आपके फाफामऊ में। जी हां, है पागलखाना हमारे यहां। तो ? बड़ों-बड़ों के दिमाग ठीक करके रख देते हैं। और सौ बातों की एक बात, उम्मीदवारों की संख्या से उत्साहित पागलखाना तो आप भी अपने शहर में बनवा लेंगे, ताजमहल आपका बाप बनवाकर देगा ?

और आगरा जिस प्रदेश का सिर्फ एक शहर है वह है उत्तर प्रदेश। भारत का हृदय भारतीय संस्कृति का केंद्र, राम और कृष्ण जी की जन्म-भूमि, गंगा-जमुना का संगम, सारे भारत का इतिहास, भूगोल और परलोक, विद्रोह और क्रांति का मैदान, संगीत और साहित्य का स्रोत, सीता से लेकर झांसी की रानी और फूलनदेवी तक के स्पर्श से पवित्र और नेहरू से लेकर मुद्राराक्षस के चरणों से खूंदित.. वाह, वाह। किबला, दुनिया में अगर कोई प्रदेश है तो वह सिर्फ उत्तर-प्रदेश है। याद रखिए, विश्व की, या कम-से-कम भारत

* "इतना कायर हूं कि उत्तर प्रदेश हूं"–धूमिल

की हर महान हस्ती घटना या बात या तो उत्तर-प्रदेश से जुड़ी है या फिर महान इत्यादि नहीं है। सारे भारत का हजारों सालों का इतिहास सिर्फ इसी उत्तरप्रदेश का इतिहास है.. चार प्रधानमंत्री दिये हैं, कोई मज़ाक नहीं है। हिंदी और उर्दू का गढ़-हिंदू और मुस्लिम विश्वविद्यालय, दारूल उलूम।

अब बेसुरा और बेताल सवाल यह उठता है कि पिछले पचास सालों से लोगों ने हमें लेकर जो नाक-भौं सिकोड़नी शुरू कर दी है, सो विक्रमादित्य क्यों? हम पिछड़े हुए, जाहिल, जड़, अनपढ़, मूर्ख, ढोंगी, जरायम-पेशा, संस्कृतिविहीन, लद्धड़, पुस्तक-शत्रु, अफीमची, चोर-उचक्के, क्रूर इत्यादि इत्यादि बताये जाते हैं। यही नहीं, इसी लपेट में सारा हिंदी-प्रदेश ले लिया गया है– बिहार से लेकर बाड़मेर तक, पिथौरागढ़ से छत्तीसगढ़ तक। बोलो, ऐंचो, हम साले पूरे देश और दुनिया की नाक और हमारी ऐसी किरकिरी! संस्कृत भाषा और संस्कृति हमारी अधोवायु, और हमीं संस्कृति विहीन? और तुम हो क्या? पिद्दी न पिद्दी का शोरबा, जुम्मा-जुम्मा आठ दिन.. हमारी पीनक में खलल डालोगे तो हम तुम्हारा सिर फोड़ देंगे.. हम.. हम जब तक कुछ बोलते नहीं हैं तभी तक..

अरे, बोलने से पहले कुछ तो सोचना चाहिए.. काशी, इलाहाबाद, आगरा और अलीगढ़ विश्वविद्यालय जहां अपनी शताब्दियां मनायें, तहजीब और तमद्दुन का केंद्र लखनऊ जहां की राजधानी हो, बनारस, अयोध्या, प्रयाग, चित्रकूट, हरिद्वार और मथुरा, वृंदावन जैसे दुनिया के सबसे बड़े तीर्थ हों, साहित्य कानून शिक्षा के दिग्गजों का गढ़ जहां इलाहाबाद हो। आधुनिक भारत की स्वतंत्रता का इतिहास, जहां मेरठ, विठूर, झांसी की सत्तावनी क्रांति से शुरू हो.. वह प्रांत पिछड़ा हुआ, अशिक्षित गरीब कहाये? लानत है! अजी जनाब, हमारे प्रांत में चार तो इतने बड़े शहर हैं जैसे दूसरों में एक भी नहीं है। बंगाल में? ले देकर कलकत्ता। कर्नाटक में? बंगलौर, मैसूर। महाराष्ट्र में बंबई और पुणे, गुजरात में अहमदाबाद और सूरत, इत्यादि.. हमारे यहां के आगरा, लखनऊ, कानपुर बनारस, इलाहाबाद में से कोई भी एक, किसी दूसरे प्रांत की राजधानी होने का गौरव वहन करने लायक है। हां, प्रांतीय संकीर्णता और भाषायी पूर्वाग्रह बिल्कुल नहीं है। हम छोटे और संकरे नहीं, व्यापक राष्ट्रीय धरातल पर जीते हैं।

और यहीं मैं जरा रुककर सोचता हूं। वे क्या कारण हैं कि देश के सबसे बड़े कल-कारखानों और अपार खनिजों या प्राकृतिक संपदा (कोयला, लोहा, अभ्रक इत्यादि) के बावजूद बिहार देश का सबसे गरीब प्रांत है? इतनी समृद्ध पौराणिक, ऐतिहासिक, धार्मिक, सांस्कृतिक और साहित्यिक विरासत के बावजूद उत्तर-प्रदेश अप-संस्कृति और विसंस्कृति का सबसे ज्वलंत उदाहरण है? यहां का आदमी मूलतः ढोंगी, झूठा और मक्कार, बेईमान, रूढ़िवादी, स्वार्थी, क्रूर, अनपढ़, ठस, आलसी, परोपजीवी, मूल्य और विवेक-विहीन और किसी भी सांस्कृतिक चेतना से वंचित है। औरों के मुकाबले न उसने

भाषा-साहित्य को लेकर कोई पहचान बनायी है, न बौद्धिक तेजस्विता या वैज्ञानिक उपलब्धियों में कहीं उसका नाम है_ बेहद कड़वा सच है कि दूसरे किसी भी प्रांत के यक्ति को आप उसके गुणों के साथ जोड़कर देखते हैं, वह अपनी विशिष्ट पृष्ठभूमि के साथ आपके सामने आता है, उसकी क्षमताओं के प्रति आप आश्वस्त होते हैं–उत्तर-प्रदेशी ऐसा कोई आश्वासन आपको नहीं देता। बल्कि जो धारणा "यू॰ पी॰" का आदमी सुनकर बनती है वह मानवीय गुणों की दृष्टि से कतई प्रशंसनीय नहीं है। अपवादों को छोड़ दें, तो यहां के आदमी की एक घटिया और कुरूप तस्वीर ही उभरती है। विश्व मानव और खांटी भारतीय होने के चक्कर में हम व्यक्तित्वहीन और मनुष्य के दर्जे से एक स्तर नीचे के प्राणी बन गये हैं–व्यंग्य और हिकारत से 'हिंदुस्तानी' पुकारे जाने वाले। ऐतिहासिक और भौगोलिक गरिमा अपनी जगह है, लेकिन भारत के अन्य प्रांतों की तुलना में यह सचाई हमें ओढ़नी ही होगी। भड़क कर जवाब देने की बजाय, हमें उन कारणों की पड़ताल करनी चाहिए जिन्होंने हमें ऐसा खोखला और प्राणहीन बना दिया है।

मुझे लगता है कि सांस्कृतिक और ऐतिहासिक केंद्र जब अपनी प्रासंगिकता और आवश्यकताएं खो देते हैं, तो तीर्थ बन जाते हैं। तीर्थ, दर्शन और दृष्टि की नहीं, सिर्फ दर्शनों की जगहें होती हैं। उत्तर प्रदेश की त्रासदी यही है कि यह विश्वविख्यात तीर्थों से पटा पड़ा है। (ताजमहल भी तीर्थ है)।

कहते हैं यूरोप में इस 'हिंदुस्तानी' चरित्र के सबसे निकट अगर कहीं लोग मिलते हैं, तो वह इटली है। धोखाधड़ी, झूठ, मक्कारी, चालाकी और ठगी में माहिर। यह सिर्फ संयोग ही नहीं है कि पुरानी योरोपीय सभ्यता, संस्कृति का केंद्रं इटली ही है उसी तरह पौराणिक और ऐतिहासिक तीर्थों से भरा और आज के सबसे दुर्दांत संगठित अपराधों यानी 'माफिया' की आदिभूमि !

सामाजिक और आर्थिक मनोविज्ञान की दृष्टि से विश्वविख्यात तीर्थों का स्थानीय जन-समुदाय पर क्या प्रभाव पड़ता है, इसका किसी ने अध्ययन किया है या नहीं, मुझे जानकारी नहीं है। लेकिन यह सच है कि उत्तर प्रदेश के चरित्र-निर्धारण में इन तीर्थों की महत्वपूर्ण भूमिका रही है–यानी मुख्य रूप से गंगा की धारा का प्रदेश। बद्री केदारनाथ से लेकर बनारस, मिर्जापुर तक और आगरा-मथुरा से लेकर सारनाथ-विंध्याचल तक का गंगा यमुना का यह दुआबा और आस-पास जुड़ा प्रांत, पुरानी सांस्कृतिक गरिमा और वर्तमान अमानवीयताओं से आक्रांत है।

तीर्थ-संस्कृति, टूरिस्ट दृष्टि से परिचालित होती है। तीर्थ-यात्रियों और तीर्थों के बीच होती है–श्रद्धा। इसी श्रद्धा और भक्ति के मारे ये यात्री दुनियाभर से लगातार चलते आते हैं–हर दिन, हर महीने, हर वर्ष–सैकड़ों, हजारों वर्षों से। जो जितना कष्ट उठा कर

आता है, वह उतना ही परलोक के निकट होता है। रास्ते में या तीर्थ पर पहुंचकर मर भी जाता है तो 'मोक्ष' पा लेता है। जिस भक्ति और श्रद्धा के काटे ये लोग हजारों मील की यात्राएं करते हुए आते हैं, उस सिलसिले को आखिर तक बनाये तो रखना ही है। इन्हें वही सपना बेचना होगा जिसे वे पैदा होते ही अपने तन-मन में और परिवेश में जी रहे थे–कभी मथुरा जाकर कृष्ण की लीलाभूमि के दर्शन करेंगे, त्रिवेणी के संगम में स्नान करेंगे, तो कभी भगवान विश्वनाथ के चरणों में लोटेंगे। इनकी इस श्रद्धा को जीवित रखना बहुत जरूरी है : यह शिवलिंग पांच लाख साल पुराना है, यहां सीताजी रसोई बनाया करती थीं, यहां पहली बार राधा-कृष्ण का संभोग हुआ था, यहां मुमताज बेगम नहाया करती थीं, यहां अकबर बादशाह वजू करते थे... यह मीनाबाजार है। अगर श्रद्धा बेचनी है तो वही सब बनाकर रखना होगा जो भक्त को मोहाच्छन्न किये है। नतीजे में तीर्थों और टूरिस्ट केंद्रों में मूल मनोवृत्ति रहती है नोंचने, खसोटने की और ऊपर एक दिखावटी, ढोंगी और आडंबरी संस्कृति निरंतर विकसित होती रहती है–जो कुछ जितना पुराना है वह उतना ही महान है। कुछ चमत्कार कथाएं जोड़ी जा सकें तो कहना ही क्या। आसानी से बेवकूफ बनाया जा सकता है।

तीर्थ और उसके आकर्षण को बनाये रखना अपने आप में एक उद्योग है। उसकी महिमा और माहात्म्य ही तो भक्तों को खींचकर लायेंगे। ऐसी जगहों का सारा जीवन इन्हीं यात्रियों के लिए होता है : व्यक्तिगत रहन-सहन से लेकर हाट-बाजार तक। जो कन्याकुमारी से यहां तक आया है वह शायद दुबारा नहीं आयेगा–उसका आखिरी कपड़ा तक उतार लेना है। कुली, रिक्शेवाले से लेकर पंडे-पुजारी तक, सभी उसकी बोटियां नोच लेना चाहते हैं। ठगना और जैसे तैसे सब कुछ छीन लेना–तीर्थों का एक मात्र मनोविज्ञान होता है। यात्री को जो चाहिए वह देंगे, बस एक बार फंसे तो सही। यह संयोग नहीं है कि ये तीर्थ ही देश के सबसे बड़े अपराध-केंद्र भी रहे हैं। बाजीगरी-चमत्कार दिखानेवाले साधु, ठग, शराब, चरस-अफीम के व्यापारी, वेश्याएं और दलाल। वृंदावन और बनारस तो विधवाओं, परित्यक्ताओं की मंडी हैं। श्रद्धालुओं की भावना कुछ भी हो, आध्यात्मिक और भौतिक सामान की दुकान लगाये बैठने वाले खूब जानते हैं कि वे क्या बेच रहे हैं और ग्राहक को क्या चाहिए। नये से नया टी.वी. और पुराने से पुराना आध्यात्म तिलक, छापे, जटाओं और रुद्राक्ष का आडंबर। बनारस में तो आये दिन तीर्थ यात्रियों के पूरे के पूरे परिवारों को लूट लेने, मार डालने और उनकी लड़कियों के अपहरण की घटनाएं होती हैं। राष्ट्रीय अखंडता और धार्मिक एकता के तर्क अपनी जगह हैं और सुनने में अच्छे लगते हैं। मगर इन तीर्थों में बैठे; मोक्ष, परलोक और श्रद्धा के व्यापारी अपने ग्राहकों के मनोविज्ञान को गहराई से जानते हैं। पीढ़ी-दर-पीढ़ी चला आता धंधा, व्यक्ति, परिवार और समाज की मानसिकता बनाता है। उत्तर प्रदेश के ये पांच-छह बड़े तीर्थ हजारों सालों से एक झूठ, ठगी और ढोंग की मानसिकता बना रहे हैं। सारे देश और

विदेशों से लोग यहां अपने शरीर और आत्मा की खाल उतरवाने आते हैं_ जिसे हम 'संकीर्ण प्रांतीयता से मुक्त' होने का गुण कहते हैं, मूलतः वह 'सभी को लूट सकने की उदारता' है। व्यापारी को क्या मतलब, ग्राहक कौन है, कहां से आया है ? श्रद्धालुओं के मत्थे खानेवाला, अच्छे से अच्छा ही खायेगा और जितना बन सकेगा खायेगा। हज़ारों सालों में यह अभ्यास एक 'खाऊ संस्कृति' के रूप में स्वीकृति पाने लगता है। हलुआ, पूरी, लड्डू का भोजन, भांग ठंडाई गांजे का सेवन, इत्र-फुलेल की नवाबी लतें– वेश्यावृत्ति और समलैंगिकता के शौक, दो चार घंटे के आध्यात्मिक व्यापार से अगर ये सारे ऐश मिलें तो मुझे हकीमजी ने बताया है कि मैं मेहनत करूं या किसी बौद्धिक चिंता में दिमाग लगाऊं ? जितना भक्त को बेवकूफ बनाने के लिए ज़रूरी है उतना पुरानी पोथियों को रट लूंगा, और अंटा चढ़ाकर दिन भर झूठ सच हांकूंगा। 'खाऊ संस्कृति' में भोजन और शौच दिनचर्या के आवश्यक अंग नहीं, संपूर्ण जीवन ही होते हैं, इन्हें तरह-तरह की धार्मिक और दार्शनिक व्याख्याएं दी जाती हैं। खाना कहां बनेगा, बनानेवाला कितना पवित्र होगा, पूरा परिवार जैसे इसी चिंता के आस-पास घूमता है। शौच के अपने नियम हैं, कैसे जायेंगे– कौन से कपड़े पहनेंगे, हाथ कितनी बार धुलेंगे। नहाना कितनी बार है। यह देह-केंद्रित 'उच्चता' खाने, नहाने में ही आचारवान होने के दंभ में जीवित है। दूसरे के प्रति व्यवहार, नैतिकमूल्य, सामाजिक सरोकार जैसी फालतू चीजें यहां के व्यक्ति का चरित्र नहीं बनतीं। शायद इसी प्रदेश ने नामर्दी और भोजन पचाने के नुस्खों पर सबसे अधिक शोध की है– सारा आयुर्वेद पाचक-चूर्ण और स्वचूर्ण-भस्मों तक ही सीमित होकर रह गया है।

चूंकि सारे छोटे-बड़े तीर्थ और आसपास की आबादियां इसी मानसिकता में जीती रही हैं, इसलिए उत्तर प्रदेश में न तो नया कुछ सोचने की परंपरा रही है, न करने की। उन्नीसवीं शताब्दी के उत्तरार्ध में ज़रूर कुछ अधिकारियों और बंगाली डाक्टरों, वकीलों, प्रोफेसरों ने इस व्यापक रेगिस्तान में कहीं-कहीं खजूर लगाये, मगर सचाई यही है कि जिन्हें हम उत्तर प्रदेश के उज्ज्वल नक्षत्र कहते हैं, वे कश्मीरी-बंगाली परिवार दो-चार पीढ़ियां पहले ही आकर बसे थे। मुरादाबाद और कानपुर, आगरा, बनारस, मिर्जापुर के 'उद्योग' उनके हाथों पले और बढ़े हैं जो हिंदू नहीं हैं। धर्म सामंती व्यवस्था को जायज और शाश्वत सिद्ध करता है। इसीलिए गंगा के आसपास का सारा हिंदी-प्रदेश (और गंगा मुख्य रूप से हिंदी प्रदेश की ही नदी है) आज भी सामंती विश्वासों के कैंसर से पीड़ित हैं। जिन पुराणों, मिथकों और पुण्यकथाओं को इन तीर्थों के माध्यम से जीवित रखा जाता है अपने मूल में सामंती मान्यताओं की पुनर्प्रतिष्ठा के लिए 'जन-जन के मानस' में गहरे संस्कारों के साथ जीवित हैं। सामंती व्यवस्था, संघर्ष और प्रयास पर नहीं, समर्पण और व्यक्ति चेतना के विलयन पर टिकी है। इसीलिए यहां ऊंच-नीच, छुआ-छूत, नारी ताड़न, प्रारब्ध, संतोष, देवी-देवता जैसी रवायतों को धार्मिक स्वीकृति मिली हुई है। स्त्रियों, अछूतों और अन्य धर्मियों के लिए जैसी घृणा यहां के व्यक्ति में है, वैसी शायद

ही कहीं हो– सबसे अधिक बलात्कार, दहेज-दहन, पिछड़े लोगों पर अत्याचार की घटनाएं शायद यहीं सुनाई देती हैं– वैसे तो सारा हिंदुस्तान ही 'धर्मप्राण' है। सामंती पुरखों के खून का वास्ता देकर जमीनें हड़पने या आपस में खून-खराबे के सबसे ज़्यादा मुकदमे शायद इसी प्रदेश में चलते हैं। यों तो सारा भारतीय सामंतवाद परोपजीवी, परिश्रम-चोर और हाथ के काम को नीची निगाह से देखता है, लेकिन बंगाल इत्यादि के जमींदारों-जागीरदारों ने संगीत-साहित्य, कला-संस्कृतियों को भी प्रश्रय दिया है– हमारे यहां सिर्फ गुंडागर्दी, बलात्कार, गौओं, हरिजनों और स्त्रियों के 'वध' की कला का विकास हुआ है। यहां जमींदार का अर्थ ही है "जायज-डाकू"। भूखे-नंगे लाखों लोगों के बीच यज्ञों, हवनों के नाम पर टनों घी और सामग्री, फूंकने की वीभत्स अश्लीलता में जीनेवाले आज भी वातावरण-शुद्धता का तर्क देते हैं– बिना किसी शर्म-हया और अपराध-बोध के।

तीर्थ-यात्री 'बाहर' का आदमी है, ग्राहक और शिकार है। उसे हरदम यह बताये रखना होगा कि जिस तीर्थ में वह आया है, वह और उससे जुड़े ये पंडे-पुजारी विश्व में सबसे महान हैं। एक झूठी और दिखावटी महानता का वितान हमेशा ताने रहना है और इस महानता के समर्थन में निरंतर उद्धृत और प्रक्षिप्त किये जाते रहना है धार्मिक-कथाएं, शास्त्र, वचन, यानी झूठ, धोखाधड़ी और लूट को– अपने और दूसरों के लिए धार्मिक और शास्त्रीय 'जस्टीफिकेशन' दिये बिना अपनी और दूसरों की आत्मा को शांति कैसे मिलेगी? अशांत आत्मा, मन की शांति, यानी गलत करने की कचोट, अपराध बोध? अब मन की शांति के विधानों का सिलसिला– यानी किये अपराध से बच निकलने के धार्मिक चोर-रास्ते। नहीं, हम जो कुछ कर रहे हैं, वह सही है और जायज है उसे शास्त्र का समर्थन है, हमेशा से होता आया है। करनेवाले हम कहां हैं? करनेवाला तो 'वो' है। हम तो उसके हाथों की कठपुतली हैं– निमित्त हैं। वही हमारे और भक्त के मन में 'होनी' की प्रेरणा देता है। जो कुछ आता-जाता है, उसी के लिए है। हम तो माध्यम हैं, बहाना हैं। यह सारा संसार ही तो उसी की माया है। हम थोड़े ही ठगते हैं, माया ही ठगती है, वही ठगिनी है। यह हाथी, घोड़े, धन-दौलत किसी के साथ नहीं जायेंगे। सब उसी के चरणों में अर्पित हैं। उसी में कुछ हमारा भी भोग लिखा है। हम उसके निकट और उसके द्वारा 'चुने गये' लोग हैं– हम नहीं, हमारे पुरखों, ऋषियों को चुना था स्वयं भगवान ने। न हम मारते हैं : न लूटते हैं, हम तो सिर्फ उसकी जैसी आज्ञा होती है उसे पूरा करते हैं। और मरनेवाला क्या सचमुच मरता है? यह सब तो उसके कर्मों का फल है लीलाधर की लीला है। जो आया है, वह जायेगा? आत्मा अजर-अमर है।

जो समाज, या जन-समुदाय हजारों सालों से इस अर्थशास्त्र, मानसिकता और तर्क-प्रणाली को जी रहा है, उसके लिए सही-गलत की विभाजन रेखा कहां है? सदियों से यह बोध भी उसके अंदर से गायब हो गया है कि वह कुछ गलत कर रहा है। चूंकि उसकी 'पीठ' पर या उसके भीतर स्वयं भगवान हैं, इसलिए सब कुछ जायज़ और शास्त्र-सम्मत है। वहां इस

जीवन के प्रति सम्मान, सहानुभूति और संवदेना की जरूरत ही नहीं है। नतीजे में स्वर्ग, परलोक और पुराणों से जो जितनी गहराई या निकटता से जुड़ा है वह उतना ही मनुष्य विरोधी होता चला गया है, सामाजिक जिम्मेदारियों से ऊपर। हां, अपने को श्रेष्ठ, श्रद्धेय, और 'पहुंचा हुआ' बताने के लिए ज़रूरी है कि धार्मिक अंधविश्वासों, शास्त्रों, अपने आचरण, व्यवहार को सबसे अलग और 'ऊंचा' बनाये रखा जाये– वर्णाश्रम धर्म, कर्मकांड या स्मृतियों के अनुसार समाज-विभाजन को जीवित, प्रासंगिक और पवित्र सिद्ध किया जाता रहे... परलोक और कलयुग के नरक दिखा-दिखाकर और इसप्रकार रूढ़ियों, ढोंग, और आत्मश्रेष्ठता का बेशर्म प्रदर्शन, यात्रियों या टूरिस्टों को परोसे जानेवाले माल का ही अनिवार्य हिस्सा हो जाता है। (दूसरे को हेय, नीच, अशुद्ध, आचारहीन और अपवित्र समझने का चरम उदाहरण है 'स्वयं पाकी' होना)। न जाने कब से आज तक जो जन-समुदाय इन्हीं विश्वासों को स्थायी बनाये हुए है, उसका गैर-जिम्मेदार, हृदयहीन, क्रूर और परम-दकियानूसी न होना ही आश्चर्य का विषय होता। जीवन और सोच की जो पद्धति श्रेष्ठ या श्रद्धेय वर्ग अपनाता है, वही कालांतर में छन-छन कर सारे समाज के मनोविज्ञान का हिस्सा बन जाती है।

लगातार दूसरों को पिलाया जाने वाला झूठ, खुद हमारे अपने व्यवहार, जीवन या पारिवारिक और सामाजिक संबंधों का हिस्सा नहीं हो जाता, यह बहुत बड़ा भ्रम है। गोयरिंग से हज़ारों साल पहले हमारे ऋषि-मुनि जानते थे कि झूठ को इतनी बार दुहराओ कि झूठ-सच का भेद ही मिट जाये, वह आपकी अपनी सोच बन जाये। घूसखोर अफसरों और ब्लैक मार्केटियर निरंकुश व्यापारियों की संतानें एक ही पीढ़ी में अगर समाज-विरोधी, अपराधी या आत्महंता व्यसनों की शिकार हो जाती हैं तो हमारा प्रदेश तो न जाने कब से भक्तों की कृपा से परिश्रमहीन कमाई कर जीता आ रहा है। वह क्यों झूठी लंतरानियों के सिवा किसी भी दूसरे उद्योग में अपना खून-पसीना एक करें? परोपजीवी समाज अपने बने रहने के लिए तर्कों की बारीक शृंखला बुनता चला जाता है– पीढ़ी-दर-पीढ़ी उन्हीं को मरम्मत, पॉलिश और आधुनिकता देकर उन्हें स्थायी करता रहता है।

मूलतः इस समाज को न अपनी भाषा, साहित्य, संस्कृति से प्यार होता है, न किसी नैतिक सामाजिक ज़िम्मेदारी से। उसे न कभी कोई अपराध बोध होता है, न पाप-चेतना। संस्कारों के नाम पर हैं इसके पास रूढ़ियां, कर्मकाण्ड, धार्मिक अंधविश्वास और दूसरों के साथ या आपस में झूठ को जीते चले जाने की साधना। उसे न किसी बौद्धिक क्रिया-कलाप की ज़रूरत है, न परिश्रम और उद्योग की। वह तो भगवान विष्णु की तरह जल-प्रलय के बीच शेष-शैया पर लेटा अपनी लक्ष्मी से पांव दबवा रहा है– जहां गृह लक्ष्मी अपने धर्म में चूकी कि उसे धक्का देकर पानी में धकेल देगा... आराम बड़ी चीज है, मुंह ढंक कर सोइए...

['कांटे की बात', हंस, फरवरी, 1987]

कलकत्ता : मरते हुए शहर का दुख

इसी वर्ष कलकत्ता शहर की स्थापना के 300 वर्ष पूरे होने के उपलक्ष्य में अनेक भव्य समारोह हुए, सभाओं और सैमिनारों का आयोजन किया गया– साहित्य और संस्कृति को लेकर गोष्ठियां हुईं, फिल्में दिखायी गयीं : शायद यह पहले नेहरू और फिर राजीव गांधी जैसों की उस टिप्पणी का जवाब भी था जिसमें उन्होंने कलकत्ता को 'मरता हुआ शहर' कहा था और इसे लेकर दुनिया-भर का बावेला मचा था। नायपॉल, स्टीफ़ेन स्पैंडर, गुंटरग्रास से लेकर एलेन गिन्सबर्ग तक न जाने कितने बुद्धिजीवियों ने कलकत्ते पर तरह-तरह की टिप्पणियां की हैं, मगर राजीव गांधी की टिप्पणी चूंकि राजनीति-प्रेरित मानी गयी (हो सकता है बात उन्होंने व्यक्तिगत विचार की तरह ही कही हो) इसलिए उसके जवाब भी अनेक स्तरों पर दिये गये। आखिर कलकत्ता बंगाली-संस्कृति का प्रतीक है, उस पर दी गयी कोई राय सिर्फ एक शहर के बिखरने-विघटित होने पर नहीं है। वह हर बंगाली का मक्का है। "कलकत्ता का जो कुछ भी श्रेष्ठ है वह पूरे भारत का सर्वश्रेष्ठ है और जो कलकत्ता का नहीं है उसके श्रेष्ठ होने का सवाल ही नहीं उठता।" हर आत्ममुग्ध और जिहादी बंगाली की उद्धत घोषणा रही है कि 'बंगाल आज जो सोचता है कल सारा भारत उसका अनुसरण करता है।'

कोई मूर्ख ही होगा जो साहित्य-संस्कृति, कला-विचार किसी भी बौद्धिक क्षेत्र में बंगाल की उपलब्धियों और योगदान को अस्वीकार करे। राजनीति हो या सामाजिक-पुनर्निमाण की प्रक्रिया– बंगाल हर क्षेत्र में अग्रणी रहा है। मगर सच यह भी है कि आत्म-विश्लेषण और प्रतिभा की गैर-बंगाली पहचान कभी भी बंगाल का दुर्गुण नहीं रहे। वह मूलतः आत्म-सम्मोहन और अतिरंजनाओं में जीने वाला ऐसा कमजोर बूढ़ा जमींदार है जो बदलती स्थितियों में क्रमशः अप्रासंगिक, फ़ालतू और दयनीय होता चला जा रहा है, मगर जिसे पुराने अनुभव सुनाते चले जाने का रोग है। यहां तक कि मार्क्सवाद प्रेरित वाम विचारधारा को भी उसने सिर्फ बंगाली-तत्व बना डाला है–हो सकता है कल बंगला-साइंस, बंगला-खगोल-शास्त्र भी विकसित हो जायें–सूरज-चांद सिर्फ इसलिए अनिवार्य हों कि वे बंगाल के हैं।

इसीलिए कोई आश्चर्य नहीं कि तीन-सौ वर्ष के इस कलकत्ता-उत्सव में न कहीं हिंदी थी, न हिंदी-भाषी। 'खोट्टा लोक ओ तार भाषा' के रूप में भी नहीं। असमिया और उड़िया छोड़कर सिर्फ हिंदी की बात मैं इसलिए कर रहा हूं कि एक करोड़ की आबादी वाले इस शहर में हिंदी-भाषियों की संख्या लगभग पचास लाख बतायी जाती है। लोकतंत्र या मार्क्सवाद की वह कौन-सी दृष्टि है जहां शहर की आधी आबादी का कोई अस्तित्व ही न हो और शहर के तीन सौ वर्ष पूरे होने का इकतरफा दांभिक प्रदर्शन होता रहे ? कलकत्ता की सांस्कृतिक महानता हवा में नहीं लटकी है–उसका ज़मीन से भी कुछ लेना-देना है–जहां मकान, सड़कें, लेक और मैदान हैं, भारत-गौरव मैट्रो, ट्राम और अन्य यातायात साधन हैं जिन्हें कलकत्ता का संस्थापक जॉब चार्नक इंग्लैंड से लेकर नहीं आया था। उसे चप्पा-चप्पा करके बनाया और कायम रखा है–'झाकामुटिया' किस्म के हिंदी भाषी खोट्टा लोगों ने, बिहारी और उड़िया मजदूरों ने। मूलतः कुलीन बंगाली रूढ़िवादिता–सती और जातिवाद–के खिलाफ खड़े होकर ही कलकत्ता की नींव डाली थी जॉब चार्नक ने। फिर लॉर्ड क्लाइव और हैस्टिंग्ज़ ने बनाया इसे बंगाली बुर्जुआज़ी–या संभ्रात-वर्ग का अभियारण्य !–यानी औपनिवेशिक साम्राज्यवाद का प्रस्थान-बिंदु।

अंग्रेज़ों को शासन चलाने के लिए सिर्फ हिसाब-किताब रखने वाले क्लर्क ही नहीं, उन्हें चाहिए था ऐसा पढ़ा-लिखा संपन्न वर्ग जो अफसरी कर सके–जहां से वे न्यायपालिका और प्रशासन के दूसरे-तीसरे स्तर के लिए पढ़े-लिखे लोग ले सकें–जिनकी सामाजिक हैसियत ऐसी हो कि गाहे-ब-गाहे सामाजिक रूप से मिलना-जुलना हो सके–एक दूरी और ऊंचाई क़ायम रखते हुए जिन्हें बराबरी का भ्रम दिया जा सके–ताकि वे सत्ता की भागीदारी की होड़ में हमेशा उन जैसे बनने के लिए प्रयत्नशील रहें और इस प्रक्रिया में अपनों से दूर होते चले जायें !–निश्चय ही ऐसे लोग ज़मींदार और गुमाश्ता वर्ग में उठ रहे थे जो बाकी जनता से कटे हुए, अपनी महानता और श्रेष्ठता के मिथकों और द्वीपों में कैद थे–वे पुरानी और दिव्य भारतीय संस्कृति के संरक्षक थे–इन्हें उत्कृष्ट पश्चिमी (यानी अंग्रेजी) सभ्यता के संपर्क में लाया जा सकता था–'होमलैंड' ले जाकर सभा-सोसाइटियों में उठने-बैठने, मिलने-घूमने की नियंत्रित रियायतें दी जा सकती थीं, वह भी घूमने और मौज करने के लिए नहीं, प्रशासनिक और दूसरे प्रशिक्षणों के दौरान– और यह युवा वर्ग–सचमुच स्तब्ध था अंग्रेज़ों का अनुशासन, उनकी उदारता, न्यायप्रियता, समानता और विकासशील साम्राज्यवादी उद्यम देखकर – रूढ़िबद्ध अंधेरों की घुटी और संकरी दुनिया से निकले युवकों के लिए एक बेहद ही खुली उन्मुक्त और अनंत संभावनाओं भरी दुनिया थी। बहुत बड़ी गुंजाइश थी कि नवीन अवसरों की इस दुनिया के चकाचौंध में ये युवक अपनी जड़ों को बिल्कुल ही भूल जायें और वहीं का हिस्सा बनकर रहने की सोचने लगें। यह अंग्रेजी प्रशासक बिलकुल नहीं चाहते थे। वे उन्हें अपने लायक नया

बनाने ले गये थे, अपना बनाने नहीं। इसके लिए ज़रूरी था कि नेटिव महानता, नेटिव संस्कृति और नेटिव गौरव को भी परिभाषित, प्रतिष्ठित और पोषित किया जाता रहे– और उन्हें ही अपनी इस महान-विरासत का संरक्षक और प्रतिनिधि होने का विश्वास दिलाते रहा जाये। बाकी अपनों से अलग और ऊंचा होने की भावना को, यानी इस अलगाववादी प्रक्रिया को बनाये रखना इसलिए भी ज़रूरी था कि यह वर्ग अपने को विशिष्ट महत्वपूर्ण और किसी हद तक प्रभुता-संपन्न भी समझता रहे– इसके लिए उनके सामंती संस्कारों की जितनी सुरक्षा, सहायता और सरपरस्ती जरूरी थी– वह शासकों द्वारा सुलभ थी ही। "माना कि तुम महान हो, दुनिया की सबसे पुरानी संस्कृति के वारिस हो, जब हम जंगलों और गुफाओं में रह रहे थे तो तुमने ज्ञान-विज्ञान के क्षेत्र में कितना कुछ कर लिया था, तुम्हारा धर्म, तुम्हारी भाषा, तुम्हारी सभ्यता, तुम्हारा वैभव... वाह, क्या कहने ! मगर अब वह सब जड़ होकर सड़ने लगा है। हमारी कर्मठता, गतिशीलता, एडवैंचरिज्म, उन्नति, समृद्धि और दिगंतों तक फैलते विस्तार को देखो– अगर ऐसा 'डायनेमिज्म' अपने भीतर नहीं लाओगे तो कैसे टिकोगे आज की दुनिया में– यानी हमारे बीच ? आओ, हम तुम्हारी मदद करते हैं, तुम्हें आधुनिक युग के लायक बनाने में हम खुले दिल से तुम्हारे साथ हैं– तुम हमारे प्रशासन और व्यवस्था में मदद करो और हम तुम्हें उन्नत विकसित करेंगे। ताकि तुम हमारी द्रुत गति के लिए अधिक उपयोगी हो सको।" यह था वह वर्ग जो भौगोलिक और मानसिक बाहरी दुनिया से लौटकर नेटिव भाषा, संस्कृति और समाज को 'नये युग' के हिसाब से पुनराविष्कृत और परिवर्तित संशोधित कर रहा था– पश्चिमी दृष्टि से अपने सारे सोच और साहित्य-संस्कृति में क्रांति या पुनर्जागरण ला रहा था– अपनी कहानियों को नये ढंग की व्याख्याएं देकर खुद चमत्कृत था और विश्वास करता था कि सारी दुनिया यानी प्रभु-वर्ग को चमत्कृत कर रहा है। नया बसता हुआ शहर कलकत्ता बना इन सारी हलचलों का केंद्र... धीरे-धीरे महान 'बंगाली-संस्कृति' का उदय... साम्राज्यवादी प्रभुओं के बराबर आने की सान्निपातिक चेष्टाएं करता और उनके बीच सम्मानजनक स्थान पाने के तनावों में अपनों से ऊपर उठता हुआ बुद्धिजीवी-वर्ग... औपनिवेशिक विस्तार का सांस्कृतिक प्रशासक।

मुझे याद है सन् 50 तक मंझोले, बड़े शहरों में अंग्रेजों और प्रशासकों के लिए कैंटोनमेंट और सिविल लाइनें हुआ करती थीं। वहां के निवासी अत्यंत विशिष्ट और प्रभु-किस्म के लोग होते थे– सामान्य नागरिक की न तो वहां गुज़र थी, न अनुमति। वह कुछ खास अवसरों, आयोजनों या मुसीबतों में ही उन कोठियों के फाटकों तक पहुच पाता था, वर्ना सिर्फ फ़िटन, बग्घियां या कारें ही वहां निकलती और जाती रहती थीं। बाकी दुनिया से इन लोगों का संवाद बैरों, आयाओं, जमादारों और दरबानों के ही माध्यम से था। दीन-दुनिया से कटे, अपने ही रहस्य या रहस-लोक मे खोये इन लोगों के लिए देसी

संस्कृति वही थी जो इनका नौकर-वर्ग इन्हें देता था। इन्हीं शहरों में अस्थायी अफसरों के अलावा अनिवार्यतः एक वकील, एक डाक्टर और एक प्रोफेसर या प्रिंसिपलनुमा व्यक्ति होता था; जो सबसे बड़ा, सबसे योग्य और सबसे विशिष्ट माना जाता था– मगर ये तीनों ही होते थे बंगाली। और भी साफ कहा जाये तो ऐसे मध्यवर्गीय बंगाली जो खुद प्रशासनिक सेवाओं में नहीं आ पाये थे, मगर अपने उन प्रभावशाली संबंधों के कारण आकर जम गये थे। ये लोग रहते समाज में थे, मगर उसके अंग कभी नहीं बने (कम से कम भारत स्वतंत्र होने तक) अलग-थलग अपनी ही भाषा और अपनी संस्कृति में कैद ये बाकी शहरियों से प्रायः उतने ही संबंध रखते थे जितने पेशे के लिए ज़रूरी हों– वर्ना उनके अपने 'बंगीयसमाज' थे, अपने समारोह थे और बार-बार किश्तों में लाया गया कलकत्ता था। चार-चार पीढ़ियां गुजारने के बावजूद न तो ये उस शहर के हिस्से थे, न समाज के। अंग्रेजों द्वारा बोली जाने वाली 'हिंदुस्तानी' का बंगला-संकर रूप ही इनकी संपर्क-भाषा थी। वे 'महान बंगाली संस्कृति' के राजदूत थे और प्रभु-वर्ग की तरह बेहद चौकन्ने-चौकस थे कि कहीं स्थानीय बोली-बानी, रहन-सहन का प्रदूषण इनकी दुग्ध-धवल धोतिय। गंदला कर दे। अफसर और नौकरीपेशा लोग तो देर-सवेर अपने मक्का (यानी कलकत्ता) वापस पहुंच जायेंगे– मगर इनके शानदार कोठी, बंगले, कामधाम तो यहीं जम गये हैं। अपनी महानता को बचाये रखने का एक ही तरीका था कि अपने को अलग रखें– और कलकत्ता से सीधे तार जोड़े रहें– यहां के नेटिव लोगों, उनकी भाषा-बोली, रहन-सहन को लेकर हिकारत का भाव जीते हुए। जिस तरह हर अंग्रेज़ का सपना इंग्लैंड वापस जाने का होता था– ठीक वही सपना था हर बंगाली का कि एक दिन वह वापस अपने 'सोनार बंगाल' लौट जायेगा– तब तक शादी-ब्याह के बहाने वहां से संबंध जीवित रखनां ज़रूरी था। शेष भारत में उसका होना सिर्फ एक 'निर्वासन' था, जहां वह 'एलियेनेटेड', अजनबी या प्रवासी की जिंदगी जी रहा था– अंग्रेज 'टाइम्स' और 'गार्जियन' मंगाता था, बंगाली 'जुगान्तर' या 'देश'_ (इस विडंबना पर समरसैट मॉम ने कितनी खूबसूरत कहानी लिखी है।) दोनों के लिए शेष भारत या तो था ही नहीं– और अगर था भी तो सिर्फ एक उपनिवेश। दोनों 'हैंड इन ग्लव्स' या चोली-दामन थे। कहने की जरूरत नहीं है कि स्वतंत्रता के बाद यह सारा परिदृश्य बदलने लगा। अंग्रेज गये, रायसाहब, रायबहादुर रईस, जमींदारों के साथ-साथ यह बंगाली साहब भी क्रमशः स्थानीय जीवन का हिस्सा बनने लगे, क्योंकि कलकत्ता इन्हें वापस उसी गरिमा या आवभगत के साथ लेने को तैयार नहीं था जिसके ये यहां इतने अभ्यस्त हो गये थे।

क्या अब भी आपको आश्चर्य है कि साम्राज्यवाद की समाप्ति के साथ ही क्यों बंगला-संस्कृति अवरुद्ध और शिथिल होने लगी– क्यों कलकत्ता एक 'मरता हुआ शहर' दिखायी देने लगा? मगर इस बात पर आने से पहले एक बात को ज़ोर देकर दुहराना

बहुत ज़रूरी है : इस औपनिवेशिक छाते के नीचे हर बौद्धिक क्षेत्र में बंगाल ने एक से एक दिग्गज व्यक्तित्व नहीं पैदा किये, यह कहना झूठ और गलतबयानी होगी। समाज-सुधार हो या साहित्य, बंगाल ही वह पहला क्षेत्र है जहां सबसे पहले आत्ममंथन शुरू हुआ। अंग्रेजी और अंग्रेजों की मुक्त-कंठ से प्रशस्तियां गाने, उनकी प्रशासनिक-वैज्ञानिक उपलब्धियों पर मुग्ध होने के साथ-साथ तुलनात्मक दृष्टि से अपने आपको खंगालने की शुरुआत भी बंगाल से ही हुई। और वहीं से जली प्रतिरोध की पहली मशालें। विद्रोह और व्यापक सामाजिक आंदोलन चाहे वहां न हुए हों—मगर मध्यवर्गीय दुस्साहसी युवकों ने प्राणों की बाजी लगाकर क्रांति और आतंक की गुरिल्ला लड़ाइयों की शुरुआत वहीं से की, और वे देशभर की प्रेरणा बने। सामाजिक, बौद्धिक और साहित्यिक मुक्ति के साथ राजनैतिक मुक्ति के सपनों ने सबसे अधिक आंदोलित आलोड़ित किया इस बंगाली मानस को।

मगर क्या यह सिर्फ संयोग भर है कि आत्म-मुग्ध, आत्मकेंद्रित बंगाल की सबसे बड़ी प्रतिभाएं स्वयं बंगाल की नहीं हैं? उनमें से अधिकांश का जन्म या तो बंगाल में नहीं हुआ या फिर बाद में उनका कर्मक्षेत्र बंगाल में नहीं रहा– रवीन्द्रनाथ से लेकर सत्यजित राय तक या विवेकानंद से लेकर एम॰एन॰ राय तक। दूसरे शब्दों में, बंगाल से मुक्त होकर ही बंगाली व्यक्तित्व बड़ा हुआ है, क्योंकि बंगाल (या खास तौर से कलकत्ता) का अपना चरित्र आज भी अपनी जड़ में वही पुराना साम्राज्यवादी है– पहले वाली गतिशील आक्रामकता और क्षितिजों के विस्तार की द्वंद्वात्मकता से आंदोलित या औपनिवेशिक उपलब्धियों में कहीं अपने होने और हिस्सा बंटाने की 'महानता' से मुग्ध बंगाल नहीं, अपनी असफलताओं और गतिहीनता में निरंतर आत्मकेंद्रित, आत्मरक्षा की कुंठा से ग्रस्त ठहरा हुआ बंगाल। सांस्कृतिक और साहित्यिक अभिव्यक्तियों के माध्यम से बार-बार उन्नीसवीं शताब्दी के वैभव-गान गाता बंगाल। सिर्फ और सिर्फ रवीन्द्रनाथ को दुहराता बंगाल। सारे मार्क्सवाद और वाम-प्रतिबद्धताओं के बावजूद सिर्फ बंगाल को ही सारा विश्व समझने की कूपमंडूकता और प्रांतीयता की शिव सेनाई-मानसिकता के कैंसर का मरीज बंगाल। अशक्त और अतीतोन्मुख बंगाल!

यहां मैं सिर्फ संयोग ही नहीं, ऐतिहासिक-मनोविज्ञान का प्रभाव भी देखता हूं कि– अंग्रेज और बंगला– दोनों ही लेखक विगत अंग्रेजी साम्राज्यवाद के वैभव की कहानियां अपने-अपने ढंग से लिख रहे हैं– राज-नौस्टेल्जिया से मोहाच्छन्न उन्नीसवीं सदी की शव-साधना के पोथे गढ़ रहे हैं।

लोकतांत्रिक उभारों की यातनाओं और स्वतंत्र औद्योगिक प्रतियोगिताओं की दौड़ में सचमुच कलकत्ता के बंगाली की हालत आज दयनीय और करुण है। उस बेचारे ने न कभी हाथ से काम किया न पूंजी-निवेश की पेचीदगियों में सिर खपाया। शारीरिक मेहनत उसके लिए नीचा काम था और उद्योगों का नियंता था शोषक और पूंजीपति। मजदूरों

में उसकी गुजर सिर्फ यूनियन लीडर की तरह रही और पहले अंग्रेज मालिकों या अब उद्योगपतियों के यहां व्यवस्थापक की। वेतनभोगी वह पहले भी था– मगर तब इतना लफड़ा नहीं था। नौकर, मजदूर, आज्ञाकारी, गरीब और डरे हुए लोग थे, मालिक गोरा साहब ऊंचा, कुशल और शासन-शक्ति का स्वामी था। एक की धौंस में रहा जा सकता था और दूसरे पर धौंस जमाई जा सकती थी। नौकरी करो और आराम से साहित्य-संस्कृति के अड्डे जमाओ। मगर अब क्या हो : मजदूर आक्रामक, दबंग और असभ्य है, उधर सारा पैसा उस उजड्ड मारवाड़ी के पास है जो उद्योगधंधों, बिल्डिंगों, कंपनियों का मालिक है। दोनों ही अभद्र और विश्री हिंदी-भाषी हैं, यानी गैर-बंगाली हैं। दूसरों पर निर्भर, बीच की इस ज़िंदगी में एक खास तरह का एलियेनेशन (असंपृक्ति), ज़िम्मेदारी के प्रति विरक्ति और "हौबे ना" या "चलबे ना" की मानसिकता विकसित न हो तो क्या हो? पीढ़ियों से दूसरों के लिए व्यवस्था और शासन संभालने की मजबूरी आज की बदली परिस्थिति में अतीत की जुगाली न करे तो अपनी सार्थकता कहां सिद्ध करे? जहां न उत्पादन के स्रोतों से जुड़ाव हो, न परिणामों से मतलब– वहां काम होता हो या न होता हो, मुझे क्या फर्क पड़ता है? हाथ-पैर के काम के प्रति सामंती घृणा और पैसा-जीवी साहूकार के चंगुल में फंसा वह अकसर ही अपने साहित्य, नाटक या फिल्मों में बिहारी-उत्तर प्रदेशी मजदूर को दरबान, रिक्शाचालक, या घरेलू नौकर बनाकर या मारवाड़ी को खून चूसने वाले सूदखोर के गंवार चरित्र की हास्यास्पदता देकर ही संतोष करता है। मगर जिंदगी में काम इन दोनों के बिना नहीं चलता। वामपंथी सरकार भी इन दोनों से नये-नये समीकरण बनाती है।

कलकत्ता 300 वर्ष मनाने के समय क्या बंगाली बुद्धिजीवियों को निष्पक्ष आत्मविश्लेषण और शेष भारत के प्रति अपनी मानसिकता को बदलने की जरूरत सचमुच ही महसूस नहीं हुई? क्या इन्हें बिल्कुल अहसास नहीं है कि सन् '47 के बाद निरंतर बदलता हुआ भारत वह नहीं रह गया है? क्या वह सचमुच नहीं समझ रहा है कि बंगाल से बाहर निकला बंगाली अब स्थानीय लोगों के साथ ज्यादा एकाकार हो रहा है। कलकत्ता अब उसके लिए हमेशा दिल में हूक उठाने वाला 'होम' नहीं है। वह इतिहास और भूगोल के नॉस्टेल्जिया से ऊपर उठ रहा है, वह महसूस करता है कि रात के अंधेरों में चमकने वाला इक्का-दुक्का बल्ब नहीं– सुबह के फैलते उजाले में घुलता हुआ प्रकाश है।

किसान-मजदूरों के नारे लगानेवाली सरकार अपनी नाक के नीचे के मजदूरों, श्रमजीवियों को कब तक अछूत मानती रहेगी– कब तक साम्राज्यवादी और मध्यवर्गीय अहंकार में मेहनत करनेवालों को अमानुष (सबह्यूमन) मानती रहेगी– वह भी सिर्फ इसलिए कि वे बंगाली नहीं हैं? क्या यही है 'दुनिया के मजदूरों को एक' करने और उन्हें आवांगर्द मानने का रास्ता? या वे इस घोषणा की प्रतीक्षा कर रहे हैं कि आधार, अधिरचना के

अलमबरदारों को जेम्स बॉल्डविन और अलैक्स हेली की भाषा में सुनाए : "अमरीका के विकास, संपन्नता और सामर्थ्य में आपसे अधिक हमारे खून का गारा और हड्डियों का चूरा है, इसलिए हम अपने साथ अपमानजनक व्यवहार की इजाज़त नहीं देंगे।"

और यह कौन-सी राजनैतिक समझदारी है कि उर्दू और मुसलमानों को तो वोट की दृष्टि से दुलराया जाये और सारे हिंदीभाषियों को भारतीय जनता पार्टी और विश्व हिंदू परिषद की झोली में झोंक दिया जाये? क्या यहां रवीन्द्रनाथ के ही शब्द दुहरा दूं : "हे भगवान, तुमने हमें बंगाली बनाया, मनुष्य क्यों नहीं बनाया?"

['मेरी तेरी उसकी बात', हंस, अप्रैल, 1991]

गरेबां चाक करता है, तंग जब दीवाना आता है

'अमृत बाज़ार पत्रिका' के स्तम्भ लेखक 'रॉयजी' का एक व्यंग्य मुझे कितना तिलमिला गया यह जानने के लिए इस व्यंग्य का सार रखना आवश्यक है। उनका कहना था कि हम हिन्दी की रचनाएं आखिर किस आकर्षण से पढ़ें ? पढ़ते हैं तो लगता है जैसे किसी पढ़ी हुई रचना को दुबारा पढ़ रहे हैं। किसी भी हिन्दी भाषी के लिए इस व्यंग्य का तीखापन उस समय स्पष्ट होगा जब वह इस 'हम' का अर्थ 'बंगला अंग्रेजी और परिणामतः विश्व साहित्य पढ़े हुए लोग' समझ लेगा।

बात निहायत सीधी सरल है; लेकिन व्यंग्य सचमुच ही गहरा है। यों व्यंग्य को गम्भीरतापूर्वक लेने की इजाज़त नहीं है, लेकिन इसके पीछे तथ्य का जो रूप और मनोवृत्ति है–वह केवल रॉयजी की ही नहीं है–वह उन सबकी है जो हिन्दी की चीज़ें पढ़ने की तकलीफ़ गवारा करके हिन्दीवालों को कृतार्थ करते हैं। राष्ट्र-भाषा को जल्दी से जल्दी सीख लेने और सिखा देने का जोश ग़ैर-सरकारी और सरकारी सभी स्तरों पर आज भारतव्यापी हो उठा है। स्तालिन ने नेहरू जी को सन्देश हिन्दी में भेजा या विजयलक्ष्मी को रूस में अंग्रेज़ी में बोलने की इजाज़त नहीं दी गयी–जैसे अन्तर्राष्ट्रीय तमाचों ने प्रायः हर प्रान्तवासी को इतना सचेत अवश्य कर दिया है कि वह एक चूड़ीदार पायजामा, शेरवानी तथा हिन्दी का कुछ ज्ञान अपने साथ रक्खे–न जाने कब अन्तर्राष्ट्रीय स्थिति पर अपमान से बचाव का मौक़ा आ जाये।

लेकिन आज हिन्दी-क्षेत्र के सीमान्तों पर रहनेवालों को किन-किन समस्याओं, मनोवृत्तियों या रवैयों का सामना करना पड़ता है, इसे 'मध्य-देश' में बैठा हुआ हिन्दी-भाषी शायद सोच भी नहीं सकता। मराठी, गुजराती, प्रदेशों वाले हिन्दी सीमान्तों की बात मैं नहीं जानता, लेकिन रॉयजी के ही देश बंगला और हिन्दी के संगम-स्थल पर बैठकर जो कुछ देखना और जानना पड़ा है, उसने मुझे बहुत झिंझोड़े रक्खा है!

इस व्यंग्य के दो भाग हैं, और समस्या के इन दोनों पक्षों पर ही साहसपूर्वक विचार होना चाहिए। एक है 'हम' और दूसरा है 'हिन्दी की रचनाएं'–जो इस 'हम' को पढ़ने

को मिलती हैं।

कलकत्ते के हर 'हम' को दो विश्वास परम्परागत रूप से प्राप्त हैं और उन्हें वह छोड़ने को क़तई तैयार नहीं है। पहला तो यह कि 'हाम तो हीन्दी खूब आच्चा करके पोड़ने, बोलने और लीकने सकता हाय। बाश, ऐकटू-ऐकटू भूल हो जाता हाय। आमारा पीशी मां का एक बोन बैनारस में था, एक पाटना में था। बोत बछोर परे हाम हुआं थाका।'- दूसरा यह कि "हिन्दी में हाम की पड़े ? कूछ तो हमारा माफिक मीलता नई हाय- हमारा हिंया रोबिठाकुर, शोरत, तारा बाबू, प्रेमेन मीत्रा, बीभूती बाबू एक् शौ कूड़ी लेखौक हाय। आपनीई बोलून, हीन्दी शीखते आमि की पौड़बो, कैनो पोड़बो ?"

यह उस हर 'हम' का विश्वास है जो सरकारी दफ़्तरों में या व्यक्तिगत रूप से अपना भविष्य बनाने के लिए अभी हिन्दी की वर्णमाला का ही प्रारम्भ कर रहा है। चाहूं तो मैं भी इस 'हम' की संकीर्ण प्रान्तीय दृष्टि को गाली देकर हाथ झाड़-कर अलग हो सकता हूं- और शायद ऐसा करता भी अगर कुछ बड़ी मजेदार घटनाएं न हो गयी होतीं। एक दिन क्लास में उठकर एक भद्र-महिला ने अत्यन्त ही परेशानी भरी गम्भीरता से पूछा, 'हमारे हिंया जीश तरा बड़ा-बड़ा साहित्तकार लेखौक हाय- मनोज बाबू, प्रबोधबाबू, शोरत बाबू, तारा बाबू, ईश माफिक हीन्दी में की ऐक बी नई हाय ?'- प्रश्न में व्यंग्य कतई नहीं, सरल जिज्ञासा थी। कहा-'हैं क्यों नहीं ?' 'तो हाम तो कीशी का नाम बी नईं शूनता- कईं कूछ पोड़ता बी नईं हाय, बोई (सिनेमा) बी नई देकता।' *

लगभग सौ वर्ष पहले कलकत्ते में ही आधुनिक हिन्दी पली और बढ़ी। यहीं उसने अपनी प्रारम्भिक वय प्राप्त की, कलकत्ता किसी-न-किसी रूप से हमेशा प्रेरणा देता रहा। हिन्दी-भाषियों का जनसंख्या की दृष्टि से यह सबसे बड़ा शहर हो सकता है पर हिन्दी का केन्द्र आज वह क़तई नहीं रह गया। हिन्दी साहित्य के विकास और भाषा के प्रसार का क्षेत्र उठकर कलकत्ते से तो चला गया लेकिन तब से ही 'हिन्दी में कुछ नहीं है' का एक ऐसा नारा दे दिया गया जिसे हर अहिन्दी भाषी ने परम्परागत रूप से दुहराना अपना फ़र्ज माना है। वे इस प्रकार कहें और हम स्वीकृति में सिर हिला दें, यह बात हमारे-उनके स्वभाव में आ चुकी है।

'रूस के उत्तर में हज़ारों मील लम्बा एक मैदान इस सिरे से उस सिरे तक फैला है जिसे साइबेरिया कहते हैं। यहां कुछ भी पैदा नहीं होता है और बारहों महीने बर्फ़ जमी रहती है।' पीढ़ी-दर-पीढ़ी हम इस वाक्य को रटते आ रहे हैं और अब शायद यह हमारे इतने अभ्यास में आ गया है कि कोई अगर कहे 'भाई जान, पिछले बीस साल में साइबेरिया की शक्ल ऐसी बदल गयी है कि आप पहचान भी नहीं सकते, रूस की अब वह सबसे

* बंगला के प्राय: हर अच्छे लेखक की रचनाओं पर फिल्में बन चुकी हैं और सिनेमा पोस्टरों के समान की उनका नाम भी इतना प्रचारित होता है कि प्राय: हर सड़क चलते फो लेखक का नाम याद हो जाता है।

उपयोगी धरती हो गयी है,' तो हम शायद लड़ने-मरने को तैयार हो जायें। ये सैकड़ों वर्षों की भूगोलें क्या झूठ बोल रही हैं ?

हिन्दी को लेकर अहिन्दी भाषियों की धारणा बहुत कुछ ऐसी ही रही है। आप भारतेन्दु से देखें–'हिन्दी का विस्तार हो' इस मिशनरी भावना ने हमें यह नम्रता भी दी कि हम हिन्दी का भण्डार अधिक से अधिक सुन्दर रचनाओं से भरें, क्योंकि हमें सबको साथ लेकर चलना है; हम तो सबसे तुच्छ और क्षुद्र हैं। इस तक़ल्लुफ़ ने हमारा यह स्वभाव ही कुचल डाला कि हम बता सकें, हमारा अपना क्या है। 'आपके दौलतखाने के मुक़ाबले तो हमारा ग़रीबखाना ही है'–इस भावना ने हमारे और उनके मनों में यह धारणा बद्धमूल कर दी कि वाकई हमारे अलावा शेष सभी दौलतखानों में ही रहते हैं। इसलिए आज भी आपको एक बहुत बड़ा दल ऐसे लोगों का मिल जायेगा जिसका दृढ़ विश्वास है कि 'नागरी लिपि के अलावा संसार की हर लिपि में लिखा हुआ साहित्य सुन्दर होता है।' और तो और जो लोग अंग्रेजी-हिन्दी, उर्दू-हिन्दी, बंगला-हिन्दी, या मराठी-हिन्दी में समान रूप से लिख लेते हैं, (लेकिन मुख्यतः हिन्दी के लेखक हैं) उनका भी विचार यही है कि यह उनका दुर्भाग्य है कि उन्हें हिन्दी का लेखक बनना पड़ा है, वर्ना असली लेखन तो उनका हिन्दी के अतिरिक्त दूसरी भाषा में ही है।

अपनी हीनता और दिवालियापन छिपाने का एक और मौलिक तरीक़ा भी अक्सर आज़माया जाता रहा है। आप अपने हर लिखे की भूमिका में लिखिए : "चूंकि हिन्दी में बाज़ारू साहित्य बिल्कुल नहीं है, इसलिए मैं यह बाज़ारू साहित्य लिखने का भयानक कार्य अपने कन्धों पर उठा रहा हूं। इसे अपने प्रकार का पहला प्रयास कहने का साहस तो नहीं कहूंगा, लेकिन शायद किसी भी भारतीय भाषा में यह पहली रचना ज़रूर है।" गीता की व्याख्या से लेकर तीज-त्योहारों पर लिखी हर किताब की ऐसी भूमिका देखकर अपना और लेखक का माथा ठोकने का मन ज़रूर करता है। बिना अपनी हैसियत और औक़ात जाने इस प्रकार के दम्भपूर्ण दावे प्रायः आपको हर 'यात्रा-वृत्तान्त' या ऐसी ही पुस्तकों में मिलेंगे। और पढ़नेवाला इसी आधार पर अपनी राय बनायेगा।

लेकिन सच पूछा जाये तो इसमें सारा दोष इस 'हम' का ही नहीं--बहुत दोष हमारा ही है। आज का आम बंगाली हिन्दीभाषी के नाम पर जिस व्यक्ति के सम्पर्क में आता है वे कौन हैं ? राजस्थान से आने वाले व्यापारी या बिहार का श्रमिक वर्ग; यही दो वर्ग हैं, जो हमारी भाषा और संस्कृति का प्रतिनिधित्व– बंगला के श्रेष्ठतम साहित्य और संस्कृति के मुक़ाबले करते हैं। अर्थ और श्रम सभी ओर से बंगाली बाबू का 'शोषण' करनेवाला हिन्दीभाषी निश्चित रूप से उसकी तीव्रतम घृणा का पात्र है। इसलिए आम बंगाली हर हिन्दुस्तानी से सवर्णों की तरह दूर का ही रिश्ता रखना पसन्द करता है। अपनी इस घृणा (या निष्क्रियता ?) की सम्पूर्ति करता है, वह अपनी बौद्धिक श्रेष्ठता घोषित करने में।

इसलिए हर बंगाली दैनिक का सहायक सम्पादक भी यह बताने में कोई झिझक अनुभव नहीं करता कि वह प्रेमचन्द से अच्छी भाषा और यशपाल से अच्छी कहानियां लिख सकता है। प्राय: ही अशिक्षित हिन्दीभाषी साहित्यिक (हर व्यापारी नगर में जिनका एक स्वतंत्र गिरोह होता है) उनकी हिन्दी विषयक 'साहित्यिक' सूचनाओं के आधार होते हैं। यह गिरोह साहित्य और साहित्यिक समस्याओं की अपेक्षा साहित्यकार और उनके दैनिक रहन-सहन, उनके अपने व्यक्तिगत परिचय सम्पर्क की बातें करके–एक ओर तो अपनी शिक्षा और बौद्धिक दिवालियेपन को भरने का सन्तोष पाता है–दूसरी ओर हर बंगाली क़लम-घसीट को शरतचन्द्र के समकक्ष रखकर उससे सम्मान का सर्टीफिकेट लेता है ताकि अपने आक़ाओं के बीच में अपना बड़प्पन जता सके। उस बेचारे की बौद्धिक असामर्थ्य की इस आतंक-स्वीकृति का कारण है। आखिर वह उनसे किस साहित्यिक समस्या पर बातें करे?

इन परिस्थितियों और सूचनाओं में रहकर हर 'हम' अपनी मुंह-दर-मुंह चलती धारणाओं को पुष्टि देता है। इसमें उसका बहुत अधिक दोष नहीं है– यही परिचय तो वह हिन्दीभाषियों का पाता है।

अब आइए–उस ऊंचे स्तर पर जहां से उसे हिन्दी के साहित्य के कृतित्व का परिचय मिलता है। वह है रचनाओं का पारस्परिक आदान-प्रदान जो एक-दूसरे को समझने-समझाने में सहायक होता है। जहां तक प्रादेशिक साहित्यों के आपस में आदान-प्रदान का प्रश्न है, पिछले दिनों से राष्ट्रीय पुस्तकालय कलकत्ता द्वारा 'स्टेट्समैन' में प्रकाशित आंकड़े किसी भी टिप्पणी की जगह नहीं छोड़ते और पूरी स्थिति खुद-ब-खुद साफ़ हो जाती है–जिसमें यह बताया गया है कि भारतीय भाषाओं से बंगला में सिर्फ़ दो पुस्तकों का अनुवाद हुआ है, जबकि हिन्दी में सभी प्रमुख भाषाओं की सुप्रसिद्ध रचनाओं का अनुवाद है, एवं हो रहा है।

द्वितीय महायुद्ध के बाद निश्चित रूप से हिन्दी पाठकों और लेखकों की एक ऐसी प्रबुद्ध पीढ़ी आयी जिसने हीनता के इस आतंक से अपने-आपको मुक्त कर लिया– क्योंकि वह स्वयं ज्ञान और शिक्षण के क्षेत्र में उन सभी स्रोतों के उपयोग के पक्ष में है– या कहिए उपयोग कर सकने की स्थिति में है–जो किसी भी प्रान्तीय भाषा के लेखक-पाठक को प्राप्त हैं। इसलिए यह पीढ़ी हर समस्या पर समान स्तर से विचार कर सकने के लिए आश्वस्त थी। उसने महीनों भूखे आदमी की तरह दोनों हाथों से जल्दी-से-जल्दी विश्व की सारी चिन्ता-धाराओं को उदरस्थ कर लिया, और फिर तो यूनिवर्सिटियों की सीढ़ियों से कुछ 'पट्ठे' ऐसे उतर आये जो 'नाखून काटने' की समस्या को भी विश्व-साहित्य से कम स्तर पर देखने को तैयार ही नहीं थे।

'राष्ट्रीय परिवेश और अन्तर्राष्ट्रीय विचारधारा' के सिद्धान्त को भी ये लोग सौ साल पुराना घोषित कर चुके थे–क्योंकि उसका सम्बन्ध मार्क्स से था। लेकिन हिन्दी की अन्तर्राष्ट्रीय स्थिति ने जब इस ओर लोगों का ध्यान आकर्षित किया और प्रेमचन्द, यशपाल, कृष्णचन्द्र, राहुल, निराला इत्यादि के साहित्य का जब विदेशी अनुवाद होने लगा तो अपने देश की समम्याओं से एकदम उठकर विश्व की समस्याओं से दुबले ये लेखक स्वयंसेवक बनकर आगे आये। अंग्रेजी इत्यादि के माध्यम से उन्होंने अपनी जिन नितान्त मौलिक रचनाओं को सामने रखा, उन्होंने स्वयं अहिन्दी-भाषी पाठकों को चौंका दिया और प्रतिक्रिया के रूप में 'रॉयजी' का व्यंग्य ऊपर मौजूद है।

मोटे रूप से इस समय हिन्दी में लेखकों के दो वर्ग हैं : एक सरकारी व्यवस्था में काम करनेवाले और दूसरे शिक्षण-संस्थाओं के 'प्रोफ़ेसर' लेखक। सरकारी पत्र-पत्रिकाओं, प्रचार केन्द्रों या रेडियो इत्यादि में काम करनेवाले लेखक सरकारी अनुशासनों की सीमाओं से बंधे हैं, इसलिए मुंह बांधे चुप हैं। खैर इनकी समस्याओं पर आजकल प्रोफ़ेसर-लेखक काफ़ी जोर-शोर से बुरी तरह विचार कर रहे हैं; इसलिए फ़िलहाल उन्हें क्षमा कर दिया जाये ! लेकिन ज़रूरत आज स्वयं उन पर विचार करने की आ पड़ी है। क्योंकि 'कण्टेम्परेरी इण्डियन लिटरेचर' में स० ही० वात्स्यायन या नामवर सिंह के हिन्दी पर लिखे गये लेखों से इतना हम माने लेते हैं कि हिन्दी की सारी समृद्धि का एकमात्र श्रेय 'अज्ञेय' (कहीं आप वात्स्यायन और 'अज्ञेय' को एक न समझ लें–ये दो अलग-अलग नाम हैं) और 'व्यक्तित्व के खोजी' इन्हीं लेखकों का है या फिर मेरे छोटे भाई का है–बाकी तो सब बड़ा उथला-उथला, सतही और प्रचारात्मक रहा है।

विचार और चिन्तन के क्षेत्र में जाति-पांति या देशी-विदेशी के विशेषण लगाना अपनी मानसिक रूढ़ि का परिचय देना होगा। अच्छा विचार सबका होता है। लेकिन वह विचार अपनी परिस्थितियों में उगा हुआ या अपने ज्ञान-विकास की स्वाभाविक प्रक्रिया में समाहित हो, तो हम उसे बाहरी होते हुए भी इस तरह लेते हैं जैसे भूख के समय भोजन स्वयं हमारी आवश्यकता पूर्ति करता है। इस विषय में अधिक विवाद में न पड़कर इतना कहना पर्याप्त है कि आज हमारा समाज–तेजी से विकास करता और बदलता समाज–किसी भी क्षेत्र में परोपजीवी (पैरासाइट्स) 'चिन्तन-शूरों' को पालने की स्थिति में नहीं है। और जब समाज उन 'चिन्तन-शूरों' को उनकी स्थिति बता देता है तो ये हाय-तोबा मचाते हैं कि हमारे 'व्यक्तित्व का अपहरण' हो रहा है।

सुनकर आपको कैसा लगेगा अगर कोई अचानक आकर कहे कि 'भाई मेरी जमीन छुड़वा दो। देखो लोग मेरी जमीन दबाये ले रहे हैं। उन्होंने उसे चारों तरफ़ से घेर लिया है। उसे बचाओ। तब आप दयावश कहेंगे; 'हां, उन्हें ऐसा तो चाहिए नहीं। चलो, हम ज़मीन छुड़वाने में मदद दें। कहां है ज़मीन ?' तब वह अथाह परेशानी में कहे, 'यही

पता होता तो मुसीबत ही न मिट जाती? मैं ही न छुड़ा लेता? ज़मीन की ही तो खोज करनी है कि कहां है और कैसी है!' एक ही सांस में 'व्यक्ति स्वातन्त्र्य' और 'व्यक्तित्व की खोज' (क्वैस्ट ऑफ़ पर्सनैलिटी) दोनों का नारा बुलन्द करनेवालों को आप किन निगाहों से देखेंगे?

आइए, अब इन 'व्यक्तित्व-लुप्त' 'व्यक्तिस्वातन्त्र्य' के धुरीवान अलमबरदारों की मानसिक बनावट को भी देख लिया जाये।

विद्यार्थियों की जमात से घिरे कमसिन आचार्यों, प्रोफ़ेसरों की लेखन और चिन्तन-प्रक्रिया पर सभी साहित्यों में बहुत कुछ कहा गया है। चेखव ने इन प्रोफ़ेसर-सम्पादकों को 'दैशन्द' (संकर-कुत्ते की एक नस्ल) नाम दिया है। हमारे यहां इनमें दो वर्ग हैं। एक तो वे जिनके ज्ञान की लक्ष्मण-रेखाएं उनके गुरुओं द्वारा ही खींच दी गयी हैं। उनके गुरु सूर-तुलसी के अलावा सबको जुलाहा और भड़भूजा मानते थे, वे स्वयं उन्नति करके प्रसाद और प्रेमचन्द को (बनिया और कायस्थ होते हुए भी) 'कुछ' मानने लगे हैं। उनके बाद तो 'सहारा' का रेगिस्तान है। दूसरी ओर वे लोग हैं जो नोट्स या थीसिस लिखने के लिए अक्सर लाइब्रेरी की आलमारियों के सामने खड़े-खड़े तरह-तरह की पुस्तकों और लेखकों का नाम और जहां किताब की जिल्द ढीली हो वहां से खोलकर 'कोटेशन्स' उतारते पाये जाते हैं।

मासिक वेतन में कुछ रुपये बढ़ने, या प्रति पृष्ठ प्रकाशक से दाम वसूलने के अलावा नोट्स और थीसिस लिखने के कई लाभ हैं। इससे चीज को रखने और लिखने का एक ढंग आ जाता है। आप बाज़ार से पांच सौ शीट कागज़ ले आयें; अब हर पन्ने पर जाली और झरोखे छोड़ते हुए दो-दो तीन-तीन लाइनें लिखते जाएं (वे लाइनें भी किन्हीं और लोगों की हों तो भी हर्ज नहीं है), इस प्रकार एक दिन में मज़े से आप वे सारे पृष्ठ भर सकेंगे। दूसरे दिन उन खाली जगहों में गद्य-पद्य के लम्बे-लम्बे कोटेशन्स भर डालें। इतना करने के बाद पृष्ठ गिनकर हिसाब लगा डालिए– कितने पैसे हो गये। अब साइकिल के आगे वास्केट में बण्डल डालिए और पहुंचिए प्रकाशक की सेवा में; आप 'पद्माकर : एक अध्ययन' के लेखक हो गये। थीसिस में जालियां नहीं बनायी जातीं। इसमें तो हर पृष्ठ को आधे पर लाइन खींचकर बांट लिया जाता है। इसकी लिखाई भी नीचे से शुरू होती है। नोट्स में जहां 'कोटेशन्स' बीच में ही दिये जाते हैं और यह बताया जाता है कि बाक़ी सब कुछ मौलिक आपका ही है– वहां इसमें ऐसा प्रयत्न होना चाहिए कि लगे गोया आप किताबों के गोदाम में बन्द रहे हैं। नोट्स में 'कोटेशन्स' बाद में लिखे जाते हैं, थीसिस में पहले। जितनी किताबें गिनानी हों या उद्धरण देने हों सबको नीचे 1, 2, 3, नम्बर डालकर लिख डालिए– और ऊपर उन्हीं के अनुसार वाक्य बना डालिए– लेकिन हर वाक्य नीचे से प्रमाणित हो। जैसे वाक्य है : 'राम ने सीता से कहा।' अब फ़ौरन इस

'कहा' पर नम्बर डालिए– फुटनोट में लिखिए 'देखिए, रामायण।' क्या कहा, चाहें तो इस बात को गोल भी किया जा सकता है।

बहरहाल दोनों हालतों में 'कोटेशन्स' का बड़ा महात्म्य है। 'कोटेशन्स' खाइए, उन्हें ही ओढ़िए, बिछाइए और बांटिए-सहेजिए। एक दिन आप देखेंगे कि वे सारे 'कोटेशन्स' आपके अपने 'मौलिक-चिन्तन' और वैज्ञानिक-विश्लेषण से उद्‌भूत सुन्दर 'विचार-बिन्दु' बन गये हैं। इसे और भी अधिक मौलिक बनाने के लिए थोड़ा-सा परिश्रम भाषा पर कर डालने की ज़रूरत है– क्योंकि सरल-भाषा या बोधगम्य अभिव्यक्तियां दोनों ही ज्ञान की शत्रु हैं। कमाल कुछ ऐसा हो कि पृष्ठ पर पृष्ठ आदमी पढ़ता चला जाये और मजाल है जो उसकी समझ में एक पंक्ति भी आ जाये या वह आपका आशय पकड़ ले! इतनी तैयारी के बाद भाषा के इस ट्रैक्टर को (और आप जानते ही हैं कि विदेशों से आजकल कलपुर्जे या 'पार्ट्स' आ जाते हैं– उन्हें जोड़ा और जमाया तो यहीं जाता है। बाद में 'मेड इन इण्डिया' की छाप लगती है) अब निर्द्वन्द्व होकर 'नई कविता', 'विचार कविता' या आधुनिकता के खेतों में छोड़ दीजिए और उसकी छाती को खूब रौंदिए। आप एक दिन जागकर स्वयं चकित हो उठेंगे– 'अरे मैं तो बाक़ायदा दर्शन-दाता आलोचक हो गया।' इतनी आत्मोपलब्धि के बाद किसी पत्रिका के दस-बारह अंक मज़े में आप घेर सकते हैं। या त्रैमासी, छमासी और 'बारहमासी' पत्रिकाओं या संकलनों के सम्पादक बन सकते हैं।

मौलिक बनने के लिए जहां यह ज़रूरी है कि आप दूर-दराज के जानी अनजानी किताबों और लेखकों के नाम और उद्धरण लायें– वहां यह भी ज़रूरी है कि विदेश की नयी से नयी प्रवृत्तियों के जन्मदाता के रूप में हिन्दी में अपने को घोषित करें। जैसे मान लीजिए आजकल कॉलिन विल्सन की पुस्तक 'आउट-साइडर' की बाहर काफ़ी चर्चा हो रही है। (हो सकता है इस 'आजकल' में मैं दस-बीस साल पिछड़ गया होऊं)– अब लानत है आपकी मौलिकता पर जो आप 'विदेशी', 'परदेशी' या 'अन्यलोक का वासी' जैसे नामों से पांच-छः रचनाएं हिन्दी वालों को नहीं पिलाते। कम-से-कम उसके दो एक अध्यायों पर तो अपना मौलिक चिन्तन कर ही सकते हैं। जैसे उसमें एक अध्याय है 'कण्ट्री ऑफ़ द ब्लाइण्ड'। अब कोई आपका हाथ नहीं पकड़ सकता कि आप 'अन्धों के देश', 'अन्धों का समय', 'अन्धे शहर', 'अन्धी गली' और 'अन्धे कुंओं' पर न लिखें और उसमें 'विघटित मूल्यों' की दुनिया और 'दर्द की देहलीज' तक पहुंचानेवाली सीढ़ियों की बात न उठायें या इस अन्धेपन के पार देखनेवाले तीव्रचेता पराजित प्रभु की चर्चा न करें। बाहर कोई अगर कैक्टस को अपनी कविता में उपमान की तरह लाता है तो निश्चय ही उसकी बपौती नहीं है कि आप उस पर 'कैक्टस-दर्शन' नहीं लिख सकते– या कैक्टस को 'नाटकाया', 'कविताया' या 'कहानियाया' नहीं जा सकता– आप स्वतंत्र हैं कि कैक्टस की विभिन्न किस्मों पर जो मन हो सो लिखें; नर, मादा, नपुंसक सारे कैक्टस आप लिख

डालिए। न्यू डायेरेक्शन, क्राइटेरियन, पर्स्पेक्टिव, डिस्कवरी में कोई स्केच किसी चित्रकार का छपे– आप उसके चारों कोनों पर शंख-पद्म-गदाचक्र रखकर अपनी किताबों पर छपवा सकते हैं, अच्छी कविताओं की नक़ल उतार सकते हैं– या मानवीय धरातल, नयी मर्यादा और जीवन में गहरे उतरनेवाली रचनाओं को अपना सकते हैं।

खैर क़िस्सा लम्बा है। 'हरि अनन्त हरि कथा अनन्ता।' प्रभु के हाथ हज़ार हैं और सभी सक्रिय हैं। आप किस किसको देखिएगा– 'आस्था बड़ी चीज है मुंह ढंक के सोइए।' हलफ़ उठाकर कहते हैं कि हमें इस मौलिकता से क़तई कोई विरोध नहीं है– और न ही डाक्टर देवराज जैसी गुस्ताखी करने की अपनी हिम्मत है कि कुछ शुद्ध 'आत्मान्वेषी' औपन्यासिक-पात्रों को विदेशी कवियों की पंक्तियों में बातें करते देखकर बोल उठें, 'ये लोग जैसे अपने खोखलेपन को दूसरों की पंक्तियों से भरने की कोशिश करते हैं' (भाव यही है)। हमें तो प्रसन्नता यही है कि चलो हिन्दी का साहित्य आज विश्व की सारी नवीनतम समस्याओं-दर्दों और पीड़ाओं से आन्दोलित-आकलित हो उठा है। इसी दिन को तो हम 'हौंस' भरकर देखा करते थे कि 'कबहुंक हों यहि रहनि रहोंगो।' लेकिन उन हिन्दी भाषियों को क्या कहें जो कहते हैं कि 'आपकी बोली और बात ही हमारी समझ में नहीं आती' और अहिन्दी भाषियों की ज़बान कैसे रोकें जो कहते हैं 'हम पढ़ी हुई चीजों को दुबारा नहीं पढ़ना चाहते!'

['प्रेमचंद की विरासत' से, 1956]

समय-निषेध : एक शास्त्रीय दृष्टि

आचार्यों की ओर से अक्सर कहा जाता है : "आधुनिकता एक दृष्टि है, सामयिक विषय-वस्तु मात्र नहीं।" अर्थात् दृष्टि से परम्परा का मूल्यांकन करना आधुनिक साहित्यकार का पहला दायित्व होना चाहिए–हर समय ऐसा ही हुआ है। लेकिन आज तो आधुनिकता का मतलब सामयिक विषय-वस्तु, तत्कालीन लेखन तक ही अपने को सीमित करना हो गया है ; जबकि दूसरी तरफ विदेशों में इसी आधुनिक दृष्टि से इलियट और सार्त्र ने परम्परा में गहरे जाकर साहित्य और सौन्दर्यशास्त्र के कुछ आधारभूत प्रश्नों पर विचार किया है। इस युक्ति के साथ ही उनका आग्रह होता है कि "अब कला और साहित्य सम्बन्धी तत्त्व चर्चा हो, आधारभूत प्रश्न उठाये जायें–"

बात बड़ी युक्तिसंगत है और सवाल को यों सामने रखती है : "आधुनिकता की दृष्टि से केवल सामयिक विषय-वस्तु को लेना गहराई में उतरने से रोकता है। गहरे और मौलिक तत्त्वों की खोज इस दृष्टि से, पुराने की पुनर्व्याख्या से ही होगी।" यहां मैं कहूंगा, सवाल को उठाने का यह कोण बहुत चतुराई से स्थापित किया गया है, क्योंकि इसके पीछे एक सिद्धहस्त वकील का प्रत्यारोपण है और भी स्पष्ट यह, कि अपनी इस दलील से ये सौन्दर्य और रसशास्त्रीय आचार्य प्राचीनोपजीवी जड़ता का बचाव करते हैं, तिरछे ढंग से कहते हैं कि सामयिक साहित्य से बचो, सामयिक प्रश्नों की उपेक्षा करो, यानी सामयिक जीवन की उपेक्षा करो– क्योंकि उनमें गहराई और स्थिरता नहीं है।

इस सवाल के कई पहलू हैं और एक-एक करके उन पर बात की जानी चाहिए। यहां मैं उनकी रूपरेखा ही देने का प्रयत्न करूंगा। सबसे पहली बात तो यही उठती है कि क्या आधुनिक-दृष्टि सामयिकता और समय-बोध की विरोधी है? क्या समकालीनता आधुनिक-दृष्टि को बनाने, उसे संस्कार देने में कहीं कुछ भी भूमिका नहीं रखती? आधुनिक दृष्टि क्या किसी ऐसे आत्यन्तिक मूल्य का नाम है जो तत्कालीन परिस्थितियों से अपने को बचाकर रखते हुए भी विद्यमान होता है? अगर आधुनिक-दृष्टि को समकालीनता बोध कहीं भी निर्धारित करता हो तो इस दृष्टि का पहला दावा (क्लेम) सामयिकता को लेकर ही है। मुझे भय है कि इस सन्दर्भ में ये लोग इलियट और सार्त्र को अधूरा याद

करते हैं।

मैं यहां बलपूर्वक इस सचाई को रेखांकित करना चाहूंगा कि परम्परा के नाम पर आचार्यों ने हमें फ़ॉसिलों (जड़ीभूत देवताओं) पर अक्षत-चन्दन चढ़ाना सिखाया है और जो भी इन मूर्तियों के सामने बाकायदा दण्डवत् नहीं करता, वह सिरफिरा और नास्तिक माना जाता है, यानी साहित्य में 'आधुनिक'। नतीजे में आचार्यत्व की इस चक्की में पिसकर जो भी विद्यार्थी निकलते हैं वे समाज के लिए नितान्त अनुपयोगी, कूढ़ और किसी भी बौद्धिक चिन्तन के लिए एकदम नाक़ाबिल होते हैं। उनकी स्वतंत्र चिन्तन-शक्ति को, नीरस, अपठनीय, कलाहीन पाठ्य-क्रम देकर; परीक्षा में सफलता का प्रलोभन–या शर्त–सामने रखकर इस तरह कुचल दिया जाता है कि वे स्वयं 'छोटे आचार्य' ही होकर निकलते हैं–यानी ज़िंदगी की किसी भी समस्या का सीधा सामना कर सकने में असमर्थ। परीक्षा में पास होना है, अच्छी डिवीजन लानी है, थीसिस अस्वीकृत नहीं करानी और कहीं नौकरी पानी है तो उन्हीं आचार्यों को पढ़ो ; निहायत झूठी, नकली और हवाई समस्याओं पर किस प्राचीन आचार्य और रूढ़िवादी साहित्यकार ने क्या कहा है, उन सबके उद्धरणों की बैलेन्सशीट दे देकर, परीक्षक के मत–या सनक–को सर्वोपरि सिद्ध करो... हर आधे पृष्ठ को पाद-टिप्पणियों की निरर्थक (जिसमें आचार्य जी की ही पुस्तकों का पुनः -पुनः उल्लेख हो) पट्टी चिपकाकर थीसिस का वज़न एक किलो और बढ़ा दो... और जब इस सारी प्रक्रिया या पिसाई से गुज़रकर निकलो तो आस-पास की ज़िन्दगी और समय की सारी समस्याओं को भौंचक होकर देखो, या शास्त्रीय मीनारों पर टंगे हुए नाक-भौं सिकोड़ते रहो कि आस-पास कितनी गन्दगी है, लोग कितनी तुच्छ बातों में उलझे रहते हैं। बड़ों की कृपा के लिए याचना करो और छोटों को कृपा देकर कृतार्थ करते रहो...

इस विषाक्त-वृत्त में कहां स्वतन्त्र-चिन्तन की बात आती है और कहां आधुनिक-दृष्टि की ? जो भी 'प्रतिभा' है, वह एक उद्धरण को अन्य उद्धरणों से सिद्ध-असिद्ध कर सकने, यानी वोट गिनकर निर्णय कर देने के कमाल पर है, हां, सावधानी यही है कि इस चुनाव में आचार्यजी ही विजयी घोषित किये जाते हैं।

नतीजे में हिन्दी एम० ए० या पी-एच० डी० के लिए ज़िन्दगी में कहीं कोई जगह नहीं बची, कहीं कोई रास्ता नहीं खुला। एक तो वहां यों ही हर क्षेत्र से अस्वीकृत, तीसरे दर्जे के बौद्धिक-स्तर के विद्यार्थी आते हैं, जिनमें कुछ बचा भी होता है वह इस परीक्षा के पास करने-करने तक समाप्त कर दिया जाता है। यह किसी भी और काम के लायक नहीं रह जाता–प्राइमरी स्कूल से लेकर विश्वविद्यालय तक की मुदर्रिसी ही उसकी एकमात्र नियति है। अन्य विषयों के स्नातक आपको ज़िन्दगी के हर ज़िम्मेदार क्षेत्रों में मिलेंगे, हिन्दी स्नातक या तो कहीं प्रूफ़-रीडर होता है या अध्यापक–उसे किसी और काम के योग्य ही नहीं माना जाता। जो अपवाद दूसरे क्षेत्रों में निकल गये हैं वे खुद जानते हैं

कि अपनी इस 'शिक्षा' से लड़ने में उन्हें कितना परिश्रम करना पड़ा है, कितनी कठिनाई से वे सूर, तुलसी, बिहारी की लाशों को अपने कन्धों से उतार पाये हैं... और इस सारे शास्त्रीय ज्ञान ने उनके स्वतन्त्र-विकास और ज्ञान में रोड़े ही अटकाये हैं, सहायता बिल्कुल-बिल्कुल नहीं दी। इस सबसे जान छुड़ाकर ही वे आदमी बन पाये हैं और सभ्य-समाज में यह स्वीकार करते हुए शर्म महसूस करते हैं कि वे 'हिन्दी-स्नातक हैं।' उनकी भाषा प्रायः यही होती है, "किया तो मैंने हिन्दी में एम० ए० है, लेकिन मैं इस विषय को समझ सकता हूं..."

यह 'लेकिन' क्या केवल उस 'सभ्य-समाज' का आडम्बरी दम्भ है? या यह सिर्फ़ इस स्नातक की अपनी 'कुण्ठा' ही है? इसके पीछे कहीं कोई सचाई नहीं है? पूरी-की-पूरी पीढ़ी या पीढ़ियों को बौद्धिक रूप से 'नाकारा' और बांझ बनाने की इस शास्त्रीय प्रक्रिया से मुक्ति कब मिलेगी? हिटलर मानवता का शत्रु था, क्योंकि उसने लाखों लोगों को मारा था। लाखों नवयुवकों को पीढ़ी-दर-पीढ़ी मारनेवाले इन आचार्यों को सम्मान, समितियां और अन्तिम सांस तक के एक्सटेंशन सभी सुलभ हैं। ये ऐसी प्रखर मेधाएं और ऐसी प्रचण्ड प्रतिमाएं क्या केवल और केवल सूर-तुलसी, मम्मट-भामह की अन्धी गलियों या जगण-मगण-तगण के अन्धे-कुओं में ही डूबती चली जायेगी? क्या हिन्दी एम० ए० केवल थर्ड रेटर्स और महिलाओं की ही डिग्रियां बढ़ाता रहेगा—यानी केवल उन्हीं लोगों में घुटकर मर जायेगा, जिन्हें ज़िन्दगी के सीधे संघर्ष में आने का मौक़ा नहीं मिलता—क्योंकि उस संघर्ष को तो उनके अभिभावक और पति झेलते हैं? और इस जलती-सिसकती पीढ़ी के निर्माता—यानी मैनुफैक्चरर्स—कानों में तेल डाले, नीरो के अनासक्त भाव से रस और शास्त्र की बंसी और अपने बैंक बैलेन्स ही बजाते रहेंगे? उधर हिन्दी का स्नातक किसी स्कूल के कोने में खड़ा यों ही भकुआये भाव से ज़िन्दगी के इस जुलूस को गुज़रे देखता रहेगा? या मन में दीनता-दंश को दबाये कहेगा, 'लेकिन मैं इस विषय को समझता हूं...'? यानी ज़िन्दगी में हिस्सेदार नहीं हूं। हम शहरी लोग गुरुकुलों से निकलकर आये हुए 'बटुकों' को जिस दृष्टि से देखते थे, उससे भी अपमानजनक दृष्टि से शिक्षित समाज में हिन्दी-स्नातक को देखा जाना क्या सिद्ध करता है? यही गगन-चुम्बी प्रचण्ड शास्त्रीयता क्या कहीं भी इस सचाई के लिए ज़िम्मेदार नहीं है कि दिल्ली विश्वविद्यालय ने पिछले तीस-पैंतीस वर्षों में न तो कोई प्रथम श्रेणी का कवि दिया, न कथाकार, न आलोचक, न नाटककार... वही तीसरी श्रेणी के संकलनकार दिल्ली की उपलब्धि हैं—जबकि बनारस, इलाहाबाद, चण्डीगढ़, आगरा ने इसी दौरान हिन्दी के श्रेष्ठ-साहित्यकार दिये हैं।

वस्तुतः इस सारी जड़ता का नासूर उसी आचार्य-दृष्टि में है जिसकी वकालत आज का हर हिन्दी प्राध्यापक परम्परा के पुनर्मूल्यांकन के नाम पर कर रहा है। इतिहास और दुनिया का सारा ज्ञान-विज्ञान, सारा साहित्य और शास्त्र, सारी कलाएं और दर्शन—अपनी

सारी प्राचीनता और गरिमा के बावजूद आज के आदमी के लिए है, आज की ज़िन्दगी और आज की कला-संस्कृति के लिए है। ऐलोरा और ताजमहल बनानेवाला वह सारा स्थापत्य-ज्ञान और उस ज्ञान को ढोनेवाली संस्कृति मर चुकी है जो हमारी आज की ज़रूरत के हिसाब से एक दीवाल नहीं उठा सकती। जो ज्ञान, संस्कृति और शास्त्र हमें आज की समस्याओं को समझने में मदद नहीं देते, हमारी आज की गति को समझाने में कहीं भी समर्थ नहीं हैं उन्हें निर्जीव बोझ की तरह लादकर हम कहां बढ़ेंगे? जो दर्शन और साहित्य हमें आज के समय और सम्पूर्ण-बोध के लिए तैयार नहीं करते वे हमारे किस काम के हैं? भविष्य की शुभ-चिन्ताओं के झूठे आश्वासनों के नाम पर हम उन्हें और कितनी सदी ढोयेंगे?–नहीं, उस सबका स्थान केवल अजायबघरों में है। अगर वे प्राचीन गरिमा के नाम पर केवल हमें डराने के बिजूके हैं, और हमारे आज के बोध में कहीं कुछ 'कण्ट्रीब्यूट' नहीं करते तो निश्चय ही उनका स्थान अशोक के शिलालेखों और अकबर के शिरस्त्राणों के साथ है। मानव-जीवन की अविच्छिन्न धारा हमें 'आज' के इस सिरे पर ले आयी है और यहीं हमारी सारी कला-संस्कृति की परम्परा को भी आना होगा... आगे आनेवाले आदमी तक जाने के लिए...

सही है कि कला-सिद्धान्तों, दार्शनिक निकायों और वैज्ञानिक गुत्थियों का ऐसा सीधा, तात्कालिक और सामयिक 'उपयोग' नहीं होता। हमेशा प्रतिभाओं का एक ऐसा वर्ग होता है जो 'तत्कालीन उपयोग' की चिन्ता से उठकर अपनी लैबोरेटरियों में, अध्ययन-कक्षों में बैठा कला और विज्ञान के नवीन विकास-क्षितिज खोजता रहता है। लेकिन क्या आचार्य और उनके शिष्य सचमुच छाती पर हाथ रखकर कह सकते हैं कि वे उसी वर्ग में आते हैं? क्या वे वास्तव में मानव-मेधा की नयी ऊंचाइयां खोजने में लगे हैं और इसलिए तात्कालिकता उनके विरोध में है? नहीं, सचाई यह है कि उनका चिन्तन कभी रीतिकाल से आगे नहीं बढ़ा– वे ही आचार्य भिखारीदास, वे ही पण्डितराज जगन्नाथ उनकी अन्तिम सीमा है, जिन्हें शेष विश्व की जीवित और जीवन्त प्रतिभाओं से श्रेष्ठ सिद्ध करने में ही उनकी सारी शक्ति जाया होती है।

कैसा सुन्दर तर्क है: "सामयिकता और तात्कालिकता एक बाढ़ है, उसमें बहुत कुछ कूड़ा-कचरा होता है, उसे समय की कसौटी पर खरा उतरने दो, पच्चीस-पचास साल बाद, उसमें जो भी स्थायी मूल्य का है वही बचा रहेगा और वही हमारे काम का होगा..." अपने को वर्तमान दायित्व के काट लेने की कैसी खूबसूरत ढाल है। क्या इसका अर्थ यह नहीं है कि परम्परा की सदियों पुरानी उपलब्धियों का तोता-रटन्त और शास्त्र का सारा 'घोटा' बेचारे आचार्यों को वह विवेक और आत्मविश्वास नहीं दे पाया कि किसे वह कलात्मक कहें, किसे न कहें? कैसी वैज्ञानिक दृष्टि है कि जो आदमी कम-से-कम छः दशाब्दियों को चकमा दे आया है, उसी में 'मानवता के स्थायी मूल्य' सुरक्षित हैं, जो

बीस-तीस में ही किसी दुर्घटना या प्राकृतिक मृत्यु के शिकार हो गये हैं वे 'मनुष्य' कहां थे? 'समय' ही किसी रचना या समस्या की श्रेष्ठता की कसौटी है तो शास्त्रों की ये कुतुबमीनारें क्यों विद्यार्थियों के सिर लादी जाती हैं? शायद आचार्य नहीं जानते कि 'समय' को ही एकमात्र न्यायाधीश बनाकर वे अपने सारे शास्त्रीय ज्ञान की खिल्ली उड़ा रहे हैं।

उनका ध्यान अपने समकालीन लेखक की तरफ़ तभी जाता है जब या तो ऊपर से शक्ति, स्वार्थ या सत्ता का डण्डा पड़ता है या अचानक उसकी मृत्यु हो जाती है। कल रात बारह बजे तक जो लेखक 'घटिया' 'चलताऊ' था, वह मरने के बाद एक बजे ही महान् होना शुरू हो जाता है। फिर उसका ऐसा गुणगान होता है, मानो साहित्य या शास्त्र नहीं, मृत्य ही ऐसा मूल्य है जो उसे महत्त्व देता हो। यानी उन्हें अपनी अक़्ल कहीं इस्तेमाल नहीं करनी। सारा मूल्यांकन मृत्यु या समय करेंगे। मानवता की कितनी बड़ी विडम्बना है कि यह सारा शास्त्रीय बोध और तत्त्व-ज्ञान न हमें आज की ज़िन्दगी को कहीं भी समझने लायक छोड़ता है न साहित्य को... ज़िन्दगी में हम बैठे-बैठे उस चमत्कारी क्षण की राह देखते हैं जब 'सतयुग' आ जायेगा और सारी विसंगतियां अपने-आप दूर हो जायेंगी, और साहित्य में उस काल की प्रतीक्षा करते हैं जब या तो लेखक मर या चुक जायेगा, या 'समय' नाम का कोई देवता, सारे सार-तत्त्व को छान-फटककर हमारी मुश्किलें हल कर पायेगा। इस चमत्कार के भरोसे, सुरक्षा-लोभी छोटे-छोटे आचार्य-भृंगी पलटन-टर-पलटन विद्यालयों से निकलते चले जाते हैं... और हमारे देखते-देखते हिन्दी-साहित्य यानी विश्वविद्यालयी-साहित्य का आज के समाज में वही मूल्य रह गया है जो धर्म, धार्मिक-मठों या महात्माओं का है, अर्थात् 'पूज्य' लेकिन न्यूसेन्स, निरर्थक। मुझे आश्चर्य यही होता है कि हिन्दी का विश्वविद्यालयी साहित्य क्यों नहीं हमें आज की ज़िन्दगी की निर्णायक समस्याओं (वाइटल ईशूज़) से उसी तरह जोड़ पाता जैसे और कलाएं या विज्ञान करते हैं? वह क्यों स्नातक को इस लायक नहीं छोड़ता कि वह भी आस-पास की ज़िन्दगी और साहित्य से अपने को एकाकार महसूस करे? मुझे नहीं पता कि कौटिल्य का अर्थशास्त्र पढ़कर निकलनेवाला स्नातक क्या अपनी वर्तमान आर्थिक समस्याओं से इसी तरह घृणा करने लगता है? हिन्दी में ही क्यों होता है कि यहां का स्नातक समय से हमेशा सौ साल पीछे रहने में ही अपना गौरव और सुरक्षा समझता है? मेरा अपना अनुभव है (और शायद सभी लेखकों का होगा) कि हमारे पिछले पचास साल के साहित्य, साहित्यिक समस्याओं को समझनेवाले प्रायः सारे समझदार, प्रबुद्ध पाठक वे हैं जो हिन्दी के स्नातक नहीं हैं। अंग्रेजी, इतिहास, अर्थशास्त्र, राजनीति, विज्ञान के विद्यार्थी हिन्दी के आधुनिक साहित्य के बारे में जितने क्रमबद्ध तरीके और गहराई से जानते हैं, बातें करते हैं, उस तरह हिन्दी का कोई अध्यापक नहीं कर पाता– आज वह हकलाते हुए केवल पन्त, महादेवी की

प्रारम्भिक रचनाओं की ही बात बोल सकता है। हिन्दीतर विषय लेकर आनेवाले लोगों से अपने समय के साहित्य, कला, संस्कृति दर्शन की समस्याओं पर बातें करते हुए एक प्रेरणास्पद नवीनता की अनुभूति होती है, वे युग की नवीनतम स्थितियों, रचनाओं पर अधिक युक्ति-संगत अन्तर्दृष्टि से बातें करते हैं–हिन्दी के आचार्य से तो यही डर लगता है कि वह कबीर-जायसी के उद्धरण सुनाकर सारे विषय को ही 'शाश्वत' साहित्य में न ले भागे। मज़ा यह है कि इस हिन्दी-स्नातक की अपने विषय से हटकर और कुछ रुचियां या शौक होते हों, ऐसा भी नहीं है। वह तो शायद अखबार पढ़ने में भी विश्वास नहीं रखता। बाक़ी तो वह कोरा होता ही है।

इस दृष्टि और बुद्धि-जड़ता का मूल कहां है? मुझे लगता है कि इस आचार्य-निर्माण की बहुत कुछ जिम्मेदारी उस पाठ्यक्रम की भी है जो न तो सूर-तुलसी, बिहारी-मतिराम से आगे बढ़ता है, न किसी और क्षेत्र में बौद्धिक-विकास कर सकने लायक छोड़ता है। एक खास तरह की ठस संकीर्णता ही उसकी एकमात्र उपलब्धि है। मुझे याद है मैट्रिक की हमारी अंग्रेजी किताब में विक्टर-ह्यूगो के 'ला-मिजराव' से लिया गया, 'बिशप्स कैण्डिलस्टिक' था, सर्वान्ते के डॉन-क्विक्जोट का 'पनचक्की वाला' हिस्सा था, मौपासां की एक कहानी थी, ताल्स्तोय की एक रचना थी। इसी उदार-दृष्टि के कारण अंग्रेजी एम॰ ए॰ करनेवाला समझदार विद्यार्थी योरुपीय साहित्य के बारे में बहुत कुछ जान लेता है। मैन्सफील्ड और मॉम की कहानियों के साथ उसे यह भी पता होता है कि चैखव और मौपासां ने कैसी कहानियां लिखी हैं, शॉ के नाटकों के पीछे चैखव, इब्सन, मौलियर की परम्परा को भी देखना पड़ता है, वाल्टर स्कॉट के उपन्यास उसे ड्यूमा और ह्यूगो के साथ समझाये जाते हैं। इस प्रकार साहित्य, संस्कृति, समय और समाज के बारे में शुरू से ही एक उदार और व्यापक दृष्टि पनपती है, जो वहां की सम्पूर्ण ज़िन्दगी को समझने में सहायता देती है। शायद यही कारण है कि हिन्दी का अध्यापक, सबसे अधिक उन्हीं साहित्यकारों से डरता है जो इतिहास, अंग्रेजी या दूसरे विषयों में दीक्षित होकर साहित्य में आये हैं, क्योंकि इस मोर्चे पर ज्ञान और कला की बारीकियों में जाने की क्षमता नहीं, शास्त्र की पुरातनता और दृष्टि की जड़ता ही उसकी इज़्ज़त बचा पाती है। बहुत हुआ तो वह बौखलाकर संस्कृत के श्लोक बोलने लगता है, जिनमें बताया जाता है कि 'न नया ही सर्वश्रेष्ठ है, न पुराना ही त्याज्य है।'

मूल कारण यही है कि हिन्दी-विद्यार्थी या अध्यापक को पुराने या नये भारतीय साहित्य की उतनी भी जानकारी नहीं होती जितनी अंग्रेज़ी वाले को योरुपीय साहित्य या कला-निकायों की होती है। रामचरित मानस पढ़नेवाले को पता ही नहीं होता कि भारतीय-साहित्य में यह परम्परा तुलसी या पीछे वाल्मीकि-भवभूति के अलावा कहीं और भी मिलती है या नहीं? कम्बन और तुंचन आदमियों के नाम हैं या पहाड़ों के (भला हो बाबा बुल्के

का कि उन्होंने इस बारे में बोलने लायक बना दिया है) यही नहीं, वह हिन्दी की दूसरी शैली उर्दू के बारे में भी या तो एकदम कोरा होता है या पूर्वाग्रही। अंग्रेज़ी की दूसरी शैली, अमेरिकन-अंग्रेज़ी के साहित्य से क्या अंग्रेजी एम० ए० का परिचय नहीं कराया जाता? फिर क्या कारण है कि ग़ालिब, ज़ौक, मीर, इक़बाल इत्यादि हिन्दी एम० ए० के लिए अछूत और म्लेच्छ हैं? जब दुनिया-भर के रासो या मृत और अप्रचलित ज़बानों का परम्परागत-साहित्य, शब्द-भण्डार ग़रीब विद्यार्थी के गले उतारा जा सकता है तो हिन्दी के समानान्तर और एक ही प्रदेश में साथ-साथ विकसित होती दूसरी जिन्दा ज़बान, उर्दू के ही साहित्यकारों और कवियों ने हमारा क्या बिगाड़ा है?

लिपि किसी भी भाषा को नहीं बनाती, हिन्दी की जाने कितनी रचनाएं हमें अरबी-फ़ारसी लिपि में मिली हैं और अंग्रेज़ी ज़माने में जाने कितनी हिन्दी-उर्दू किताबें रोमन लिपि में फ़ौजियों के लिए तैयार की गयी थीं, आज भी जाने कितने श्लोक रोमन में लिखे जाते हैं। इसलिए लिपि इतनी बड़ी समस्या नहीं है। भाषा के लिहाज़ से भी व्याकरण, वाक्य-विन्यास और आधारभूत शब्द-भण्डार में दोनों कहां अलग हैं? दुनिया की और किस भाषा में ऐसा है कि पूरा का पूरा पृष्ठ, कुछ शब्दों को छोड़कर हिन्दी और उर्दू का एक साथ माना जाये? (आज हम अपनी भाषा में बीस-तीस प्रतिशत शब्द अंग्रेज़ी के इस्तेमाल करते हैं, लेकिन न तो वह इस कारण अंग्रेजी मान ली जाती है, न हिन्दी से अलग कोई और भाषा) सवाल शब्दों के प्रतिशत का नहीं, उनके प्रयोग और व्याकरण का है। हिन्दी और उर्दू के बीच कुछ शब्दों और (इज़ाफ़त तथा बहुवचन बनाने के) कुछ व्याकरणं-नियमों के अलावा और क्या अलगाव है, वह मेरी समझ में नहीं आता। इस लिहाज़ से किस विद्यार्थी को पुरानी अवधी, ब्रज, मैथिली, पंजाबी, राजस्थानी के शब्दार्थ, व्याकरण-नियम देखने के लिए कोश, पाद-टिप्पणियां और परिशिष्ट नहीं पलटने पड़ते? उर्दू के कोश भी तो उतने ही उपलब्ध हैं। 'वे भारतीय परम्परा के अंग नहीं हैं' के आधार पर इतिहास के विद्यार्थी ने तो मुगल—मुसलमानी काल को अपनी पोथियों से नहीं फाड़ फेंका। हम यह क्यों मानते हैं कि भारतीयता अशोक और पृथ्वीराज चौहान के बाद मर गयी थी और बाद में जो कुछ हुआ उसका न तो हमारे जीवन से कोई सम्बन्ध है न देश से? बाद में जो भी कुछ हुआ वह हमारे इतिहास और समाज की ऐसी सचाई रहा है जिसे निकालकर भारतीय इतिहास और समाज को समझा ही नहीं जा सकता। उसी तरह हिन्दी-साहित्य को बिना उर्दू-साहित्य के साथ पढ़े, समझना शास्त्रीय संकीर्णता भले ही सुरक्षित रक्खे, सही दृष्टि और परिप्रेक्ष्य बिल्कुल नहीं दे पायेगा। लेकिन आचार्य उसे स्वीकार नहीं करेंगे। इसलिए नहीं कि वे इस साहित्य, भाषा या परम्परा से एकदम अपरिचित हैं, बल्कि इसलिए भी कि तीन सौ साल पहले जो शास्त्र समाप्त हो गया था, उसमें किसी ऐसे साहित्य को समझने का विधान ही नहीं है। उन्हें शायद विश्वास नहीं है कि उनका

साहित्य-शास्त्र ग़ालिब की शायरी समझा पायेगा। उसे छोड़ भी दें तो मैं पूछता हूं कि प्रसाद के नाटक पढ़नेवाले के लिए क्यों डी० एल० रॉय के नाटक पढ़ना अनिवार्य नहीं है ?

लेकिन जैसा कि मैंने कहा, सवाल एक-दो नामों और उदाहरणों का नहीं, उस उदार-दृष्टि का है जिसकी हिन्दी-विद्यालयों में कोई परम्परा ही नहीं है। इन्होंने कभी भी हिन्दी को भारतीय साहित्य के स्तर तक आने ही नहीं दिया और प्रयत्नपूर्वक उत्तर-प्रदेशीय हिन्दू-दृष्टि से उसका गला घोंटते रहे। समय से कतराना, समस्याओं से पलायन करना और एकांगी संकीर्णता या सैग्रीगेशन के कुएं में मेंढकाई करना इस शास्त्रीय-विद्वान का एकमात्र कवच है। श्री भगवत शरण उपाध्याय के शब्दों में 'हिन्दी प्राध्यापक के अज्ञान से अगर कुछ बड़ा है तो केवल उसका मत्सर' इसलिए वह आज के साहित्य, कला, संस्कृति, विज्ञान– सब मिलाकर आज के जीवन को समझने में असमर्थ है। उनका कोई दुस्साहसी विद्यार्थी अगर इस दिशा में दिलचस्पी या पहल दिखाता भी है तो उसे बहुत अच्छी निगाहों से नहीं देखा जाता– उसे बाक़ायदा अनुत्साहित किया जाता है। चूंकि सुरुचिपूर्ण साहित्य पढ़ने-समझने की, अपनी समस्याओं और जीवन को जानने की कोई परम्परा या प्रथा इस विश्वविद्यालयी साहित्य के पास नहीं है, इसलिए अपनी जिन्दगी को वह उस साहित्य में देखता है जिसे हम बाज़ारू और सस्ता कहते हैं। विनय-पत्रिका को पूज्य-भाव से पढ़नेवाली लड़की अपनी व्यक्तिगत ज़िन्दगी को देखने-समझने के लिए गुलशन नन्दा और इसी कोटि के उपन्यास पढ़ती है, सिनेमा के गाने गुनगुनाती है। अपनी रुचि के इस अन्तर्विरोध को उसे इसलिए आजीवन ढोना पड़ता है कि अपने शिक्षण काल में उसे कभी इस बात के संस्कार और संकेत ही नहीं दिये गये कि वर्तमान जिन्दगी को वाणी देनेवाला सुरुचिपूर्ण साहित्य और कला उसके आसपास भी कहीं हैं। आचार्यों की ज़िन्दगी तो कट या बीत गयी, लेकिन विद्यार्थी को अभी जीवन शुरू करना है, वह तो अपनी व्यक्तिगत और बौद्धिक समस्याओं को अपने साहित्य और कला में प्रतिबिम्बित देखना चाहता है, अपने-आपको कहीं अपने समय से जोड़ना चाहता है और इसकी कोई सुविधा न होने से अंधेरे में टटोलता है। आचार्य ने तो क्लास में नोट्स बोले हैं (जो उन्हें उनके आचार्य ने लिखवाये थे) और उसमें उसकी क़तई रुचि नहीं है; वह बाजार में सब कहीं मिलते हैं– कभी भी लेकर पढ़ लेगा। इस तरह उसमें शिक्षा और जिज्ञासा दोनों की रुचि समाप्त हो गयी है। शायद इसलिए रचनात्मक प्रतिभा और विश्वविद्यालय दो विरोधी चीज़ें हो गयी हैं।

हवाई और अच्छी-अच्छी बातें चाहे जितनी कही जाती रहें; परम्परा और शास्त्र की यही उपलब्धि ठोस रूप में हमारे सामने हैं।

अब आइए, समस्या के दूसरे पहलू पर। आधुनिक साहित्यकार क्यों नहीं रामचन्द्र शुक्ल, इलियट और सार्त्र की तरह पुराने साहित्य की पुनर्व्याख्या करके आधुनिकता के

स्थायी तत्त्वों की खोज करता? इसके लिए भी मैं अपने आचार्यों और प्राध्यापकों को ही जिम्मेदार मानता हूं। सीमित और एकांगी ज्ञान और जड़-दृष्टि वाले ये लोग किसी भी नयी व्याख्या को स्वीकार करेंगे? मैं प्राध्यापकों से ही पूछना चाहूंगा कि क्या उस विद्यार्थी को वे अच्छे नम्बर देंगे जो तुलसीदास को रामचन्द्र शुक्ल, भगवानदीन और मातादीन शुक्ल की दृष्टि से नहीं, डा० रामविलास शर्मा, डा० भगीरथ दीक्षित, भदन्त आनन्द कौसत्यायन, रांगेय राघव और बरान्निकोव की दृष्टि से पढ़कर प्रश्नप्रत्र का उत्तर देता है? क्या किसी ने कभी अपने विद्यार्थियों को बताया है कि तुलसी पर कितने दृष्टिकोण अब तक आ चुके हैं और साहित्य के अलावा इतिहासकार, समाजशास्त्री उनके बारे में क्या सोचते हैं? कभी उनका ध्यान इस अन्तर्विरोध की ओर गया है कि बग़ल के कमरे में बैठा इतिहास का विद्यार्थी क्या पढ़ रहा है?–अकबर जब दीन-इलाही जैसे धर्म की कल्पना से मुल्लाओं और पण्डितों के विरोध की बिना चिन्ता किये, भारतीय-समाज को एक नया संगठन देना चाहता है तो कबीर के बाद "वेद निगमागम सम्मत" धर्म का रोना रोनेवाले तुलसी इतिहास की धारा में कहां एड़ते हैं? हिन्दी का कोई स्वनामधन्य आचार्य उस विद्यार्थी को प्रथम श्रेणी नहीं देगा जो सप्रमाण यह सिद्ध कर दे कि तुलसीदास, प्रचारक, बोर और रूढ़िवादी कवि थे। मूलतः आज तक हिन्दी का सारा पुराना साहित्य हिन्दी के पोंगापंथी, दकियानूसी हिन्दुओं के हाथों में फंसा रहा है–जो रहीम, रसखान, बरान्निकोव, कामिल बुल्के की झण्डियां हिला-हिलाकर अपनी महानता दिखाते रहे हैं। राम की कथा लिखनेवाला चकबस्त, हिन्दू-मिथकों का प्रयोग करनेवाला फ़िराक़ उर्दू में ऊंचा आसन पा सकते हैं, लेकिन ईसा मसीह की जीवनी लिखनेवाला या हज़रत मुहम्मद के विचारों को साहित्य रूप देनेवाला कोई अहिन्दू व्यक्ति हिन्दी में प्रवेश नहीं पा सकता। या तो मुंशी अजमेरी, ज़हूर बख्श, बशीर अहमद 'मयूख' को भी 'हिन्दू' बनकर साहित्य में आना पड़ेगा या फिर 'कर्बला' की कहानी भी प्रेमचन्द और मैथिलीशरण गुप्त ही लिखेंगे। शायद ही दुनिया के किसी जीवित साहित्य में ऐसी जहालत हो। नये दृष्टिकोण से पुराने की व्याख्या की बात सुनने में बहुत अच्छी लगती है, लेकिन हमारे प्राध्यापक ही वह पहले व्यक्ति होंगे जो मुक्तिबोध की 'कामायनी : एक पुनर्व्याख्या' के आधार पर दिये उत्तरों पर नम्बर काट लेंगे। डा० रामविलास शर्मा ने भारतेन्दु, निराला, प्रेमचन्द, प्रसाद, रामचन्द्र शुक्ल की अपनी दृष्टि से पुनर्व्याख्या करके प्रगतिशीलता के 'स्थायी तत्त्व' खोजे थे–आज तक हिन्दी के किसी आचार्य के गले उतरे? डा० नामवर सिंह द्वारा 'छायावाद की पुनर्व्याख्या' या डा० देवराज का 'छायावाद का पतन' किस प्राध्यापक को स्वीकार्य है? आज के जाने कितने कथाकारों ने अपनी परम्परा, पुरानों का पुनर्मूल्यांकन, प्रवृत्तियों की पुनर्व्याख्याएं दी हैं–तत्त्वजीवी अध्यापक उनसे सहमत हैं? चलिए सहमत न हों, 'एक दूसरा दृष्टिकोण' मानकर बराबर की स्वीकृति देना चाहेंगे?

नहीं, इस तरह की उदारता, दूसरे के दृष्टिकोण को सम्मान की निगाह से देख सकने की असंकीर्णता हिन्दी-प्राध्यापक की किसी परम्परा में नहीं आती। जो आचार्य-सम्मत नहीं है, छोटे आचार्य के लिए वह मान्य भी नहीं रहा। उसके पास मतभेद की रीढ़ नहीं होती। सहिष्णुता और उदारता हिन्दी प्राध्यापक इन दो दुर्गुणों से कभी परिचित नहीं रहा। वह मूलतः कन्फर्मिस्ट यानी चारण होता है– गुणगान और पुरखों के करतबों का उल्लेख, यही उसका ज्ञान है। इसलिए हमारे विद्यालयों में साहित्यकार का अर्थ, गहरी और अपनी दृष्टि रखनेवाला, सूझ-बूझ या अन्तर्दृष्टि वाला व्यक्ति नहीं; अप्रचलित मुर्दा और अर्थहीन भारी-भारी संस्कृत शब्दों का आडम्बर खड़ा करनेवाला पण्डिताऊ व्यक्ति माना जाता है। हिन्दी की जीवन्त-भाषा और आज के बोध के अनुरूप मुहावरा खोजनेवाली शैली वहां 'असाहित्यिक' मानी जाती है। क्योंकि उसमें उर्दू या दूसरे म्लेच्छ शब्द होते हैं।

सार्त्र ने दर्शन और साहित्य की गम्भीरतम तात्विक समस्याओं को भारत के किसी भी नये-पुराने आचार्य के मुक़ाबले ज़्यादा गहराई, व्यापक सन्दर्भ और मौलिक दृष्टि से उठाया है, लेकिन इस सब 'पुराने और तात्विक' ने उसकी दृष्टि को बांधकर अपने समय के प्रति अन्धा नहीं बना दिया। उसने बोदलेयर पर किताब लिखी तो अपने समकालीन, युग के सबसे बड़े चोर, बदनाम व्यक्ति, गुण्डे, बलात्कारी व्यभिचारी ज्यां ज़ेने के साहित्य और व्यक्तित्व पर भी अद्‌भुत और अद्वितीय विश्लेषण दिया है। उसकी 'संत ज़ेने' नाम की वृहद् पुस्तक पिछले सौ सालों में लिखी गयी किसी भी भारतीय आचार्य की पुस्तक से अधिक गम्भीर, विचारोत्तेजक और महत्त्वपूर्ण है। अगर मैं भूल नहीं करता तो नोबेल-पुरस्कार प्रशस्ति में उस किताब का विशेष उल्लेख था। सिमोंद बोउवा ने उसी जिम्मेदारी से दूसरे बदनाम व्यक्ति 'दि-साद' पर लिखा है और 'सैकिण्ड सैक्स' के पहले खण्ड में गम्भीरतम साहित्यिक-सांस्कृतिक, दार्शनिक समस्याओं का विवेचन करनेवाली इस विलक्षण प्रतिभाशाली महिला ने ब्रिजित बादों जैसी आपत्तिजनक 'अभिनेत्री' पर भी किताब लिखी है। यह कुण्ठा हिन्दी की ही है कि तात्विक और गम्भीर समस्याओं पर सोचने लिखनेवाले का धर्म, सामयिक समस्याओं और साहित्य को छूने से भ्रष्ट हो जाता है। जिस तरह आचार्य हजारीप्रसाद द्विवेदी ने बाण पर लिखा है या सार्त्र ने ज़ेने पर लिखा है, क्या उसी स्तर का कोई आचार्य उग्र, मण्टो और मज़ाज पर लिखना चाहेगा? या उसी सहानुभूति और निष्पक्षता से निराला के जीवन पर विचार करेगा? निराला में काफ़ी शास्त्र हैं; इसलिए 'अगर-मगर' के छुरों से उसके व्यक्तित्व का अंग-भंग करके भले ही कोई लिखने की बात सोचे। लेकिन बाक़ी तीने पर? छिः-छिः। शास्त्र का ऐसा पतन भला किसे बर्दाश्त होगा? ये चारों व्यक्तित्व, सांस्कृतिक और मूल्यगत संकट की अभिव्यक्ति और उपज भले ही हों, साहित्य और कला के स्थायी तत्त्वों को उनसे क्या लेना-देना?

सार्त्र ने ही 'अन्तरात्मा और कलाकार' की समस्या को प्रसिद्ध समकालीन संगीतज्ञ लीबोविज़ की संगीत सम्बन्धी गहराइयों में उतरकर उठाया है। 'कलाओं के अन्तरावलम्बन' का आग्रह करनेवाला कोई भी आचार्य, साहित्य या रस के अलावा (संगीत किसी हद तक अपवाद हो सकता है) किसी भी और विधा के माध्यम से अपनी समस्याओं पर उस तरह जमकर बातें कर सकता है? उसने कभी अपनी स्थापनाओं और मान्यताओं की पुष्टि अन्य सहयोगी कलाओं की गहराइयों में जाकर की है? क्या उसने कभी सोचा है कि आज की साहित्यिक समस्याएं, मात्र शास्त्र और कलाओं की समस्याएं हो ही नहीं सकतीं, वे सम्पूर्ण युग की सभ्यतागत, सांस्कृतिक और आध्यात्मिक समस्याएं हैं, इसलिए आज के मनुष्य की सम्पूर्ण बौद्धिक, मानसिक उपलब्धियों की समस्याएं हैं?

शायद शास्त्र में इन सारी फ़िज़ूलियात की कोई गुंज़ाइश नहीं है। हिन्दी के शास्त्री की समस्याएं तीन लोक से न्यारी हैं, और उनमें न तो कोई वर्तमान प्रवेश पा सकता है न कोई अन्य विधा। समय या जीवन्त आदमी के मानसिक, नैतिक और सांस्कृतिक संकट का दर्द शास्त्री को नहीं छूता, इसलिए 'आज का आदमी पतित, भ्रष्ट, मूर्ख और भटका हुआ है' के अलावा कोई प्रमाण-पत्र वहीं से मिलनेवाला नहीं है। शास्त्रीय पिरामिडों के सामने आसन जमाये बैठे, ये नरसिंह आचार्य केवल विराट रेगिस्तानों और अतीत के प्रेतों के प्रहरी हैं—भीतर-भीतर खुश हैं कि हमें भारतीय-मेधा, प्राचीन गौरव-गरिमा की 'ममियों' का पता मालूम है।

कामू को जवाब देते हुए सार्त्र ने ही लिखा था: 'इट इज़ ए बिटर विज़डम, व्हिच स्ट्राइव्स टु डिनाई टाइम...' क्या इसका अनुवाद यों नहीं होगा 'धिक्कार है उस ज्ञान पर जो समय को अस्वीकार करने में ही खून-पसीना एक कर देता है?'

['प्रेमचंद की विरासत से', जनवरी, 1967]

देखने हम भी गये, पै तमाशा न हुआ...

अजीब दयनीय स्थिति थी। भव्य और विराट इन्द्रप्रस्थ स्टेडियम खचाखच भरा था, बारह-पन्द्रह हज़ार आदमी। बीच में सुरुचिपूर्ण मंच, फूलों और दूसरी सजावटों का सांस्कृतिक माहौल। माइक पर आवश्यक-अनावश्यक रूप से "जय हिन्दी, जय नागरी" की टीप के साथ कुछ भी ऊल-जलूल बोलते रत्नाकर पाण्डेय... "अब श्रीमती गांधी चल दी हैं, अब बाहर तक आ गयी हैं, अब भवन में प्रवेश कर रही हैं... जय हिन्दी, जय नागरी..." अचानक अपने पूरे लाव-लश्कर के साथ इन्दिरा जी का आगमन हुआ, तालियां बजीं, "जय हिन्दी, जय नागरी..." कि अचानक सुधाकर पाण्डेय अपनी खुली लांग संभालते माइक पर लपके, जैसे डर था कि इस बीच कोई दूसरा न झपट ले। "विश्व की नेता?" कहीं कोई प्रतिक्रिया नहीं। "देश की नेता?" फिर कोई प्रतिध्वनि नहीं! स्वागत भाषण। सुधाकर पाण्डेय ब्रह्माण्ड की नेता के बारे में बता रहे थे "इन्दिराजी ने हिन्दी को व्यक्तित्व दिया। जनता सरकार ने नागरी प्रचारिणी सभा पर अंकुश लगाये, जांच कमेटी बैठायी... इन्दिराजी ने हिन्दी को प्रतिष्ठा दी..."

हिन्दी, अर्थात सुधाकर पाण्डेय... पड़ोस में बैठे एक सज्जन ने भारतजी की पंक्तियां दुहरायीं, "हरी घास को चर जायेंगे वृषभ काल के, अमर वचन यह भारत भूषण अग्रवाल के..." बहरहाल, उधर रत्नाकर पाण्डेय की घोषणाएं, सुधाकर पाण्डेय और सिद्धेश्वर प्रसाद जी के भाषण चल रहे थे। बाद में अनेक देशी-विदेशी मित्रों ने अफ़सोस प्रकट किया, "कम से कम ऐसे मौक़ों पर उन लोगों को बोलना चाहिए जिनकी भाषा और उच्चारण सही हों...।" शायद उन्हें सही सूचना नहीं थी, 'बिस्व की नेता' ने हिन्दी को यही तो 'व्यक्तित्व' दिया था और भाषा को लेकर परम तुनक मिजाज़ कवि-सांसद श्रीकान्त वर्मा, दुर्योधन की ऐतिहासिक सभा के द्रोणाचार्य की तरह अनासक्त बैठे थे... कितनी बड़ी सांत्वना थी समापन समारोह में सरला ज़रीवाला और अशोक वाजपेयी की सही और शुद्ध भाषा सुनना...

लेकिन अफ़सोस, अभी कुछ ही दिनों पहले अंग्रेज़ी के गिरते स्तर पर आठ-आठ आंसू रोनेवाली 'बिस्व की नेता' ने अपने लिखित भाषण में हिन्दी को लेकर कोई

आश्वासन नहीं दिया। सिर्फ यही बताया कि कैसे वे बचपन में हिन्दी बोलती-सुनती रही हैं, कि उनके पिता-पितामह हिन्दी-प्रदेश, इलाहाबाद में ही रहते थे। हां, यह जानकारी उन्होंने ज़रूर दी कि हिन्दी इतनी समृद्ध नहीं है कि उसे अंग्रेज़ी की जगह दी जा सके... ; में चाहिए कि...

और इसके बाद तीन दिनों तक अन्धाधुन्धी, भगदड़ और दिग्भ्रान्त भीड़ के रेवड़... भुखमरों और भिखमंगों की तरह खाने की आपा-धापी करते, कीचड़-गंदगी और जूठन के बीच सूखी रोटियां, केवल चावल या सिर्फ सब्ज़ी की प्लेटें लिये इधर-से-उधर मारे-मारे फिरते विशिष्ट, अति-विशिष्ट देशी-विदेशी अतिथि, आमंत्रित, गोष्ठियों के कक्ष यो अन्य जानकारियों के लिए एक दूसरे से पूछते हिन्दी-अहिन्दी भाषी, "ये क्यू किसका लगा है?" पता नहीं, "खाने के कूपन कहां मिलेंगे?" पता नहीं, "स्मारिका या दूसरी सूचनाएं और कार्यक्रम कहां से मिलेंगे?" पता नहीं, "यहां सम्मेलन वालों का कोई सूचना-केन्द्र है?" पता नहीं, "रेलवे की जानकारियां और रिज़र्वेशन वग़ैरा कहां होंगे?" पता नहीं, "आप किसी गोष्ठी में हैं या नहीं?" पता नहीं, "आप हज़ार मील का सफर करके यहां झख मारने क्यों आये हैं?" पता नहीं...

भीड़ के हर आदमी का एक-दूसरे से यही संवाद था। कौन-सी सूचना कहां मिलेगी, किस कार्य के लिए कहां और किससे सम्पर्क करना होगा—न यह कोई बताने वाला था न संकेत-पट्टिकाएं—सब अनाथ थे, सब लावारिस थे। कोई बीस किलोमीटर दूर रुका था कोई तीस। किसी के पास चारपाई नहीं थी तो किसी के पास पानी-रोशनी। आने-जाने के क्या तरीक़े हैं यह भी नहीं पता था। जो होटलों में रुके थे वे अगर चाय भी मांगते तो अपना बिल खुद देकर। "अगर आप सम्मेलन में आये हैं तो यह बिल अलग से देना होगा..." अगर किसी से इन असुविधाओं और बद-इन्तज़ामियों की बात कीजिए तो जवाब हाज़िर है, "आप इतना बड़ा सम्मेलन करके दिखाइए तो पता लगे... बैठकर इसे-उसे गालियां दे लेना आसान है, कुछ करिये तो हम भी जानें" बिल्कुल "बिस्व नेता" की भाषा है, "इतना बड़ा देश है, आपको चलाना पड़े तो दांतों में पसीना जा जाये..." यानी यह आपकी नियति है कि जो जैसा है उसे वैसा ही स्वीकार करना होगा वर्ना विघटनकारी, क्या कहते हैं उसे, देश के दुश्मन, डिसरप्टिव, एण्टी-सोशल, नेगेटिव-अपोज़ीशन इत्यादि-इत्यादि हैं... यानी आप हिन्दी के दुश्मन हैं, जय हिन्दी, जय नागरी...

मगर जिन्होंने नागपुर-मॉरिशस के सम्मेलन देखे हैं, उन्हें ज़रूर मालूम है कि क्या होती है व्यवस्था। शायद नागपुर का तो इससे कई गुना बड़ा सम्मेलन था। मगर यह अपने आप में अनुभव था कि ज़िम्मेदारियों को कैसे बांटकर हर चीज़ को सुव्यवस्थित किया जाता है, गोष्ठियां और दूसरे कार्यक्रम कैसे संचालित और नियोजित किये जाते हैं। यह सम्मेलन तो दो-तीन बार स्थगित हो चुका था, और हर व्यवस्था के लिए काफ़ी

समय हाथ में था। हां, फ़र्क सिर्फ इतना था कि वहां चापलूसी और भड़ेती का यह 'जियो-जियो' वादी नंगा नाच नहीं था– कम से कम इतना खुलकर नहीं आया था। शायद सारी चीज़ें केवल राजनीतिज्ञों और विश्वविद्यालयों के घिसे हुए घाघों के चंगुल में नहीं थीं, सभी क्षेत्रों से सहयोग और सहकारिता की प्रवृत्ति थी। इस सम्मेलन में तो लगता है कि हर आदमी 'बाहरी' था, केवल दो-चार लोगों के बीच की रस्साकशी मची थी कि किसके हाथ में क्या और क्यों रहेगा? यह सचमुच रहस्य है कि जिन लोगों ने कभी नगर-स्तर के सम्मेलन भी न किये हों उनके हाथों में 'विश्व हिन्दी-सम्मेलन' कैसे पहुंच गया?

बहरहाल, ऐसी दुर्व्यवस्था और बद-इन्तज़ामी में ये सारे मुद्दे गौण हो जाते हैं कि सम्मेलन में फैसले क्या लिये गये, पुराने निर्णयों में कितनी प्रगति हुई और आगे क्या करना है? आगे के लिए कोई प्रक्रिया और प्रणाली निर्धारित की गयी या नहीं? जो वहां शामिल हुए थे उनके लिए जान पाना तो असंभव था, लेकिन अभी तक सम्मेलन के किसी अधिकारी का कोई वक्तव्य देखने में नहीं आया कि आखिर इस मेले से हासिल क्या हुआ? हो सकता है अभी तक आपस के हिसाब-किताब ही निपटाये जा रहे हों?

बहुत स्वाभाविक है कि पलटकर मुझसे ही सवाल कर दिया जाये कि आपके पेट में दर्द इसीलिए तो है न, कि आप इसमें कहीं नहीं थे। सही है लेकिन जो मुझे जानते हैं, उन्हें पता है कि ऐसी जगहों पर अपना होना न होना मेरे लिए कभी भी महत्वपूर्ण नहीं रहा। बल्कि हल्की-सी खुशी भी है कि अच्छा ही है कि मैं या मेरे जैसे लोग इसमें कहीं नहीं थे। वैसे भी एशियाड में ही मैं कहां था? बैरूत के हत्याकांड में भी मैं नहीं था और पाकिस्तान में जिस औरत को सरेआम कोड़े लगाये गये थे वह न मेरी बहन थी, न बेटी... क्या सिर्फ इसीलिए मुझे इन घटनाओं पर बोलने का हक़ नहीं रह जाता? वैसे भी इस पूरे विश्व हिन्दी-सम्मेलन में साहित्यकार थे ही कहां? वे सब तो अपने मित्रों से मिलते बाहर सीढ़ियों पर थे, पुस्तक मेले और प्रदर्शनियों में थे– बच्चन जी, भीष्म साहनी, शिवप्रसाद सिंह, उषा प्रियंवदा, मन्नू, मृदुला, गिरिराज किशोर, जगदीश गुप्त, अजित कुमार, नरेश मेहता, निर्मल, नेमिचंद्र जैन, उपेन्द्र नाथ अश्क, विष्णु प्रभाकर, काशीनाथ सिंह, केदारनाथ, भदंत आनंद कौसल्यायन... वात्स्यायन ने अपने को अनुपस्थित कर लिया था। शायद जैनेन्द्र किसी गोष्ठी में कुछ बोले थे, अन्त में महादेवी... साहित्य-अकादमी को तो शायद बाकायदा सूचना भी नहीं थी कि ऐसा कुछ हो रहा है...

कहा गया, "जनाब, यह साहित्य-सम्मेलन नहीं, भाषा सम्मेलन था।" बात दुरुस्त है। भाषा साहित्यकारों की ही बपौती नहीं है। वे भाषा को रूप, तराश और अर्थ तो दे सकते हैं– प्रचार-प्रसार तो दूसरे ही करते हैं। मगर फिर महादेवी वहां क्यों थीं? अन्य भाषा-भाषी साहित्यकारों के सम्मान का नाटक क्यों था? साहित्य और भाषा को लेकर पिछले दो

सम्मेलनों में जो ग़लतफ़हमी हो गयी उसे तीसरे में सुधार लिया गया, यह प्रसन्नता की बात है। विश्वास है आगे से हिन्दी-भाषा की बात करते हुए सूर-तुलसी-कबीर-मीरा से लेकर प्रेमचंद महादेवी किसी का भी ज़िक्र बिल्कुल नहीं किया जायेगा– क्योंकि एक तो ये सारे साहित्यकार हैं दूसरे बेहद सिरफिरे और झक्की लोग हैं और उन्होंने हिन्दी को वह व्यक्तित्व बिल्कुल नहीं दिया जो 'बिस्व नेता' दे रही हैं।

जहां तक हिन्दी को देश-विदेश की सीमाओं के पार स्वीकार्य और लोकप्रिय बनाने की बात है, मैं समझता हूं, पहला सम्मान लता मंगेशकर को मिलना चाहिए, उन्होंने पहली बार बताया कि हिन्दी कितनी मधुर, संगीतमय और श्रुति-प्रिय होती है। बोलचाल की हिन्दी कितनी गरिमामयी, सहज और प्रभावी है इसके लिए दूसरा सम्मान अमिताभ बच्चन को और भाषा द्रुत, चित्रोपम और गतिमयता के साथ घटना के ठीक बीच आपको कैसे ले जाकर उसमें शामिल कर देती है इसके लिए तीसरा सम्मान क्रिकेट-कमेण्टेटर जसदेव सिंह को। मुद्रित शब्द किस तरह अधिकतम लोगों के द्वारा पढ़ा जा सकता है इस कौशल के लिए चौथा सम्मान गुलशन नंदा को... पांचवां सम्मान सच ही किसी ऐसे विश्वनेता को दिया जा सकता था जो बिना किसी कुंठा और ग्रंथि के अन्तर्राष्ट्रीय मंच पर उसी आत्मविश्वास से बोलता जैसे किसी भी स्वतंत्र देश के आत्मसम्मानी राजनेता बोलते हैं, जो दुनिया को बता सकता कि वह दुनिया के सबसे बड़े प्रजातंत्र का प्रतिनिधि है, कि वह उस देश की तरफ़ से बोल रहा है जो अस्सी प्रतिशत गांवों में रहता है और आज स्वतंत्र है... जिसे देश की अस्मिता और अपने व्यक्तित्व की चेतना होती...

इसलिए और शायद इसीलिए, राजनैतिक टुकड़खोरों और जुआरियों को कोई हक़ नहीं है कि वे ग़रीबों, अर्ध-शिक्षितों, अधनंगों और संघर्षशील आत्मसम्मानियों की भाषा को किसी भी 'तीनों लोकों के भाग्य-विधाता' के नाम लिख दें और वहां से कोर्निश बजाते हुए पद, प्रतिष्ठा, पैसे की मंसबदारियां बटोर लायें। परम्परा न सौंपी जाती है, न भेंट-उपहार में दी जाती है– वह सिर्फ आत्मसात की जा सकती है और वही आत्म-सम्मान के रूप में अभिव्यक्ति पाती है। वर्ना विश्वनेता के पास और ऐसी कौन-सी पूंजी है कि वे भाषा को अन्तर्राष्ट्रीय व्यक्तित्व दें? क्या वे रूस, अमेरिका, चीन जैसी महाशक्ति हैं? क्या उनके पास दुनिया की गति को चलाये रखने या ठप्प कर देने वाला तेल है? क्या उनके पास जापान और जर्मनी जैसा विज्ञान या तकनीकी दबदबा है? सदियों के औपनिवेशिक शोषण से प्राप्त फ्रांस जैसी क्रान्त-चेता संस्कृति या ब्रिटेन जैसी निर्भीक, दबंग लोकतांत्रिक शासन-प्रणाली है उनके पास?

कभी-कभी मैं जब अभिजात, सम्पन्न और सुशिक्षित इन राजनेताओं की दृष्टि से सोचता हूं तो सचमुच मेरी समझ में नहीं आता कि हमारी प्रधान-मंत्री को देश-विदेश में हिन्दी या किसी भी भाररतीय भाषा में क्यों बोलना चाहिए? क्या उन्हें अपने अफ़सरों-

सेक्रेटरियों से काम नहीं लेना ? क्या वे अंग्रेजों के बाप से अच्छी अंग्रेज़ी नहीं जानतीं ? वे क्या लालबहादुर शास्त्री और चरण सिंह की तरह बस्ता-छाप स्कूलों में पढ़ी हैं कि पसीने-पसीने हो रहे हैं, लेकिन बोल अंग्रेज़ी रहे हैं। वे क्या मोरारजी देसाई और संजीवा रेड्डी की तरह नेहरू परिवार की ग्रंथि से पीड़ित हैं कि बस्तर-बिहार के गांवों में जाकर भी अपनी गुजराती-मद्रासी अंग्रेज़ी झाड़ रहे हैं... वे तो शुद्ध, सलीस और एकदम ठेठ इंगलिश उच्चारण में परम-आत्मविश्वास से 'अन्तर्राष्ट्रीय' भाषा में अपनी बात कह सकती हैं। जी नहीं, वे माओ त्से तुंग, चाओ एन लाई, होची-मिन्ह, फीदेल कास्त्रो जैसी बेवकूफ़ नहीं हैं जो न जाने किस झख में अच्छी-खासी अंग्रेज़ी जानते हुए भी बाहर अपनी ऊल-जलूल भाषाओं में ही बोलते हैं! और ये अफ्रीका या लेटिन पिद्दी देशों के नेता...? छोड़िए, बेचारे छोटे लोग हैं, उतनी अंग्रेज़ी नहीं जानते...

गांधीजी के हज़ारों उद्धरणों की तरह यह वाक्य भी सुनने में अच्छा लगता है, "जिस राष्ट्र के पास अपनी भाषा नहीं है वह गूंगा है।" मगर ऐसे तो हज़ारों वाक्य वह सनकी बुड्ढा बोलता ही रहता था। उन्हें स्वर्णाक्षरों में लिखवाया जा सकता है, मगर देखिए, उन पर अमल करना तो बहुत मुश्किल है, हमारी भी कुछ प्रैक्टिकल दिक्कतें हैं। ऐसा नहीं है कि हम चाहते नहीं हैं, मगर हर काम में समय तो लगता ही है। हां, गूंगे राष्ट्रवाला अच्छा कोटेबुल कोट है, तहाकर रख लो, अगले सम्मेलन के काम आयेगा। गांधी हो या देश की दूसरी ज़रूरतें, फैसलों पर बिस्व नेता ने अमल ही कहां किया है जो भाषा जैसे टुच्चे फैसले पर वे अमल करेंगी? बेकारी, महंगाई, न्यूनतम मज़दूरी, प्रान्तीयता, कालाधन, अशिक्षा, साम्प्रदायिकता, घूसखोरी, महिलाओं के क़त्लेआम, डूबती अर्थ-व्यवस्था और भ्रष्ट न्यायप्रणाली, पागल और उन्मादी पुलिस—इनमें से किस समस्या को उन्होंने ईमानदारी से दूर करना चाहा है?—ये तो विश्वव्यापी समस्याएं हैं, वर्ल्ड-फ़िनोमिना हैं, इन्हें सिर्फ़ अपने ही देश में देखना संकीर्णता है! वस्तुतः सच्चा राजनेता समस्याएं हल नहीं करता, उन्हें बनाये रखने के तर्क देता है ताकि मौक़े पर अपने हित या विपक्ष के ख़िलाफ़ उनका प्रभावी इस्तेमाल कर सके... लोगों को आपस में ही उलझा कर न रखा जाये तो वे फिर सीधे आपकी तरफ देखने लगते हैं। आज वे आपस में खून-खच्चर होकर राहत की याचना करते हुए आपके पास आते हैं, जवाब तलब करने नहीं। भाषा के प्रति हमारे नेता का रवैया ठीक इसी तर्क-पद्धति का एक हिस्सा है। बड़े-बड़े धाकड़ राजनीतिज्ञों को चुटकी में ठिकाने बैठा देनेवाला नेता अच्छी तरह समझता है कि सचाई क्या है और क्या उसका हल है। भाषा के बारे में ही सख्त निर्णय लेकर क्या उन्हें अपनी गद्दी खोनी है?

क्या यह सिर्फ संयोग ही है कि अंग्रेज़ी के विश्वव्यापी आतंक से दबा विश्व-नेता तर्क भी ठीक वही देता है जो दो सौ सालों तक अंग्रेज़ देता रहा था, "हम यहां बिल्कुल नहीं

रहना चाहते। लेकिन हिन्दुस्तानी पहले इतने समझदार और समर्थ तो हो जायें कि राज-काज संभाल सकें। हम आज छोड़कर जाने को तैयार हैं बशर्ते कि..." उसी साम्राज्यवादी दलील को प्रधानमंत्री ने भी तीसरे विश्व-हिन्दी सम्मेलन में दुहराया है, "हिन्दी को पहले समृद्ध होना होगा, तभी वह अंग्रेजी की जगह ले सकेगी..." यह दलील उस डाक्टर की सलाह की याद दिलाती है जो मरीज़ से कहता है, "पहले पूरी तरह स्वस्थ हो जाओ, तब चलना-फिरना शुरू कर पाओगे...।" क्या ऐसे किताबी डाक्टर को यह बताने की ज़रूरत है कि चलना-फिरना स्वस्थ होने की प्रक्रिया का ही अनिवार्य हिस्सा है। महादेवी जी ने ठीक ही कहा था, भाषा प्रयोग से ही समृद्ध होती है...

क्या स्वयं इन्दिराजी से ही सन् '64-65 में बुजुर्ग और घाघ राजनीतिज्ञों ने नहीं कहा था, "कुछ सीखो, समझो, तब राजनीति में आना" या "ये सूखी कमज़ोर औरत देश चलायेगी, नेहरू की जगह प्रधानमंत्री का पद संभालेगी...?" उनकी सलाह मानतीं तो इन्दिराजी आज भी राजनीति के किसी प्राइमरी स्कूल में पढ़ रही होतीं... क्या आज उन्हें "छत पर खड़े होकर" यह बात बतानी पड़ेगी कि सिर्फ और सिर्फ जो चीज़ व्यक्तित्व बनाती है वह है संकल्प... और संकल्प ही है, जो निर्णय को अमल में लाने के सही औज़ारों की पहचान भी अपने आप देता है।

[5.11.83]

अक्ल पर पड़ा है भाषा का कुल्हाड़ा

इस अंक के साथ 'हंस' अपनी पुनर्यात्रा का एक वर्ष पूरा कर रहा है। बेहद रोचक रोमांचक, विचारोत्तेजक और रचनात्मक अन्वेषणों की यात्रा। रचना के संपूर्ण बहिष्कार और विचारों के नाम पर 'परिचर्चाओं' के टोटकों की मारी हिंदी पत्रकारिता के बीच 'हंस' जैसी पत्रिका का आयोजन, स्वागत से अधिक जोखिम भरा काम है। अकेले होकर पहल करना जहां बहुत-सी आसानियां और श्रेय देता है, वहीं कहीं भी भटक या अटक जाने का खतरा भी खड़ा कर देता है। अगर समान सोचवाले सह-यात्रियों के मूक-मुखर सहयोग और आश्वासन न होते तो पता नहीं, कब की सांस टूट चुकी होती! जो भी, कभी किसी छोटी-बड़ी ऐसी पत्रिका से जुड़ा रहा है, या जिसने कभी कोई सार्थक फिल्म बनायी है, नाटक किया है, प्रकाशन किया है, या कोई भी ऐसा कार्य किया है, जिसमें आस्था या प्रतिबद्धता ही पहली प्राथमिकता हो, वह 'हंस' जैसी पत्रिका का 'अर्थ' खूब जानता है। इसलिए अब यह कहने का भी कोई अर्थ नहीं रह गया कि जो साधन-संपन्न लोग ऐसे प्रयासों को सफल या स्थायी बना सकते हैं, वे प्रायः अनपढ़ और संस्कार-हीन हैं। वह लाखों की घूस दे सकते हैं, शादी-दहेज, धर्म-उत्सवों, यात्राओं और पार्टियों में फूंक सकते हैं, मुशायरों-कवि सम्मेलनों, क्रिकेट मैचों में पुराने मुजरा-नवाजों की तरह शाह-खर्ची दिखा सकते हैं– साहित्य, विचार, संस्कृति इनके लिए आज भी 'काला अक्षर' है। ये नये-नये पैसे वाले विचार की स्वतंत्रता से लाल कपड़े की तरह भड़कते हैं। हां, पाठकों-लेखकों-मित्रों में जो जहां 'हंस' के लिए कुछ भी कर सका है, उसने खुले दिल से किया है– हम उन सबके कृतज्ञ हैं।

जिस समय मैं ये पंक्तियां लिख रहा हूं –मेरठ, दिल्ली सांप्रदायिक आग में झुलस रहे हैं– अलीगढ़, मुरादाबाद, बरेली विस्फोट के कगार पर हैं। बेगुनाहों का खून, करोड़ों-अरबों का राष्ट्रीय नुकसान और एक स्थायी ज़हरबाद की मानसिकता हमें, पता नहीं, इक्कीसवीं सदी का कौन-सा चेहरा दिखायेगी। जेहादियों और अंगरक्षकों से घिरे अपने-अपने कमरों में सुरक्षित नेताओं और कौम के रहनुमाओं का यह सरोकार बिलकुल नहीं है कि दूर-दराज में बसा, बरसों से मेरे साथ खाने-पीने उठने वाला, परिवार का एक अंग, पड़ोसी, अचानक अकेला पड़ जायेगा और फिर उस पर क्या गुजरेगी! उन्हें तो अपने आग उगलते भाषणों

से जिंदा आदमियों को वोटों और मरने वालों को आंकड़ों में बदलकर अपने सौदे तय करने हैं। निश्चय ही इस सबके अपराधी अपने को बुद्धिजीवी कहने वाले हम हैं, जो सद्‌भावना-जुलूसों, हस्ताक्षर-अभियानों और वक्तव्यों के लिए दंगों, विस्फोटों और कत्लेआम का इंतजार करते रहते हैं– ताकि मुर्दा-शुमारी कर सकें। बाकी वक्त सारा मैदान सांप्रदायिक ताकतों के नंगे नाच के लिए खुला है। क्या हमें नहीं दिखाई दे रहा था कि पिछले छः महीनों से जो वातावरण तैयार किया जा रहा है, उसका अंत क्या होगा ? क्या हम इतनी मोटी बात नहीं समझते कि सांप्रदायिकता एक प्रक्रिया-सिलसिला है– उससे प्रारंभिक स्थितियों में ही लड़ा जा सकता है, बाद में तो वह लुटेरों, हत्यारों, बलात्कारियों और नेताओं के हाथों में चली जाती है ! महीनों पहले ही हमें आवाज उठानी चाहिए थी कि सारे सांप्रदायिक भाषणों, जुलूसों, प्रदर्शनों पर रोक लगनी चाहिए, धार्मिक नेताओं को जेलों में रखना चाहिए– धार्मिक दलों पर प्रतिबंध लगना चाहिए... और किसी भी सांप्रदायिक आधार पर कोई राजनैतिक समझौता नहीं किया जाना चाहिए और अगर ये सब भी हमें 'मौलिक नागरिक अधिकार' लगते हैं तो अब बेशर्म होकर बड़ी-बड़ी शोक सभाओं के लिए तैयार रहना चाहिए... सचमुच डूब मरने की बात ही है कि देवरस, ठाकरे, शहाबुद्दीन, बुखारी और भिंडरावाले जैसे अनपढ़, उजड्ड, धर्मांध लोग आज हमारे लिए तय करें कि लेखकों को क्या लिखना चाहिए और बुद्धिजीवियों को क्या सोचना चाहिए ? संप्रदाय के अपने बुद्धिजीवी खौफ या सुविधा के तहत चुप रहें और बाहर वालों का बोलना हस्तक्षेप माना जाय– यह जाहिल सिलसिला आखिर कब तक चलेगा ?

पिछले अंक में भाषा-समस्या पर नामवर सिंह के लेख 'बासी भात में खुदा का साझा' पर बेहद मिश्रित और तीव्र प्रतिक्रियाएं सामने आयी हैं, पक्ष विपक्ष में बहसें हुई हैं और 'आखिर बहुत दिनों बाद नामवर ने अपने को लिखित रूप में बांधा (कमिट किया) है', से लेकर 'नामवर सिंह जैसे सैक्यूलर व्यक्ति से ऐसे लेख की उम्मीद नहीं थी', के फिकरे सुनाई पड़ते रहे हैं। अजीब जादुई छड़ी है, जहां एक भाषा की बात करना सांप्रदायिक होना है और दूसरी भाषा की बात करना सैक्यूलर होना। अगर कसौटी यही है तो फिर किसी भी विचार-विमर्श या बहस मुबाहिसे की जरूरत या गुंजाइश ही कहां है ? अगर बौद्धिक-पड़ताल के लिए कुछ भी जमीन (या ज़मीर ?) कहीं है तो हमें तटस्थ होकर यह ज़रूर सोचना होगा कि जिस नाजुक समस्या में राष्ट्रीय, कानूनी, नैतिक, ऐतिहासिक, एकैडमिक या जनाधार के जो मुद्दे हैं, उनके स्वरूप क्या हैं ? केवल भावावेश में बहकर सैक्यूलर और कम्यूनल के तमगे बांट देना, समस्या का हल नहीं निकालता और अधिक बांटता है। क्या ठंडे दिमाग से इस बात को सोचने की बिलकुल ज़रूरत नहीं है कि अपने वैज्ञानिक सोच और सैक्यूलर दृष्टिकोण के लिए हम जिन भगतसिंह, प्रेमचंद, राहुल, यशपाल, अमृतराय, अमृतलाल नागर, रामविलास शर्मा के उद्धरण-दर-उद्धरण देते चले

जाते हैं, वे सारे हिंदी-उर्दू के इस मसले पर एक ही तरह क्यों सोचते हैं? आखिर क्यों हसन अब्दुल्ला को 'सेमिनार' के उर्दू-अंक में यह दुखड़ा रोना पड़ता है कि उर्दू जिस पाकिस्तान की राजभाषा है, वहां उसे कोई बोलता नहीं है (वहां पंजाबी, सिंधी, बलोचिस्तानी ही बोली जाती है) वह सिर्फ बोली जाती है उत्तर भारत के (या यहां से गये हुए) कुछ अल्पसंख्यक 'द्वीपों' में, खासकर उस मध्यवर्ग के बीच, जो आज भी जिंदगी के सामंती रवैयों और रवायतों को ही 'शुर्फा' होने की शर्त मानता है। हां, उत्तर भारत के किसी भी समुदाय का अवाम जिस 'उर्दू' को बोलता, खाता-सोता-लड़ता है, उसे ही कुछ लोग हिंदी या उसकी एक बोली कहते हैं।

बहरहाल, भाषा की इस खुली बहस में नामवर के जवाब में डाक्टर अजमल अजमली का लेख पेशे-खिदमत है। उन्होंने बाकायदा सिद्ध करने की कोशिश की है कि 'उर्दू के मुसलमानों की ज़बान' होने से पहले ही हिंदी, हिंदुओं की ज़बान घोषित की जाती रही थी। कौन-सी भाषा किसके जवाब में किस संप्रदाय के साथ जुड़ी, यह तो इतिहासकार बतायेंगे—हां, पहली दूसरी राजभाषा की वकालत में उनके कुछ तर्क दिलचस्प जरूर हैं: वे कहते हैं कि अंग्रेजों के जमाने में बहुसंख्यकों की भाषा और राजभाषा की अवधारणा वही नहीं थी, जो आज है। अंग्रेजों ने पढ़े-लिखे सम्पन्न लोगों (राजा-रईस-नवाबों-जमीदारों) की ज़बान (ज़ाहिर है, जो उस समय उर्दू थी) को ही राजकाज की भाषा बनाने की सामंती परंपरा को कायम रखा—मगर आज वह स्थिति नहीं है! लेकिन उत्तर भारत के मुसलमानों की संख्या का हवाला देकर उर्दू को दूसरी राजभाषा का दर्जा दिलाने के जोम में वे कश्मीर में कश्मीरी बोलने वालों के बहुमत को कैसे भूल जाते हैं? क्या वहां की राजभाषा सिर्फ इसलिए उर्दू बनी रहनी चाहिए कि वहां मुसलमानों का बहुमत है? उर्दू के हिंदू अदीबों की लंबी फैहरिस्त देने के बावजूद, वह शायद खुद मानते हैं कि जहां मुसलमान हैं, वहां उर्दू है। पूछा जा सकता है कि कश्मीर, बंगला देश, केरल, तमिल, यहां तक कि पाकिस्तान के मुसलमान क्या सिर्फ इसलिए दोयम दर्जे के मुसलमान हैं कि वहां उर्दू नहीं है या वे दिल्ली, लखनऊ के लहजे और तलफ्फुज में उर्दू नहीं बोल पाते? यह तर्क सचमुच इसलिए भी खतरनाक है कि उत्तर-भारत के इन्हीं उर्दू प्रेमियों ने पूर्वी पाकिस्तानियों को 'सच्चा मुसलमान' बनाने के लिए वहां अपनी उर्दू थोपी थी और... अफसोस यह है कि वे उर्दू की मुस्लिम संस्कृति से जोड़ने की ज़हनियत से ऊपर नहीं उठ पाते।

यहां साफ कर देना ज़रूरी है कि उर्दू की राजनीति का विरोध, उर्दू भाषा और साहित्य का विरोध बिलकुल नहीं है। मैं आज भी मीर, गालिब से लेकर फ़ैज ; मिर्जा रूस्वा से लेकर मंटो-इस्मत तक—सभी को सर्वश्रेष्ठ भारतीय रचनाकार मानता हूं—शायद भारत की सबसे खूबसूरत ज़बान के साहित्यकार। ठीक वैसे ही जैसे शेक्सपियर, शॉ, एलियट, दुनिया के श्रेष्ठतम साहित्यकार हैं—मगर भारत में अंग्रेजी बनी रहे, इसका मैं विरोध

करूंगा। सवाल उठाया जा सकता है कि जिस अंग्रेजी की शक्ति-सामर्थ्य, खूबसूरती की आप तारीफ करते हैं, क्या वह भाषा बिना इन साहित्यकारों के ही हो गयी ? क्या भाषा को बनाने के पीछे उसके रचनाकार ही नहीं होते ? 'पहले मुर्गी या अंडा' के चक्कर में न पड़ें तो भी यह साफ है कि कलकत्ता का झाखा-मुटिया, रिक्शा वाला और दरबान जब हिंदी बोलता या फिल्म देखता है तो यह कतई उसका सरोकार नहीं होता कि उस भाषा को बनाने वाले कौन से कवि और कथाकार कब और कहां हुए हैं ? जिन लोगों के लिए हम दूसरी या पहली भाषा बनाने की राजनीति कर रहे हैं, उनकी चिन्ताएं और पृष्ठभूमि वे नहीं हैं, जो जामिया और अलीगढ़ विश्वविद्यालयों की हैं और अगर इन्हीं कुछ महत्वपूर्ण, मुखर (आर्टिकुलेट) और खाते पीते मध्य वर्ग की ही नीतियां सही हैं, तब हमें यह फिक्र भी नहीं करनी चाहिए कि पब्लिक ट्रांसपोर्ट-सिस्टम पर सरकार ध्यान देती है या नहीं–हमारा तो मारुति उद्योग पनपता रहे...! उर्दू के प्रगतिशील बुद्धिजीवियों के लिए नामवर का 'पतन' उतना अफसोसनाक नहीं है, जितना दहशतअंगेज अली सरदार जाफरी और कैफी आजमी का हाजीमस्तान, शहाबुद्दीन, करीमलाला के साथ उर्दू-मंच पर जा बैठना !

बेहद तकलीफ से मैं सांग्रह कहना चाहता हूं कि खुदा-न-ख्वास्ता आइडेंटिटी (अस्मिता) धर्म, भाषा या किसी भी ऐसे नाम पर अगर ये ही लोग सत्ता में आ गये तो इनका पहला कुल्हाड़ा साहित्य-संस्कृति-कला पर ही पड़ेगा और पहले शिकार होंगे– लेखक, कलाकार, बुद्धिजीवी...

बहरकैफ, हमारी इच्छा है कि मसले कितने भी नाजुक हों, अगर बौद्धिक बहसें बिना व्यक्तिगत हुए, खुले वातावरण, व्यापक हितों को ध्यान में रखकर चलाई जायेंगी तो शायद रास्ता खोजने में मदद मिलेगी... यहां एक बात हमें बिलकुल नहीं भूलनी चाहिए कि सिर्फ लिपि बदल देने से उर्दू के रचनाकार जितनी संख्या में हिन्दी प्रदेशों में स्वीकृत हुए हैं, उतने खुद उर्दू में नहीं। यानी बैर न साहित्य से है, न भाषा से है। सवाल सिर्फ और सिर्फ लिपि की राजनीति का है।

['मेरी तेरी उसकी बात', हंस, जुलाई, 1987]

न दे मुझको ज़बां और...

आज उर्दू की मांग (साहित्य नहीं, भाषा की मांग) जिस तरह उठाई जा रही है वह अपने मूल में एक सांप्रदायिक मांग है। ठीक वैसे ही जैसे गाय को पशु-विशेष के दर्जे की मांग। दोनों ही सम्प्रदाय अपने को धर्म-निरपेक्ष सिद्ध करने के लिए बात 'सांस्कृतिक' और ऐतिहासिक धरातल से करते हैं। थोड़े बहुत 'वैज्ञानिक' तर्क भी देने की कोशिश करते हैं, लेकिन शीघ्र ही सारा मसला 'भावना' का हो जाता है। 'एक सम्प्रदाय की भावनाओं के लिहाज़ से हमें इस मांग पर विचार करना चाहिए' की अपीलें सामने आने लगती हैं। और फिर बात उठकर जुमा की नमाज़ के बाद वाले भाषणों और मन्दिर की विचार-गोष्ठियों में तय की जाने लगती है। "यह हमारी 'भावनाओं' हमारी 'आइडैंटिटी', और ज़बान का सवाल है, हमारी मां की इज़्ज़त का सवाल है!" इस जगह पहुंच कर सारा मसला बहुत आसान हो जाता है, क्योंकि यहां सवाल न तर्क तय करेगा, न वैज्ञानिकता, न हम और आप तय करेंगे, न देश का सैक्युलरिज़्म... तय करेगा इस सवाल को– धार्मिक नेता और कमरे में बैठा राजनीतिज्ञ...। "हमसे वोट लेने हों तो इस बात को मानो, वर्ना..." और यह आज तक भारत का कोई भी तथाकथित बुद्धिजीवी तय नहीं कर पाया कि 'सैक्युलर' होने का अर्थ, धर्म से मुक्त होना है या कट्टर धार्मिक होकर राजनैतिक सौदेबाज़ी करना...

स्थिति इतनी विस्फोटक बना दी गई है कि 'भावना' का सवाल होते ही, न तो आप किसी सवाल को जांच-परख सकते हैं, न उस पर तर्क और बहस कर सकते हैं। बुद्धिजीवी साम्प्रदायिक होने के आरोप से डरता है, इसलिए प्रायः ऐसे सवालों से कतराता है। खुद कोई भी कम्युनिस्ट पार्टी आज तक भाषा को लेकर अपनी नीति तय नहीं कर पाई। "नाजुक सवालों को छेड़कर क्यों आपस में कटुता पैदा की जाये?" नतीजे में देश और समाज को प्रभावित करनेवाले बेहद महत्वपूर्ण मुद्दे सिर्फ कठमुल्ले हाथों में छोड़ दिये गये हैं। खुद अपने ही समाज का बड़े से बड़ा समाज-शास्त्री "शरीयत में हस्तक्षेप" के डर से अपने तटस्थ अध्ययन नहीं दे पाता। सम्प्रदाय से बाहरवालों को बोलने का हक़ नहीं है और भीतरवाले कुछ भी बोलकर मुसीबत मोल नहीं लेना चाहते... या तो उनके

पास वैज्ञानिक दृष्टि नहीं है या फिर अल्पसंख्यक होने के मनोविज्ञान से ही आक्रान्त हैं– अंधविश्वासी हो या आदिम, हमारा समाज वही है और हम वहीं सुरक्षित हैं, इसलिए वहां की हर बात का समर्थन करेंगे, चाहे वह स्त्री-शिक्षा का विरोध हो या आधुनिक उपकरणों का इस्तेमाल (आज तक जैन मुनि तय नहीं कर पाते कि माइक का प्रयोग किया जाना चाहिए या नहीं)। सारी दुनिया के मुस्लिम समाज का सबसे बड़ा अन्तर्विरोध यह है कि उसे हवाई-जहाज लेकर नवीनतम कम्प्यूटर और रोबो भी चाहिए और ईश्वरीय नियमों में हस्तक्षेप भी बर्दाश्त-बाहर है। वह कुफ्र करने के पाप-बोध से पीड़ित, परिणामतः आक्रामक है– क्योंकि उसे वह सब स्वीकार करना होता है जो शरीयत-सम्मत नहीं है, चाहे वह अभिनय, फिल्म, संगीत, चित्रकला हो या 'इलैक्ट्रोनिक गैजेट्स' और एटमी प्रयोग। धार्मिक रूप से ऐसे हर उस काम की मुमानियत है जो सिर्फ खुदा को करने हैं। 'आस्था के संकट' और धर्मादेशों तथा आधुनिकता के तकाज़ों के अन्तर्विरोधों में जीने वाले समाज में कब किस चीज़ को लेकर 'धर्म खतरे में है' का नारा बुलंद हो जाये– कह सकना बहुत मुश्किल है। स्थिति इस हद तक हास्यास्पद है कि पाकिस्तान में मांग की जा रही है कि पति अपनी मरी हुई पत्नी का मुंह नहीं देख सकता क्योंकि मर जाने के बाद वह उसकी पत्नी नहीं है, फिर उसका चेहरा देखने की इजाज़त क्यों हो? इस बार धर्म की कृपा हुई है भाषा पर...

इस प्रकार उर्दू को आज एक विशुद्ध धार्मिक सवाल बना दिया गया है। साहित्य नहीं भाषा, भाषा भी नहीं, सिर्फ लिपि... क्या श्री रामलाल और आबंद नारायण मुल्ला बतायेंगे कि आज भाषा पर बात करना सिर्फ भाषा पर ही बात करना है? वह एक राजनीति और एक सम्प्रदाय की भाषा का सवाल नहीं है? रतननाथ सरशार, प्रेमचंद, सुदर्शन, चकबस्त, या फ़िराक का साहित्य, लिपि और ज़बान के मसले को तय करने में कहां मदद देता है? ये तो सिर्फ वे नाम हैं, जो बात शुरू करने के लिए इस्तेमाल किये जाते हैं। बाद में दुहाई धार्मिक भावनाओं और एक तबके की अपनी पहचान की दी जाने लगती है। बड़े से बड़ा मुस्लिम बुद्धिजीवी धर्म-निरपेक्ष आजादी की लड़ाई में उर्दू के महत्व के उदाहरण देकर दूसरी ही सांस में 'माइनौरिटी की ज़बान' के धरातल पर उतर आता है। मैं उर्दू को अगर बचाना चाहूंगा तो इसलिए नहीं कि वह किन्हीं अल्पसंख्यकों की ज़बान है, बल्कि इसलिए कि वह बेहद ही खूबसूरत और परिष्कृत ज़बान है– ठीक वैसे ही जैसे ताजमहल को बचाना किसी सम्प्रदाय के लिए नहीं, उसकी अपनी खूबसूरती और साझी विरासत के लिए जरूरी है। मगर जब जोर उसके 'सैक्युलर' होने पर दिया जाने लगता है तो जरूर पूछना चाहूंगा कि उर्दू पर बात उसी वैज्ञानिक धरातल पर क्यों नहीं की जा सकती जिससे हम हिन्दी-अंग्रेजी या दूसरी जबानों को लेकर करते हैं?

यहां सबसे पहला सवाल तो यही उठता है कि क्या कुरान की तरह उर्दू दुनिया के सारे मुसलमानों की जबान है? छोड़िए दुनिया को, क्या भारत भर के सारे मुसलमानों की भाषा उर्दू ही है? मलयालम, तमिल, बंगाल के मुसलमान अपने व्यवहार में अरबी-फारसी के शब्द भले ही इफ़रात से इस्तेमाल करते हों, उर्दू तो उनके लिए एकदम अपरिचित भाषा है। फिर उर्दू किस भौगोलिक क्षेत्र या प्रान्त की भाषा है? उत्तर भारत के बड़े शहरों के मुस्लिमबहुल मोहल्लों और देश-भर में बिखरे, खाते-पीते मध्यवर्गीय मुस्लिम-परिवारों में ही यह भाषा धार्मिक-उत्साह से बोली जाती है– और यह वर्ग सामंती-विश्वासों और आधुनिक जीवन के दबावों के बीच संतुलन बनाने के लिए हर छोटे से छोटे मुद्दे को धार्मिक सवाल बनाने में माहिर है..

चलिए, मान लीजिए, अंग्रेजी-हिन्दी की तरह उर्दू भी उस तरह किसी प्रांत या भौगोलिक क्षेत्र की भाषा नहीं है जिस तरह बंगाली, मराठी, मलयालम इत्यादि हैं। वह पढ़े-लिखे उत्तर-भारतीय मध्यवर्ग की भाषा है– देश में जहां भी वह फैला है, एक ही ज़बान बोलता-लिखता है। मगर मुझे यहां एक दूसरी ज़हनियत की गंध आती है। उत्तर-भारत के, खास तौर पर दिल्ली-लखनऊ के मुसलमानों ने हजार-आठ सौ साल शक्ति और हथियारों से सारे देश पर शासन किया, इसलिए बंगाल के राजाओं-जमींदारों से लेकर मराठे पेशवाओं तक ने वे ही आदाब-अल्काब या दरबारी तौर-तरीके अपनाये जो दिल्ली के बादशाहों ने विकसित किये थे! आज जबान के हथियार से वही उत्तर-भारतीय मध्यवर्ग सारे देश के मुस्लिम-समाज को अपनी नकल कराने के लिए बज़िद है। पहली बात तो उन्होंने तय की कि उर्दू मुसलमानों की ज़बान है, फिर तय किया कि वह उर्दू तो हम बोलते हैं– यानी शीन-काफ़ से दुरुस्त और एन-अलिफ़ से चुस्त.. बंगाली? खुदा को खोदा और अहमद को आहमेद बोलनेवाले क्या खाकर उर्दू बोलेंगे! बिहारी? शीन और सीन में फ़र्क ही नहीं कर पाते– उनके लिए तो नुक़्ता जैसे बनाया ही नहीं गया है, या अगर है भी तो हमेशा ग़लत जगह के लिए है! हैदराबादी? "जी हां" को "हो" और ख़लम बोलते हैं, पता ही नहीं कि ख़सम बोल रहे हैं या क़सम। गुजराती? अभी ग़जल को गजल लिखने-बोलनेवाले क्या ज़बान जानेंगे। पंजाबी? तौब्बा; खुदा बचाये उनकी उर्दू से! इक़बाल और फ़ैज ठीक हैं, मगर ज़बान में पंजाबियत की बू भरी है! यानी मानक और स्टेण्डर्ड ज़बान वह जो लखनऊ-मुरादाबाद-अलीगढ़-दिल्ली की पट्टी में बोली जाती है– यही हैं उर्दू के आक्सफोर्ड और कैम्ब्रिज! और अगर आपको सच्चा, सुसंस्कृत, सभ्य और खानदानी मुसलमान होना है तो दिल्ली लखनऊवालों के तलफ़्फ़ुज़ और ऐक्सैण्ट में ही उर्दू बोलनी है। अभी कुछ दशकों पहले तक अंग्रेजी की भी वही हालत थी कि तीसरी दुनिया का बच्चा-बच्चा खून-पसीना एक किए दे रहा है कि उसी तरह और उसी लहजे और लटके में अंग्रेजी बोले जैसे "वे" बोलते हैं, वे हमारे आका और सभ्यता के आदर्श

हैं। नतीजे में हमारे शिक्षितों की अस्सी प्रतिशत शक्तियां और क्षमताएं ज्ञानार्जन में नहीं, भाषा के तलफ़्फ़ुज़ और हिज्जों में ही ज़ाया होती थीं। जो जितना सही, यानी ठीक उन जैसा बोलता था वह उतना ही सच्चा अंग्रेजीदां था और बाकी को अपने ढंग से जाहिल, ज़लील, नाखांदा और बदज़ौक़ मानता था! कैम्ब्रिज-आक्सफोर्ड के इस तलफ़्फ़ुज़ी साम्राज्यवाद को अगर भारत में दक्षिण-भारतीयों और विश्व-स्तर पर अमेरिकनों ने न तोड़ दिया होता तो हम आज भी सिर्फ उच्चारण-स्पैलिंग में ही टक्करें मार रहे होते। हम चाहे दक्षिणियों के उच्चारणों पर हंसते रहें, लेकिन उनकी विद्वता ने सचमुच उच्चारण को कितना फ़ालतू और ग़ैर-ज़रूरी बना दिया है! जर्मनी, जापान, अमेरिका, और तीसरी दुनिया के सारे देश आज सब अपने-अपने ढंग से अंग्रेजी बोलते हैं! सिर्फ हम ही हैं जो पहले अंग्रेजों जैसी भाषा बोलते थे, आज अमेरिकनों जैसी बोलने की कोशिश करते हैं! हर ज़िंदा भाषा के उच्चारण स्थानीय प्रभावों से निर्धारित होने के लिए अभिशप्त हैं! कहां है वह संस्कृत और बनारसी पंडित जो अपने आपको ही एकमात्र भाषा-केन्द्र समझने के दंभ में बाकी सबको हिक़ारत से देखते थे?

हम दूर-दूर के प्रदेशों से आने वाले हिन्दी-भाषी अभी कल तक खुद उसी मनोवैज्ञानिक भाषायी साम्राज्यवाद के जाल से निकल कर आये हैं जब बनारस-इलाहाबाद ही सही और एकमात्र शुद्ध हिंदी के गढ़ थे, जो उनकी तरह बोल लेता था वही सवर्ण था वर्ना बिहारी, पंजाबी, मराठी, बंगाली-हिन्दी बोलनेवाले जाहिल-नाखांदा इत्यादि-इत्यादि तो थे ही। नतीजे में हीनता के मारे हम अक्सर ही इन भाषायी मक्क़ाओं की ज़ियारत किया करते थे! कहने की ज़रूरत नहीं कि हिन्दी के इस साम्राज्यवाद को अहिन्दी-भाषियों ने ही तोड़ा है। यूं हम उत्तर-प्रदेशी राकेश और रेणु तक की भाषा में कुछ 'अगर-मगर' लगाने की फिराक में रहते हैं। दिनकर तक को नहीं बख्शते कि वह 'देश-देश की भाषाएं' बोलते थे। फिराक सारी ज़िन्दगी हिन्दी पर उच्चारण और भाषा को ही लेकर हमला करते रहे, ज्ञान और विद्वत्ता को लेकर शायद ही उन्होंने कभी कुछ कहा हो। कैसा बारीक और खूबसूरत षड्यंत्र है कि पहले अपनी पहचान का सबसे बड़ा लक्षण भाषा को बताओ और फिर इस भाषा को अपने ही बोलने, लबोलहजे में सीमित कर लो; कहो वही मानक है। जो वैसी ही नहीं बोल पाता वह अशिक्षित और अनपढ़ है। इससे आप खुद-बखुद बाकी लोगों से श्रेष्ठ हो जाते हैं क्योंकि जिन्हें श्रेष्ठ और महज़्ज़ब होना है उनके सामने आपकी नकल करने के सिवा कोई चारा नहीं है।

किसी भी भाषा को सबसे ज्यादा घेर-घोटकर मारते हैं—शुद्धतावादी ; अभिजात कहलाने वाले विद्वान। यानी 'एलिटिस्ट' क्लास! संस्कृत जैसी समृद्ध भाषा सिर्फ उच्चारण और व्याकरण के दुराग्रह से मरी है। 'जब आप सही लिख और बोल ही नहीं सकते तो खाक भाषा सीखेंगे' का तर्क अपने आप में बिल्कुल सही है, मगर इस 'सही' का

फैसला कैसे हो? आज संस्कृति के क्षेत्र में भोपाल का वर्चस्व है और अगर कल मध्यप्रदेश का संभ्रान्त, यानी 'एलीट' वर्ग तय कर ले कि "पैसा" नहीं, "पेसा" ठीक है, "तैरना" नहीं "तेरना" होता है? सत्ता, पद, शक्ति और स्थानीय बहुमत से वहां के लोग अपना "पेसा" ही चला देंगे और पंजाब में 'स्कूल' नहीं, "सकूल" ही सही समझा जायेगा– आप अपने कानों में पिघला-सीसा पड़ने का सुख महसूस करते रहिए। मद्रास "एम" से नहीं, "यम" से लिखा ही ठीक माना जाता है। दो-ढाई सौ सालों तक 'सही और आदर्श' रहने के बाद आज भाषा और हिज्जों के मामले में इंग्लैण्ड नहीं, अमरीका की अंग्रेज़ी ही ज़्यादा सही नहीं हो गयी है? शीन और क़ाफ को ही भाषा की जान समझने वाले खान के नुक़्ते को के-एच-एन, या ग़नी को जी-एच-ए-एन-आई में कैसे बर्दाश्त कर लेते हैं? हिन्दी में करिश्मा न बोलकर करिस्मा बोलनेवाले अनपढ़ हैं, अंग्रेजी में "कैरिस्मैटिक" होना पढ़े-लिखे की निशानी है? यही सहिष्णुता हम भारतीय भाषाओं के लिए क्यों नहीं ला पाते? अंग्रेज़ी, या रोमन में लिखा चाहे जैसे हो, हम "खां" और "ग़नी" ही जब पढ़ सकते हैं तो देवनागरी में सही जगह नुक़्ता लगाना, या लगे नुक़्ते को उसी तरह न पढ़ पाना जहालत क्यों है?

मैं बिल्कुल मानता हूं कि किसी पर भी दूसरी ज़बान नहीं थोपी जानी चाहिए। क्या यहां यह बताना जरूरी है कि पूर्वी-पाकिस्तान के भाषायी इस्लामीकरण के अलमबरदार यू॰पी॰ दिल्ली के शीन क़ाफ जमींदार-ताल्लुकदार लोग ही थे? पूर्वी बंगाल पर उर्दू थोप कर पाकिस्तान ने बंगला देश बना दिया और यह सबक हम सबके लिए आंखे खोलनेवाला है लेकिन तमिल के साथ दूसरी सम्पर्क-भाषा तो उन्हें सीखनी ही होगी, जिससे वे सारे देश के साथ जुड़े रह सकें। उसे वे पहली भाषा रखें या दूसरी, यह मुद्दा महत्वपूर्ण नहीं है। हां, अगर ज़िद या खतरा यह हो कि हम टुण्ड्रा की ज़बान को सम्पर्क-भाषा के रूप में स्वीकार कर लेंगे, किसी भारतीय भाषा को नहीं– तब तो कुछ कहना ही नहीं है। हां, यह तर्क कुछ दूसरे खतरनाक इशारों की तरफ इशारा ज़रूर करता है–"हम अलग राष्ट्र हैं, हमें शेष भारत के साथ सम्पर्क रखकर करना क्या है? अन्तर्राष्ट्रीय संवाद के लिए अंग्रेजी है ही।"

उर्दू का दावा कमोबेश उसी भौगोलिक क्षेत्र से जुड़ा है, जहां की भाषा हिन्दी है। तमिल, मलयालम, बंगाल, गुजरात और यहां तक कि पंजाब के मुसलमानों को अपनी पहचान के लिए उर्दू नहीं चाहिए, उर्दू चाहिए सिर्फ उत्तर भारत के शुफ़ा (अभिजात) को जो दो ढाई-सौ साल पहले शासक थे, फिर बड़े जमींदार हुए और अब धार्मिक नुमायंदे या बिजनैस-मैगनेट हैं या वे मुकाहिदीन, जो छाती ठोक कर घोषणा करते हैं– "हमारी रगों में मुग़लिया खानदान का लहू बह रहा है।" बाक़ी तो भेड़-बकरियां हैं जिन्हें इनके द्वारा जारी फ़तवों को सिर-माथे स्वीकार करना है।

मुझे लगता है कि भाषा की प्रकृति घड़ी की बाल-कमानी की तरह होती है– फैलना और सिकुड़ जाना। भाषा मानकीकरण या 'स्टैण्डडिइजेशन' के लिए सिकुड़ती है और ज़िन्दगी से जुड़कर फैलती और अपने को समृद्ध बनाती है। जिस भाषा में यह प्रक्रिया ज़िन्दा है वह भाषा भी ज़िन्दा है। इसलिए कुछ विशेष उच्चारणों को अन्तिम मानने की ज़िद अगर भाषा के लचीलेपन को मारती है तो शब्दों का आग्रह भी उसे घोट डालता है। शब्द कभी भी भाषा के रूप तय नहीं करते– न बदल पाते हैं। भाषा बनती है शब्दों को अनुशासित करनेवाले व्याकरण और उन्हें एक विशेष सार्थक क्रम या व्यवस्था के इस्तेमाल से। बंगाल का आदमी जब बोलता है कि 'हम खाम कीनने हाट गिया, अभी घूर के आया' तो वह बंगला नहीं, हिन्दी ही बोलता है– हो सकता है खाम (लिफ़ाफा), कीनना (खरीदना), हाट (बाजार), घूरना (घूमना या लौटना) शब्द बंगाली हों और उनका प्रतिशत एक ही वाक्य में पचास-साठ हो। उसी तरह 'लेडीज़ ने वैलकम-पार्टी में खुलकर पार्टिसिपेट किया', अंग्रेजी नहीं, हिन्दी है। ज़्यादा से ज़्यादा आप कह सकते हैं, कि दोनों ही भ्रष्ट ज़बान हैं।

हर ज़िन्दा भाषा का अपना जीवंत मुहावरा है और प्रवाह है और उसे न सरकारी शब्द तय कर सकते हैं न पोंगा-पंडित। जिस भाषा में आभिजात्य के नाम पर संस्कृत, अरबी-फ़ारसी या पुरानी अंग्रेजी के भारी-भरकम, क्लिष्ट और किताबी शब्द, लुग़त या अभिधानों से लाकर उंडेल दिये गये हों वह उतनी ही खराब या आपत्तिजनक भाषा है जितनी ऊपर दी हुई। आज का कोई भी लेखक, पत्रकार, विद्यापीठों और विश्वविद्यालयों में प्रचलित उस पंडिताऊ भाषा को बिल्कुल बर्दाश्त नहीं कर सकता जिसमें अन्धाधुन्ध संस्कृत के शब्द भर दिये गये हों– चाहे वह वेदों से लिये गये हों या शास्त्रों से। हम उस भाषा को हास्यास्पद और अश्लील मानते हैं। यह वृत्ति चाहे मौलवी में हो या पंडित में– एक-सी ही आपत्तिजनक है। अगर मुझे 'चहुं ओर' बुसा हुआ और वीभत्स लगता है तो 'चहार-उतराफ़' भी उतना ही बदबूदार लगता है! 'किम्बहुना' शब्द अगर मेरी चेतना पर हथौड़ा मारता है तो 'आलबीट' भी उतना ही दकियानूसी लगता है। भाषाएं चाहे विद्यापीठों-मदरसों से आयें या कचहरी-मंत्रालयों से– सारी एक-सी नकली, दुरूह, बेजान और ठस हैं, आम आदमी की समझ और संवेदना से परे की भाषाएं हैं। वे बनायी ही इसलिए जाती हैं कि बीच के दलाल 'अर्थ समझाने' या 'इण्टरप्रैट' करने के नाम पर अपनी खिचड़ी भी पकाये रख सकें।

यहां मैं अंग्रेजी और उर्दू के उन मूर्खों और अनपढ़ों की बात नहीं कर रहा जो हिन्दी का नाम सुनते ही पहले तो एक जनेऊ-चोटीधारी, नंगे बदन, छुआछूत वाले पोंगा-पंडित की काल्पनिक तस्वीर सामने खड़ी कर लेते हैं और फिर बहादुरी से तलवारें भांजने लगते हैं। अगर वह कहीं है और हमारी भाषा नीति तय कर रहा है तो उसे ज़रूर जूते मारे जाने चाहिए, मुझे उससे कोई हमदर्दी नहीं है। पिछले चालीस-पचास साल से किसी हिन्दी-लेखक को नहीं रही। शब्दों की साम्प्रदायिकता से ऊपर हम ज़िन्दा और जीवंत भाषा के हिमायती हैं

और वही लिखते-बोलते हैं। इस लेख की तरह। और यहां सचमुच मेरी समझ में नहीं आता कि लिपि को भाषा का नाम देकर क्यों बार-बार यह मसला ताज़ा कर दिया जाता है ? मैं जानना चाहता हूं कि फारसी लिपि में लिखा गया मलिक मुहम्मद जायसी का 'पद्मावत' क्या उर्दू का महाकाव्य है ? कल तक सारे पंजाब में 'उर्दूलिपि' में पढ़ी जाने वाली गीता-रामायण क्या उर्दू रचनाएं थीं ? दूसरे महायुद्ध के दौरान, न जाने कितनी उर्दू-हिन्दी की किताबें रोमन लिपि में तैयार कराके फौजियों में बांटी गयी थीं, वे क्या अंग्रेजी में थीं ? मराठी और नेपाली दोनों भाषाएं देवनागरी लिपि में लिखी जाती हैं, वे क्या हिन्दी में हैं ? यूरोप की प्रायः सारी भाषाएं, फ्रेंच-जर्मन-इटैलियन-स्पैनिश, रोमन लिपि में होने के कारण ही अंग्रेजी हैं ? उनकी अपनी अलग पहचान खत्म हो गई ? लिपि की एकता से ही बंगला और असमियां ज़बानें एक हो गयीं ? फ़ारसी लिपि में लिखे जाने के कारण ही क्या पंजाबी, सिन्धी, काश्मीरी उर्दू मान ली जायेंगी ?

ज़ाहिर है न लिपि भाषा बनाती है, न शब्द ! भाषा बनाते हैं वे लोग जो उसे बोलते हैं, उसमें सांस लेते हैं, उसे तोड़ते-बदलते और विकसित करते हैं, समय और समझ के अनुसार लिपि या शब्दों को संशोधित करते हैं और यहां मुझे उर्दू-हिन्दी का झगड़ा बहुत बेमानी या बेईमानी लगता है। वर्ना दुनिया की कौन-सी ऐसी दो भाषाएं हैं जहां लिपि न दिखायी जाये और घण्टों बोलते या पढ़ते रहा जाये, फिर भी आप तय न कर पायें कि वह हिन्दी है या उर्दू ? आज ढाई घण्टे हम जिस भाषा और जिन गानों को फिल्मों में सुनते हैं वह कौन-सी भाषा है ? और क्या यह सच नहीं है कि अपनी नकली, न समझ में आनेवाली, झूठी और किताबी उर्दू के कारण ही छः करोड़ की 'रजिया सुल्तान' को जनता ने उठाकर फेंक दिया ? दो अलग भूखण्डों में, सदियों अलग रहने के कारण, हो सकता है, अमरीकी और अंग्रेज एक ही भाषा को दो अलग अन्दाजों और तलफ़्फ़ुज़ में बोलते हों– मगर यह भाषा तो अंग्रेजी ही है, एक ही व्याकरण और एक ही लिपि में !

और अगर बोलनेवाले ही भाषा को तय करते हों तो मेरा ख्याल है कि उत्तर-प्रदेश की दूसरी भाषा उर्दू नहीं, अवधी है जिसे करोड़ों हिन्दू-मुसलमान बोलते और जीते हैं– कानपुर से लेकर गोरखपुर-बलिया तक। ठीक वैसे ही जैसे दिल्ली की दूसरी भाषा, उर्दू नहीं पंजाबी है– जो प्रायः सत्तर प्रतिशत लोगों की अपनी ज़बान है।

दूसरी भाषा की बात सोचने से पहले क्या यह ज़रूरी नहीं है कि हिन्दी-प्रदेश की पहली भाषा हिन्दी तो बने ! अंग्रेजी के वर्चस्व के खिलाफ भारतीय भाषाएं जिहाद बोलें, क्या पहली ज़रूरत यह नहीं है ? कम्प्यूटर की दूरदर्शनी संस्कृति चौबीस घण्टे, विज्ञापनों और उन्नत तकनीक के नाम पर जो भाषा और ज़हनियत थोप रही है, वह क्या बिल्कुल भी हमारी सोच या फिक्र का मुद्दा नहीं होना चाहिए ?

अंग्रेज़ीदां जहालत

हां, कहने को रह जाते हैं वह क्षोभ, निराशा और गुस्सा जिससे आज हर नागरिक और बुद्धिजीवी आंदोलित है कि इस नयी 'संवेदनशील' सरकार को आये छः महीने से अधिक हो गये, मगर स्थितियां पहले से बदतर ही हुई हैं। महंगाई और मुद्रास्फीति ने ज़िंदगी की हर ज़रूरी चीज़ को आज भी आम आदमी की पहुंच से बाहर किया हुआ है। शिक्षा, संस्कृति, कला जितने फालतू पहले थे, उतने ही आज हैं। कागज़-डाकखर्च छपाई की कीमतें और बढ़ी हैं– किताब या लिखने-पढ़ने का कोई भी गंभीर प्रयास एक ऐसी अय्याशी है जो या तो आपको व्यर्थ होने का अहसास देता है या अपराध-ग्रस्त.. राजीव गांधी की पिछली सरकार बिगड़े हुई रईसजादों की अनपढ़ सरकार थी, जो सिर्फ 'देखती' थी यानी उसके लिए हर चीज तमाशा, उत्सव और दृश्य-माध्यमों के रोमांच से जुड़ी थी, उसकी प्राथमिकताएं वैज्ञानिक और तकनीकी चमत्कारों का आयात थीं। मगर दुर्भाग्य से अपनी असहायता में यह सरकार खुद दर्शनीय अजूबा बन गयी है। पिछली जनता सरकार ने कम से कम कीमतें बढ़ने से रोकी थीं– व्यवस्था की मशीन को तेल-पानी दिया था– इस बार तो शुद्ध सामंती कुश्तियां ही सरकारी उपलब्धियों के रूप में यादगार होने जा रही हैं। पिता राजघाट के कूड़े में पड़ा है और चाचा-ताऊ विरासत के लिए महाभारत मचाये हैं। सबकी एक ही धमकी है, "मैंने या मेरे बेटों ने पांच सौ करोड़ खाये या हजार; पांच हजार मरवाये या पचास हजार– तू बता तेरी वफादारी किधर है? मेरे साथ या उन मरने वालों के साथ? मूल्यों की बात मत कर, मुद्दे की बात बोल।" "नहीं अन्नदाता, मरने वाले तो भगवान को प्यारे हुए, मगर आप संकट में हमारे साथ खड़े हुए थे इसलिए स्याह करो या सफेद, हम तो आपके ही साथ हैं– आपके ज़र-खरीद गुलाम हैं! हमें अपनी ज़िंदगी प्यारी है इसलिए देश और दुनिया जाये भाड़ में। हम तो आपकी और आपके बेटों की सेवा में ही ज़िंदगी गुजार लेंगे.." आज जब सारी भाषा ही "पिटवा दो, मरवा दो– देख लेंगे, समझ लेंगे" की दहाड़ों में बदल गयी हो तो सोचने-समझने वाला आदमी या बुद्धिजीवी 'दिनन के फेर' देखकर चुप और फालतू न बना रहे तो क्या करे? क्या हमारी नियति यही है कि कभी हमें अनपढ़ सरकार मिले तो कभी उजड्ड..?"

हमारे देश में एक पांच सितारा बुद्धिजीवी और है और वह खुशवंत सिंह के हिजड़े (भागमती) वाली तालियां बजा-बजाकर सबसे अधिक जोर-शोर से बोल रहा है ! वह हमें ठीक उन्हीं शब्दों में, ठीक वही बात समझा रहा है जो दो सौ सालों से अंग्रेज समझाते रहे थे—"हम अंग्रेजों ने आपको सभ्य और शिष्ट बनाया, आधुनिक और औद्योगिक नवीनताओं से परिचित कराया, एक राष्ट्र के रूप में जोड़कर रखा—वर्ना आप तो उन्हीं अंधेर सामंती कुओं में पड़े होते और एक दूसरे के गले काट रहे होते ! आज आप जिस राष्ट्र की कल्पना को जीते हैं, वह हमारे आने से पहले कभी थी ? जिस दिन हमें विश्वास हो जायेगा कि आप इतने समर्थ और सक्षम हैं कि राजकाज चला सकें, उस दिन हम खुद चले जायेंगे..." आज अंग्रेजी को लेकर ठीक यही तर्क, ठीक इसी भाषा में नहीं आ रहा ? मुलायम सिंह यादव ने उत्तर प्रदेश में हिंदी क्या लागू की—सारे अंग्रेजी पत्रों और पत्रकारों में हड़कंप मच गया ! हाय, हमारा साम्राज्य, हमारे उपनिवेश छिने जा रहे हैं-- हमारा वर्चस्व खत्म हुआ जा रहा है। हम कहां जायेंगे। क्या करेंगे ? "हिंदी उत्तर और दक्षिण को तोड़ देगी। पूर्व और पश्चिम को तोड़ देगी; दुनिया से काटकर हमें फिर उन्हीं सामंती गड्ढों में धकेल देगी। ज्ञान-विज्ञान से वंचित हम दुनिया में कहीं के नहीं रहेंगे। हम नहीं कहते कि हिंदी न हो, वह समर्थ और सक्षम हो जाये तो हम पहले व्यक्ति होंगे जो कहेंगे कि आज से अंग्रेजी की जरूरत नहीं है।" सचमुच कितना उदार और निश्छल तर्क है... कितना सुरक्षित और निर्दोष...

जहां स्वार्थ और सम्मान जुड़े होते हैं, वहां "हर चीज की एक प्रकिया होती है" का तर्क शुद्ध मक्कारी और वैधानिक हरमज़दगी है ! कुछ चीजें प्रक्रिया से कभी सही नहीं होतीं ; उन्हें संकल्प, दृढ़ता और झटके से कर ही डालना पड़ता है। सरदार पटेल ने इसी झटके से राज्यों का विलय किया। इन्दिरा गांधी ने बैंकों का राष्ट्रीयकरण किया, प्रिवीपर्स समाप्त किये... नेहरू ने जमींदारी उन्मूलन और काश्मीर की समस्या को 'प्रक्रिया' में डाल दिया था। और आज हम उनके स्वरूप देख ही रहे हैं। चालीस सालों से हम कमीशनों, विचार-विमर्शों और सेमिनारों की प्रक्रिया ही तो जी रहे हैं ! हमें शुक्रगुजार होना चाहिए मुलायमसिंह का जिसने वह निर्णय ले डाला जो संपूर्णानंद, कमलापति त्रिपाठी, विश्वनाथ प्रसाप सिंह जैसे हिंदी के दिग्गज, विचारक, पत्रकार और कवि नहीं ले पाये, उर्दू को गालियां देने और 'हिंदी, हिंदू, हिंदुस्तान' का कीर्तन करने वाली भाजपा जैसी पार्टियां नहीं ले पायीं... होना तो यह चाहिए था कि अभिमन्यु की तरह मुलायमसिंह को इस मोर्चे पर अकेला लड़ने के लिए छोड़ने की बजाय, मध्य-प्रदेश, राजस्थान, हिमाचल, बिहार भी यही कदम उठाते (हरियाणा ने उठाया है) मगर वे चुप बैठे अवसर और परिणामों की प्रतीक्षा कर रहे हैं। आश्चर्य उन पत्रकारों, लेखकों और राजनेताओं की चुप्पी पर होता है जो भारतीय भाषाओं के झंडे बुलंद करते रहे हैं—हां, इस "बेवकूफाना, कूपमंडूकता और

अंध हिंदीवाद" पर धुआंधार लिख रहे हैं– खुशवंत सिंह, मुल्कराज आनंद और दूसरे अंग्रेजी पत्रकार...

चालाक, अनपढ़ और अंधे हैं वे लोग जो हमें बता रहे हैं कि अंग्रेजी के बिना न हम शिक्षित हो सकते हैं न आधुनिक! समझ में नहीं आता कि यह नुस्खा सिर्फ पूर्व-उपनिवेशी-तीसरी दुनिया के देशों को ही क्यों सुझाया जाता है? यह समृद्ध देशों पर हमेशा निर्भर बनाये रखने का षड्यंत्र नहीं तो क्या है? जर्मनी, जापान, रूस, कोरिया और दुनिया के न जाने कितने छोटे-बड़े देश अंग्रेजी के बल पर तो आधुनिक-शिक्षित या वैज्ञानिक रूप से समृद्ध नहीं हुए हैं! अपने प्रदेश में अपनी भाषा को स्वीकृति देना अगर "हिंदी लादना" है तो करुणानिधि जैसे लोग तो न जाने कब से तमिलनाडु में यही करते रहे हैं! वे कहते हैं कि हिंदी साहित्यिक या भाषायी रूप से समृद्ध नहीं है कि उसे राष्ट्रभाषा का दर्जा दिया जा सके! पहली बात तो यह कि साहित्य पर बोलने का हक और हिमाक़त आपको किसने दी? अंग्रेज़ी साहित्य के दरिद्र भारतीय संबंधी, इंग्लैंड, अमेरिका की समृद्धि को कितना कब तक और बखानेंग्रे? क्या है खुद भारतीय अंग्रेज़ी साहित्य में? यूं साहित्य सबका होता है और उससे अधिक से अधिक जुड़ना हमें अधिक समृद्ध बनाता है– व्यापक संवेदना और संस्कृति देता है; मगर पूछा जा सकता है कि मिल्टन और शेक्सपियर अंग्रेज़ी के समूचे (या विश्व के) स्तंभ हैं, भारतीय अंग्रेजी साहित्य की अपनी उपलब्धियां नहीं– भारत में अपना इतिहास 80-100 साल पहले शुरू करने वाला यह साहित्य, अपनी किन उपलब्धियों के बल पर भारतीय भाषाओं के सामने खड़ा होगा? भारतीय साहित्य के दूसरे दर्जे के कवि-लेखकों के मुकाबले जिसके पास पांच नाम भी न हों, वह उधारी के दम पर हमें कब तक धमकाता रहेगा? "मैं चपरासी सही, लेकिन मेरा मौसेरा भाई प्राइम-मिनिस्टर है" की शेखी से वे हमें क्या बता रहे हैं? मुल्कराज आनंद कहते हैं कि तोल्स्तोय और गोर्की पढ़कर प्रेमचंद और मुल्कराज आनंद पैदा हुए थे। पूछा जा सकता है कि खुद तोल्स्तोय और गोर्की ने कौन से अंग्रेजी लेखक पढ़े थे? तकषि शिवशंकर पिल्लै और शिवराम कारंत ने तो अंग्रेजी लेखकों से प्रेरणा नहीं ली! दुनिया के सारे बड़े साहित्यकार हमारी विरासत और प्रेरणा हो सकते हैं– मगर वे हमें बल और सम्बल देने वाली सहायक नदियां हैं– मूल स्रोत होता है अपनी संवेदना, परिवेश से संवाद और संस्कारों की प्रेरणा! सिर्फ अंग्रेजी पढ़कर ही रवीन्द्र, शरत, प्रेमचंद आ सकते थे, यह कुछ-कुछ नीरद चौधरी वाला वही बेहूदा तर्क है जब वह कहते हैं कि जो व्यक्ति पाखाने में उकडूं बैठता है, वह अंग्रेजी भाषा और साहित्य पर अधिकार कैसे करेगा? यानी अंग्रेज़ी में लिखने के लिए जरूरी है कि आप कमोड पर कुर्सी की तरह बैठकर निवृत्त होते हों! और बिजली-घर के क्लर्क या कचहरी के नकल-नवीस को न आपके शेक्सपियर से मतलब है न मुल्कराज आनंद से। कितनी अमानवीय और क्रूर

स्थिति है कि जिस अपराधी को आप फांसी पर लटका रहे हैं वह बेचारा बिल्कुल नहीं जानता कि किस भाषा में, कौन से आरोप लगाकर उसे फांसी तक ले जाया जा रहा है? यह सब जानते हैं वकील या जज ! बिचौलिए मनमानी व्याख्याएं करके हमारा भाग्य-निर्णय कर दें और हम सिर्फ पूछते रहें कि कोई बताओ, ये मेरे बारे में क्या कह रहे हैं? 'कुलियों' और 'अछूतों' के वकील ये मुल्कराज आनंद जैसे लोग कब तक इस भड़ैंती को चलाये रखना चाहते हैं? आप भारत की करोड़ों जनता नहीं, हवाई जहाजों से पांच सितारा होटलों में जाकर बौद्धिक नाच-गाने दिखाने वाले अंतर्राष्ट्रीय कलाकार हैं हजूर !

जी नहीं, मैं भाषायी-क्षेत्रीयता और राष्ट्रवादिता के नाम पर बाहर से कट जाने की वकालत नहीं कर रहा और यह भी जानता हूं कि आप घर में जो चाहें बोलते रहें, बाहर निकलकर वही ज़बान बोलने के लिए मजबूर हैं जो दूसरे समझते हों- यानी घरेलू नीतियां वे बिल्कुल नहीं होतीं जो विदेश की होती हैं। उत्तर-भारत हमारा घर है, वहां हम अपने ढंग से अपनी भाषा बोलें- दूसरे प्रदेशों या देशों से संपर्क-भाषा दूसरी रखें, इसमें कौन-सा पहाड़ टूट रहा है? संपर्क भाषा अंग्रेज़ी हो या हिंदी, इस पर चाहें तो चार दशक और बहस चलाये रखें- किसी को कोई आपत्ति नहीं है ! मगर अपने प्रदेश में काम-काज के लिए अपनी भाषा हो, यह हिंदी या कोई भी भाषा लादना कैसे हो गया? अंग्रेज़ी पर ज़रूरत से ज़्यादा बल देने का परिणाम यह हुआ है कि हम शिक्षा-दीक्षा भाषा-बोली में इतने अंतर्राष्ट्रीय हो गये हैं कि राष्ट्र में रहने में हमें तकलीफ होने लगी है। होड़ मची है विदेशों में जाकर वहीं स्थापित होने की। जो उद्यमी हैं, प्रतिभावान हैं, नया कुछ कर सकने की क्षमता रखते हैं- वे सब लाइनें लगाकर विदेशों को चले जा रहे हैं। आई॰आई॰टी॰ जैसे संस्थान तो विशाल राष्ट्रीय खर्चों पर चलने वाले सिर्फ विदेशी रिक्रूटिंग सेंटर हैं। जब हम चीजें निर्यात करते हैं तो हमें विदेशी मुद्रा मिलती है, अंतर्राष्ट्रीय प्रतियोगी मिलते हैं। दिन रात एक्सपोर्ट होती प्रतिभाओं पर तो यह बंधन भी नहीं है कि उन पर खर्च किया जाने वाला राष्ट्रीय धन पहले लौटाया जायेगा ! प्रवासी भारतीयों की स्वेच्छा, राष्ट्र या परिवार प्रेम ही एकमात्र ऐसा बंधन है कि वे कुछ पैसा यहां भी भेज दें। प्रतिभाएं सिर्फ अपने परिवेश और अपनी भाषाओं में नवोन्मेषी होती हैं, नया या मौलिक कुछ कर पाती हैं- दूसरे के परिवेश और भाषा में सिर्फ दूसरों द्वारा किये हुए को कौशल या दक्षता से दुहराती हैं। जिस विज्ञान और टैक्नॉलॉजी के नाम पर अंग्रेजी का यह सिंदबादी राक्षस बुड्ढा हमारे कंधों पर लाद दिया गया है और हमें तरह-तरह के नाच नचा रहा है- वहां भी नया और महत्वपूर्ण करने वाले वे ही हैं तो अपनी-अपनी भाषाओं में विज्ञान और टैक्नॉलॉजी पढ़कर आये हैं- अमरीका, रूस, जापान और जर्मनी- राष्ट्रीय हुए बिना दुनिया में कोई भी अंतर्राष्ट्रीय नहीं होता- सिर्फ छिन्नमूल होता है। अनुवाद में जीने वाले कभी मौलिक हुए हैं? हमारे पूरे सामाजिक और राष्ट्रीय ताने-बाने में नेहरू का असफल और अप्रासंगिक

होते चले जाना और देखते-देखते दशकों बाद गांधी और लोहिया का उभरकर महत्वपूर्ण होना क्या हमारी अंतर्राष्ट्रीय (लोहिया इसे 'विश्वयारी' कहते थे) पर दुबारा विचार करने की मजबूरी नहीं पैदा कर रहा ?...

बोतल के कसमसाते हुए ऐसे जिन्न को मुलायमसिंह ने निकालकर बाहर खड़ा कर दिया है जिसे अब वापस अंदर करना मुश्किल होगा ! अगर राजस्थान, बिहार, मध्य-प्रदेश और हिमाचल भी कल इसी तरह हिंदी लागू करने के आदेश दे दें (और अगर यह सरकार रही तो देर-सवेर यह उन्हें करना ही होगा) तो हमें झख मारकर अपनी पूरी भाषा नीति को बदलना होगा– अखिल भारतीय प्रतियोगिताओं, नौकरियों, देशी-विदेशी संपर्कों की ज़रूरत पर बिल्कुल उन कोणों से विचार करना होगा, जिन्हें हम अब तक टालते आये हैं। ज़ाहिर है कि हम देश और दुनिया से कटकर नहीं रह सकते, न खंड-खंड में बंटकर 'स्वायत्तता' और अपनी अलग पहचान का अहंकार पाल सकते हैं– मगर देखते-देखते अखंडता और एकता के स्तर, स्वरूप और संदर्भ जड़मूल से बदलेंगे– कल जब बीस-तीस करोड़ युवा एक विशेष भाषा और शिक्षा में स्नातक होकर आयेंगे तो उन्हें काम और नौकरियां न देना इतना आसान नहीं होगा ! आज हिन्दी में अंतर्राष्ट्रीय विषय पर थीसिस लिखने वाले वेदप्रकाश वैदिक को आप कचहरियों में घसीट सकते हैं। हिंदी में फैसला लिखने पर हाई कोर्ट के जज की भर्त्सना कर सकते हैं,– श्याम रुद्र पाठक को भूख हड़ताल पर बैठने के लिए मजबूर कर सकते हैं, नीलम संजीव रेड्डी या राजीव गांधी की तरह 'हिंदी में बोलने' के आग्रह सुनकर विद्यार्थियों पर लाठियां चलवा सकते हैं– मगर आपकी यह राष्ट्र-विरोधी उद्दंड गुस्ताखी कल क्यों बर्दाश्त की जायेगी ? यह सब कल सचमुच हम 'अंधेर नगरी' नाटक से उठाया हुआ चटुकुला ही लगेगा कि भारत में एक समय ऐसा भी रहा है जब सरकार में मिनिस्टर या ऊंचा अफसर बनने के लिए एकमात्र योग्यता दून-स्कूली अंग्रेजी बोलना था ! (जैसे अंतिम मुगल सम्राटों के जमाने में मीरासी और कुंजड़ा होना रहा है)– बहरहाल, एक बात महत्वपूर्ण मुख्य विषय की तरह अंग्रेजी हमारी शिक्षा का अंग हो, यह तो समझ में आता है– मगर डेढ़ साल की उम्र से सारे दूसरे विषय भूलकर बच्चा सी.ए.टी.-कैट और "बाबा ब्लैक शीप" की जान को लगा रहे, बीस और पच्चीस साल की उम्र तक अस्सी प्रतिशत समय और शक्ति उच्चारण, व्याकरण और स्पैलिंग में ही झोंकता रहे– और फिर भी गलत और बुरी अंग्रेजी बोलने-लिखने की अपमानजनक सनदें बटोरे– यह खूनी मज़ाक आखिर हम कितने दिन और चलायेंगे ? मेरा तो दावा है हिंदुस्तान का एक भी आदमी छाती ठोककर नहीं कह सकता कि वह सही अंग्रेजी लिख और बोल लेता है या भाषा पर उसका वैसा ही अधिकार है जैसा मेरा अपनी भाषा पर...

['मेरी तेरी उसकी बात', हंस, जुलाई, 1990]

तोड़ेंगे चीन की दीवार

इस बार का संपादकीय लिखना मेरे लिए जितना मुश्किल हो रहा है उतना पिछले दिनों शायद कभी नहीं रहा। सोचा था कि जैसे-तैसे तीन साल की निरंतरता बनाये रखने पर 'हंस' की उपलब्धियों को रेखांकित करूंगा, ऐसे एक साहित्यिक पत्र की अनिवार्यता बताऊंगा, नये वर्ष की योजनाएं और आकांक्षाएं गिनाऊंगा, आर्थिक तनावों, बढ़ती कीमतों और कागज को 'पहुंच से बाहर' कर देने की सरकारी साजिश पर प्रहार करूंगा और पाठकों से सहयोग-सहायता की अपील करूंगा। पूछूंगा कि 'हंस' का ही नहीं, हम सारे पढ़ने-लिखने और सोचने वालों के भविष्य का क्या होगा? देश के नक्शे को जो शक्ल दी जा रही है उसमें हमारी बौद्धिक-विरासत और सृजनात्मक प्रवृत्तियों की जगह कहां है? ये मशीनी-प्रबंध विशेषज्ञ और अपराधी राजनेता हमारा क्या करने जा रहे हैं, जो चुनावी माहौल तैयार करने में देश के प्रधानमंत्री को भी साबुन-तेल जैसी जिन्स बनाकर रोज संचार-माध्यमों की ऐसी तैसी कर रहे हैं– क्योंकि इन्होंने विज्ञापन-विज्ञान और गोयेबल्स की पुस्तकों में पढ़ा था : अधिक से अधिक प्रचार-माध्यमों से एक चीज़ लगातार ठोक-ठोककर परोसी जाती रहे तो जनता के अवचेतन को अपने पक्ष में ढाल लेती है। उन्हें यह किसी ने नहीं बताया कि इससे जनता ऊबती और झुंझलाती भी है, प्रतिरोध और विरोध भी करती है और अगर चीज की गुणवत्ता, घोषित दावों के अनुरूप विश्वसनीय न हो तो सारा 'अभियान' फिस्स होकर रह जाता है। हो सकता है कि आपके पास बिकाऊ माल के नाम पर सिर्फ प्रधानमंत्री ही रह गये हों, मगर वे 'जिन्स' नहीं हैं जिसे आप नयी-नयी पैकिंग और विशेषणों में हर बार पेश करते रहें...

मगर चीन में हुए नये घटना-विस्फोट ने सबकुछ दिमागी रूप से उथल-पुथल कर डाला। चीन इतिहास के भयानक संकट से गुजर रहा है और लगता है पूरी एक समाजवादी व्यवस्था जैसे चालीस साल के भीतर ही चरमराकर ढह गयी है। इन दिनों रोज आनेवाली सूचनाएं बताती हैं कि महीने-भर से थियानमन चौक पर शांतिपूर्ण ढंग से प्रदर्शन, सत्याग्रह करने वाले लाखों विद्यार्थियों, नागरिकों और फ़ौजें और टैंक चढ़ा दिये गये हैं– सेनाएं बंट गयी हैं और आपस में ही एक दूसरे पर हमले कर रही हैं, अब तक न जाने कितने

हजार लोग मारे जा चुके हैं– भीषण और अमानवीय नर-संहार से बीजिंग की सड़कें पटी पड़ी हैं– सत्ता की अंदरूनी लड़ाई में सब एक दूसरे के खून के प्यासे हो उठे हैं। बड़ी संख्या में गिरफ़्तारियां हो रही हैं। अभी कुछ भी साफ नहीं है, मगर लग जरूर रहा है कि कुछ बहुत निर्णायक घटित होने जा रहा है– घटित हो रहा है। यों तो चीनी पहेलियां सदियों से दिमागी चुनौती के रूप में जानी जाती रही हैं, मगर इस बार की इस खूनी पहेली ने सारी दुनिया को जड़ से हिलाकर रख दिया है। क्रांति, प्रतिक्रांति, विद्रोह, बगावत, विध्वंस, गृह-युद्ध– पता नहीं क्या है ? दुनिया का एक धड़ा इसे चीन का अंदरूनी मामला बता रहा है और सिवा दुख प्रकट करने के कोई भी टिप्पणी नहीं कर रहा, तो दूसरा इसे चीनी इतिहास का सबसे बर्बर और नृशंस कत्लेआम कहकर भर्त्सना कर रहा है, अपने राजनयिक और व्यावसायिक-आर्थिक संबंध तोड़ रहा है, लोकतंत्र और मानव अधिकारों के संहार से त्रस्त, स्तब्ध है...

यह स्थिति सचमुच चिंतनीय और विक्षोभकारी है कि अपनी ही निहत्थी जनता पर टैंक और बख्तरबंद गाड़ियां चढ़ा दी जायें– औरतों, बच्चों और नागरिकों के चिथड़े उड़ा दिये जायें। न इस ओर से आंखें मूंदी जा सकती हैं, न समर्थन किया जा सकता है। लेखकों का जो दल वहां गया है, वह उसकी तुलना जलियांवाला बाग से कर रहा है... मगर सही बात यह है कि सारी दुनिया प्रतीक्षा कर रही है कि धुआं और धुंध छंटे तो तस्वीर साफ हो... अभी जो रूपरेखा उभर रही है वह बेहद उलझी और अंतर्विरोधी है। कुछ के अनुसार यह वहां का भीतरी पीढ़ी-द्वंद्व और सत्ता-संघर्ष है, जहां बूढ़े और घाघ नेतृत्व को हटाकर नया नेतृत्व कमान संभालना चाहता है, तो कुछ के अनुसार यह भयानक भ्रष्टाचार, आर्थिक विफलताओं, महंगाई और मुद्रा-स्फीति के खिलाफ जनता की जिहाद है। कुछ का कहना है कि यह विफल होते समाजवाद और लोकतंत्र की लड़ाई है, कि विद्यार्थी और नयी पीढ़ी लोकतंत्र चाहती है और चीनी नेता उसी पुराने समाजवादी ढांचे को लादने के नाम पर दमन और नरसंहार पर उतर आये हैं। इस अमानवीय दमन को चुपचाप नहीं देखा जा सकता।

सही बात है : इस अमानवीय दमन को चुपचाप नहीं देखा जा सकता। दमन और क्रूरता में चीनी इतिहास किस हद तक नृशंस है, यह सोचकर रोंगटे खड़े हो जाते हैं। इस घटना ने सिर्फ संवेदना के धरातल पर ही नहीं, वैचारिक और आस्था के धरातल पर भी सारी दुनिया की जड़ें हिला दी हैं। मार्क्सवाद, कम्यूनिस्टों और समाजवादी व्यवस्थाओं के विरोधी एकजुट होकर कह रहे हैं : हम जानते थे यह व्यवस्था नहीं चलेगी, मार्क्सवाद हर जगह असफल हो रहा है और सारी कम्यूनिस्ट राजनैतिक प्रणालियां अपनी मौत मर रही हैं– रूस, चैकोस्लोवाकिया, हंगरी, पोलेंड, सभी भयानक उथल-पुथल और आर्थिक-संकट से गुजर रहे हैं और वहां की जनता उस व्यवस्था का जुआ उतार फेंकने की जद्दोजहद

में लगी है। पौन-सदी में ही इस दर्शन की कलई उतर गयी है... बहरहाल, यही सही है कि मार्क्सवाद और समाजवादी व्यवस्था पर अभी तक उनके विरोधी ही 'विचार' और 'पुनर्विचार' करते रहे थे, मगर रूस के ग्लास्नोस्त और पैरेस्त्रोइका के आंदोलन, पोलेंड के सॉलिडेरिटी-विजय और चीन की इस 'प्रतिक्रांति-दमन' के बाद विचार-मंथन का सिलसिला स्वयं मार्क्सवादियों के बीच जोर-शोर से चलेगा– कल तक जिस सिद्धांत को एक स्वयंसिद्ध, समग्र और वैज्ञानिक दर्शन के रूप में प्रचारित-स्थापित किया जाता रहा था उसी की शल्य-क्रिया और पुनर्परीक्षण– विरोधी और समर्थक दोनों करेंगे... ख्रुश्चेव द्वारा स्टालिन युग के व्यक्तिवाद का पर्दाफाश करना, चीन और रूस की दो समाजवादी व्यवस्थाओं का एक दूसरे के खिलाफ हो जाना, चीन और भारत का युद्ध– माओ के बाद की उथल-पुथल– ये कुछ ऐसी घटनाएं रही हैं जिन्होंने भारत के मार्क्सवादियों को बार-बार झकझोरा और बांटा है, हर बार उनके कुतुबनुमाओं और पैरों तले की जमीन के विश्वास को डगमगाया है। चीन की यह घटना शायद वैसी ही एक बड़ी घटना है, क्योंकि साम्यवादियों और चीन को बढ़-चढ़कर गालियां देने वालों में घनघोर दक्षिण-पंथी, प्रतिक्रियावादी ही नहीं– वे भी सबसे आगे हैं जो कल तक 'चीन के चेयरमैन को अपना चेयरमैन' कहते थे...

लेकिन दूर बैठकर भी कुछ बातों की ओर ध्यान जाये बिना नहीं रहता : चीन में अनेक बार अंदरूनी संघर्ष हुए हैं– बड़े-बड़े नेता, और पार्टी के अधिकारी अपने पदों से हटाये और गिराये गये हैं, नीतियां बदली हैं लेकिन फिर दुबारा वही नेता शीर्ष पर आये हैं। इस सबके बावजूद पिछले चालीस सालों में वैसी राजनैतिक हत्याओं की कोई सूचनाएं नहीं हैं जो रूस में हुई हैं। दूसरे, आज चीन की इस खूनी-हरकत को लेकर सबसे अधिक नाराज़, अमेरिका, ब्रिटेन और जापान हैं। सब जानते हैं कि रूस की प्रतिद्वंद्विता में चीन और अमेरिका बहुत निकट आते गये : हमारे यहां भी पाकिस्तान के हर भारत विरोधी कदम को सबसे पहला समर्थन अमरीका और चीन से मिला था : खालिस्तान का सारा 'धर्मयुद्ध', इंग्लैंड के अभयारण्य, अमरीकन पैसे, पाकिस्तानी प्रशिक्षण-संरक्षण और ए.के. 47 चीनी राइफलों के बल पर ही चल रहा है। इस दोस्ती का महत्वपूर्ण परिणाम यह हुआ कि चीन, अमरीका के लिए अधिक खुलता गया– हजारों चीनी विद्यार्थी उच्च प्रशिक्षण के लिए अमरीका गये और अमरीकी शोध और सांस्कृतिक संस्थाएं और कोकाकोला जैसे अनेक बहुराष्ट्रीय व्यावसायिक प्रतिष्ठान चीन में गहरे घुसते चले गये... इस आर्थिक और राजनैतिक घुसपैठ के साथ आया अमरीका-छाप लोकतंत्र का आंदोलन, व्यवस्था बदलने की मांग, जिसका विस्फोट 4 जून को बीजिंग में हुआ। हां, जापान, ब्रिटेन और विशेषरूप से अमरीका के सख्त बयानों, 'मानवीय सरोकार' से प्रेरित लगनेवाली बेहद मुखर प्रतिक्रियाओं से एक शक जरूर होता है : कहीं ऐसा तो नहीं है कि साम्राज्यवादियों

की कोई योजना अचानक विफल हो गयी है? इसी संदर्भ में एक और 'संयोग' ध्यान खींचता है। प्रजातंत्र के लिए चीनी विद्यार्थिओं का यह प्रदर्शन शांतिपूर्ण ढंग से लगभग छः हफ्ते से चल रहा था। लेकिन चीनी-सत्ता का रवैया अचानक ही भयानक सख्त हुआ गर्बाचौव के वहां जाने के बाद। क्या यह हमारा अपना अनुभव नहीं है कि सी॰आई॰ए॰ की न जाने कितनी योजनाओं की पूर्वसूचनाएं हमें के॰जी॰बी॰ से मिली हैं? चाहे मुजीब की हत्या का मामला हो या श्रीमती गांधी की हत्या का, ब्लूस्टार की योजना हो या जिया की मौत। हां, याद आया, जब पूर्वी पाकिस्तान में हजारों विद्यार्थी, बुद्धिजीवी, नागरिक पाकिस्तानी फौजों द्वारा रोज-रोज मारे जा रहे थे, लाखों विस्थापित हो रहे थे–क्या तब भी लोकतंत्र की चिंता से अमरीका इतना ही परेशान था? जी नहीं, तब पाकिस्तानी शासन को समर्थन देने अमरीकी सातवां 'जहाजी बेड़ा' हिंद-महासागर आ चुका था। यह भी याद करना मुश्किल है कि दूसरे महायुद्ध के बाद अमरीका कब किसी लोकतांत्रिक व्यवस्था के पक्ष में रहा? हमेशा उसका समर्थन सैनिक तानाशाहों, धार्मिक कठमुल्लाओं और आदमखोर पुनरुत्थान-वादियों को ही मिला है... चीन जैसा ही 'लोकतांत्रिक' उभार एक बार चिली में आया था। सारा संचार और यातायात ठप्प हो गया था, जनता सड़कों पर निकल आयी थी, सरकारी, गैर-सरकारी संस्थान बंद हो गये थे–विद्रोही फौज ने महलों में जाकर अध्यक्ष आलिन्दे को गोलियों से भून डाला था... आज सी॰आई॰ए॰ के भूतपूर्व अधिकारी फिलिप ऐगी की 'इनसाइड कंपनी' और दूसरी अनेक किताबों में वे विवरण विस्तार से भरे पड़े हैं कि समाजवादी व्यवस्था के खिलाफ लोकतांत्रिक विकल्प की मांग के इस 'स्वाभाविक जनान्दोलन के विस्फोट' की योजना सी॰आई॰ए॰ ने कैसी सावधानियों के साथ तैयार की थी–कौन अफसर किन 'मौलिक अधिकारों' की मांम के सूत्र संचालन का ज़िम्मेदार था... बैंक और ट्रक कैसे ठप किये गये थे। डर यहां भी है–कि साम्राज्यवादियों के पेट में पानी और इस लोकतांत्रिक उभार के पीछे कहीं दशकों बाद चीन और रूस का निकट आना तो नहीं है?

इसलिए इस चीनी-दमन और नृशंस हत्याओं की कड़े-से-कड़े शब्दों में निंदा करने के साथ ही, लोकतंत्र के लिए जनता की 'मौलिक और स्वाभाविक मांग' को लेकर उच्छ्वसित होने की उतावली या नतीजे निकालने की जल्दबाज़ी से बचने की ज़रूरत है। आज की राजनैतिक दुनिया में बहुत 'स्वाभाविक' और 'मूलभूत' लगने वाली ये 'मांगें' कभी-कभी किन्हीं दूसरों की बड़ी योजनाओं के 'आइसबर्ग' की छोटी-सी चोंच होती है–पानी की गहराइयों में छिपा होता है एक दैत्याकार डायनासौर...

मुझ जैसों की शिकायत अपने यहां की कम्यूनिस्ट पार्टियों से है। वे इतनी परमुखापेक्षी हैं कि न अपना कोई विश्लेषण पर पाती हैं, न नतीजे दे पाती हैं। चाहे शाहबानो का मुकदमा हो या सलमान रुश्दी की किताब–हमारी ये पार्टियां हमेशा 'उनकी' प्रतिक्रियाओं

या वक्तव्यों की राह देखती हैं। नतीजे में भारतीय कम्यूनिस्ट आंदोलन का इतिहास, राष्ट्रीय संदर्भ में 'उस समय हमें यह नहीं, वह करना चाहिए था' के परितापों या प्रायश्चित वाक्यों से भरा पड़ा है। हर ऐसे मौके पर इस या उस लिहाज में चालाक चुप्पी और फिर बाद में 'वह हमारी गलती थी' के नतीजे निकालना आत्मविश्लेषण नहीं, किसी भी बेबाक, आत्मनिर्भर विश्लेषण से बचना है, अपनी विश्वसनीयता और पहल को दक्षिण-पंथी प्रतिक्रियावादियों के हाथों सौंप देना है... हम लोगों की आस्था की पीठ में छुरा मारना है।

सब मिलाकर यह साफ है कि लोकतंत्र के इस उभार को चीनी शासक अब और दबाकर रख नहीं पायेंगे; और खुली छूट देना विदेशी ताकतों के आगे अपने आपको परोसना होगा। उन्हें लोकतांत्रिक समाजवाद, या समाजवादी लोकतंत्र के ही किसी व्यावहारिक ढांचे को तलाश करना होगा– शायद ऐसा ही कुछ 'सिंथैसिस' उभरकर आयेगा। हो सकता है कि रूस की तरह चीन भी महसूस करे कि खुली, बेबाक और व्यापक बहस के माध्यम से ही नयी व्यवस्था का कोई रूप उभरकर आये– जहां गांव की खेतिहर और शहरों की औद्योगिक ज़रूरतें मिलकर रास्ते निर्धारित करेंगी... वर्ना शहरी अमरीकन संस्कृति में डूबे 'लोकतंत्र' और गांवों के समाजवाद के बीच की दूरियां निरंतर बढ़ती चली जायेंगी और चीन भी भारत की तरह समाजवाद और लोकतंत्र का कार्टून बनकर रह जायेगा– जहां न लोकतंत्र है, न समाजवाद... अगर कुछ है तो वह है खुली लूट, भ्रष्टाचार, घूसखोरी, अयोग्यता, गुंडागर्दी... कुनबा-परस्ती और सारी आधारभूत ज़रूरतों या अधिकारों की समाप्ति। शायद इसीलिए किसिंजर जैसे अनुभवी राजनेता ने कहा है कि "हमें अपने जैसे लोकतंत्र को चीन पर लादने की जल्दबाजी नहीं करनी चाहिए। हो सकता है कि लोकतंत्र का हमारा ढांचा चीन को रास न आये..."

['मेरी तेरी उसकी बात', हंस, जुलाई, 1989]

मार्क्सवाद : मरने वाले का बयान

डा. नंदलाल बोर्डिया भारत के गिने-चुने, फेफड़ों और रक्त के रोग-विशेषज्ञ थे; राष्ट्रपति के विशेष सलाहकार। वे अपने एक मरीज का किस्सा अकसर सुनाया करते थे। यह व्यक्ति उनके पास आया तो बुरी हालत थी। रोग अंतिम अवस्था पार कर चुका था। सभी प्रकार की जांचों, परीक्षणों और निदानों के बाद हताश होकर उन्होंने एलान कर दिया कि मरीज़ के सारे फेफड़े छलनी हो चुके हैं, खून या तो बनना ही बंद हो गया है या ज़हरीला हो गया है, रोग सारी अवस्थाएं पार कर चुका है और दुनिया की कोई ताकत, दवा या दुआ उसके लिए बेकार है। रोगी को भ्रम में न रखा जाये, इस सद्भावना से प्रेरित उन्होंने उसे बता भी दिया : "दुनिया की कोई भी दवा, कोई भी इलाज या कोई जादू आपको बचा नहीं सकता। महीने दो महीने में आपको जो भी कुछ करना-कराना हो, कर लें– अगर छः महीने निकाल देंगे तो मैं मान लूंगा कि सचमुच दुनिया में चमत्कार होता है– मगर आप मानकर चलें कि जिंदगी यहीं तक थी..." मौत के आगे सचमुच वे अपने विज्ञान को लेकर इतना हताश हो गये थे कि डाक्टरी नैतिकता भूलकर मरीज की मृत्यु घोषित कर रहे थे... मरीज आधा मरा आया था, यह सब सुनकर रहा-सहा भी 'मर' गया... बात आई-गई हो गयी... अब संयोग देखिए कि लगभग आठ-साल बाद डा. बोर्डिया ने एक पार्टी में सामने एक व्यक्ति को प्लेट भरकर खाते देखा तो चौंक गये। वह भी रुका, ठिठका और पास आकर बोला, "डाक्टर साहब, पहचाना? मैं वही मरीज हूं जिसे आपने जीवन के छः महीने भी नहीं दिये थे..." और उसने विजयोल्लास से भरी हुई प्लेट दिखायी। डाक्टर साहब पहले तो हतप्रभ हुए फिर संभलकर बोले : "देखिए, हमारे पास जो भी ज्ञान-विज्ञान था, मैंने उसी आधार पर अपना निर्णय दिया था। इसलिए मेडिकली (चिकित्साशास्त्र के अनुसार) तो आप हमारी तरफ से मर चुके हैं... यों आप दस साल और जिंदा रहें, हमारी बला से?" डा. बोर्डिया आज नहीं हैं। हां, सुना है मरीज अब भी मौजूद है– शायद पार्टियां उड़ाता...

डाक्टर साहब के हिसाब से यह, उस मरीज का ही 'कमीनापन' या 'अपराध' था कि वह उनके फैसले के बावजूद ज़िंदा बना रहा। पिछले पचास सालों से न जाने कितने

अर्थशास्त्री, समाजशास्त्री, राजनीति-वैज्ञानिक और राजनेता लगातार मार्क्सवाद की मृत्यु घोषित कर रहे हैं, कुछ के हिसाब से वह मर चुका है, कुछ के हिसाब से मरणासन्न है, और कुछ इक्कीसवीं शताब्दी का एक दिन भी उसे देने को तैयार नहीं हैं। एक-से-एक विशेषज्ञ, दिग्गज अपने-अपने अध्ययन-कक्षों, सेमिनार-गृहों में बैठकर मार्क्सवाद का एक-एक रेशा उधेड़ रहे हैं– और उसके मरने का हर बार एक-न-एक नया प्रमाण जुटा लाते हैं। मुझे नहीं पता कि मार्क्सवाद की उम्र दस-साल शेष है, या बीस साल। हो सकता है, मुझे सूचना न मिली हो और वह मर भी चुका हो… मगर इतना साफ है कि बीसवीं शताब्दी की एकमात्र और केन्द्रीय थीम या तो मार्क्सवाद रही है या उसका विरोध… हजारों रिसर्च-सेंटर, शोध-संस्थान और विशेषज्ञ मार्क्सवाद की असफलताओं-अपर्याप्ताओं के जोड़-बाकी तैयार कर रहे हैं… दार्शनिक अवधारणाओं से लेकर व्यावहारिक राजनीति तक की चीर-फाड़ हमें बेहद तार्किक तरीकों से बताती है कि मार्क्सवाद कितना अधूरा, पिछड़ा और नाकाफी दर्शन है। यही नहीं तरह-तरह के 'प्रमाणों' से हमें यह समझाया जाता है कि हजारों सालों के मानव इतिहास में शायद ही कोई बड़ा 'राक्षस' हुआ हो, जैसा मार्क्स था। मनोवैज्ञानिक, राजनैतिक और नृतत्वशास्त्रीय 'शोधों' के आधार पर अत्यंत वैज्ञानिक और विश्वसनीय तरीकों से बताया गया कि वह कितना बड़ा 'सेक्स-मैनियाक' (कामोन्मादी) था, जिसने अपनी साली और नौकरानी तक को नहीं छोड़ा : बल्कि अपने बच्चे के साथ नौकरानी को तो घर से धक्का ही दे दिया, जैनी को अपने क्रूर अत्याचारों से मारने वाला भी वही धोखेबाज था। यही नहीं, वह ऐसा कट्टर और खूंखार यहूदी था कि जिंदगी भर एंगेल्स को बेवकूफ बनाता रहा– उसके धन पर ऐश करता रहा, कि अपनी भयंकर राजनीति के जरिए उसने सारी रक्तशुद्धता ही समाप्त कर दी, कि वह इतना बड़ा नराधम था कि 'मानवजाति' ने अभी तक जो कुछ भी महानतम और उत्कृष्टतम अर्जित किया है उस सबको उसने चकनाचूर करने की व्यवस्था कर दी, कि मार्क्स एशियायी समाजों को लद्धड़ और पूर्वी निरंकुशता का शिकार मानने के योरोपीय नस्ली अहंकार का शिकार था… अगर मैं भूल नहीं कर रहा, तो काफी दिनों पहले किसी अमेरिकन पत्र में उस व्यक्ति के बयान पढ़े थे जो अपने को मार्क्स का नौकरानी-पुत्र बताता था। उसमें हृदयहीन मार्क्स और अपनी मां के आपसी संबंधों की विस्तार से चर्चा थी, हालांकि घर से निकाले जाते समय या तो इसे मां के पेट में होना चाहिए, या गोद में… उन दिनों उन बयानों का वैसा ही शोर मचा था जैसा स्वेतलाना के पत्रों द्वारा स्तालिन के कारनामों के भंडाफोड़ का, या खुश्चेव के जर्नल्स का… आज ये सब पुरानी बातें हो गयी हैं, क्योंकि उन भयानक, सनसनीखेज दस्तावेजों के प्रकाशक खुद उन्हें जालसाज़ी बताने लगे… और अपनी साख की रक्षा के लिए उन्होंने वे प्रकाशन समाप्त कर दिये… हिटलर की डायरियों की तरह…

वैज्ञानिक तटस्थता, शोध-स्वाधीनता और अकादमिक-स्वायत्तता वाली बौद्धिक फैक्टरियों में पिछले पचास-साठ वर्षों से रातदिन मार्क्सवाद विरोधी आर. एंड डी (रिसर्च एंड डैवेलपमेंट) प्रोग्राम चल रहे हैं इनमें से कुछ की जानकारी हमें शीतयुद्ध के कार्यक्रमों और दस्तावेजों से मिलती है। इन सबकी गहराइयों में जाने की न मुझमें क्षमता है, न समझ। मगर पिछले दसियों सालों से इतना ज़रूर देखता रहा हूं कि बौद्धिक जगत में मार्क्सवाद-विरोध बेहद मुनाफे का सौदा रहा है : स्कॉलरशिप, फैलोशिप, स्टाइपिंड, स्पॉन्सर- शिप– यात्राएं, सैर-सपाटे, नौकरियां और दसियों प्रकार की सुविधाएं– प्रचार प्रसार और महानता का अमरत्व... सभी कुछ हाज़िर है। राष्ट्रीय स्तर पर, आर्थिक, वैज्ञानिक, व्यापारिक और फौजी सारी सहूलियतें... इस सौदेबाजी में मारे जाते हैं वे जो व्यक्तिगत स्तर पर मार्क्सवाद-विरोध का जिहाद उठाये कौरवपुत्र युयुत्सु की तरह पांडवों की तरफ से, अपने ही भाई-बंधुओं की हत्या करते हैं, और दोनों तरफ से 'विश्वासघाती' का खिताब पाते हैं... मार्क्सवाद का 'होना' ही उन्हें अपना व्यक्तिगत अपमान लगता है। 'स्वतंत्र-विवेक' के मारे ये किन बड़ी साजिशों के तर्क और प्रमाण दुहराते हैं, इसे इनकी 'ईगो' स्वीकार नहीं करती। और आत्मघात ही इन युयुत्सुओं की नियति होती है।

अभी कुछ दिनों पहले मार्क्सवादी अर्थशास्त्र की धज्जियां उड़ाने वाले डा. गॉलब्रैथ चकाचौंध करते स्टार की तरह उठे थे और उन्होंने 'एफ्लुएंट सोसायटी' जैसी पुस्तकों से सारी दुनिया के सोच को बदलने की राह दिखायी थी। उन्हीं दिनों युवक-हृदय सम्राट (क्रेज एमंग यूथ) हर्बर्ट मारकूजे, बौद्धिक और सौंदर्यशास्त्रीय धरातल पर 'वन डाइमेंशनल मैन' में मार्क्सवाद को तात्विक धूल चटा रहे थे, अब सुना है दरीदा नाम के कोई एक और मसीहा आये हैं और उन्होंने मार्क्सवाद के परखच्चे उड़ाकर रख दिये हैं। मार्क्सवाद के एक-एक पक्ष को बाकायदा तर्क-ब-तर्क ध्वस्त करने वाले न जाने कितने शोधग्रंथ, विचारोत्तेजक विश्लेषण, भयानक आतंकवादी और अंतिम फैसलों तक पहुंचे हुए शीर्षकों वाले पोथे, रोज दर्जनों के हिसाब से हिंदुस्तान में झोंके जा रहे हैं जिनके लेखकों के पद, नाम और उपलब्धियों या दुनिया के नक्शे पर उनकी प्रतिष्ठा के ब्लर्ब और गुणगान पढ़कर ही रूह कब्ज हो जाती है, और उनके एक-एक उद्धरण पर सौ-सौ जान से निछावर होने को मन करता है... मगर यहीं सोचता हूं कि मैं जिनके पांव तले की धूल के बराबर भी नहीं हूं, आलोचना करना तो दूर जिनकी एक पंक्ति समझने की तमीज़ मुझे नहीं है। उनके बारे में ऐसी गैर-जिम्मेदारी से, व्यंग्य भरे लहजे में बोलने का मुझे क्या हक है? कहीं इसके पीछे मेरे प्रगतिशील संस्कार, तथाकथित और सतही मार्क्सवाद-प्रेम या हर ऐसे विचार को अमरीका और सी.आई.ए. से जोड़ने का 'लौंडियारपन' तो नहीं है...? मैं माने लेता हूं कि शायद ऐसा कुछ है भी... और मैं यह भी स्वीकार किये लेता हूं कि ऐसी ऊंची, गहरी या दिमाग-निचोड़ू किस्म की गंभीर किताबें मैं बहुत रस लेकर नहीं पढ़

पाता। यों पढ़नी तो पड़ती ही हैं। नामवर की तरह विद्वत्ता मेरा पेशा नहीं, शौक है। जितना रास या रस आता है, उतना ही बहुत है। हां, मुझे माफिया-संबंधी पुस्तकें, राष्ट्रीय या अंतर्राष्ट्रीय किस्म की जासूसियों के सच्चे विवरण पढ़ना अच्छा लगता है। किम फिल्बी और उसके साथियों की आत्मकथाएं, जीवनियां, ग्राहमग्रीन की रचनाएं, ल'कैरी के 'स्पाई हू केम इन फ्रॉम कोल्ड' से लेकर 'रशा विद लव', 'ऑडेसा फाइल्स' और 'सैकेंड-लेडी', 'गोर्की पार्क', जैसे बैस्टसैलर किस्म के बाज़ारू उपन्यास भी पढ़ता रहा हूं, जिनमें किसी न किसी रूप में लोहे की दीवार के दूसरी ओर के रहस्यों और नृशंसताओं का भंडाफोड़ है। सी.आई.ए. या एम-16 के भूतपूर्व 'अंदरूनियों' की चार-छः किताबें तो पहले ही पढ़ी थीं, मगर इसी सिलसिले में आखिरी ज़ब्त पुस्तक पढ़ी है पीटर राइट की 'स्पाई कैचर'... ज़ाहिर है इनमें कुछ पुस्तकें सच्चे और उपलब्ध दस्तावेजों पर हैं तो कुछ काल्पनिक कथाओं पर... मगर इन सबमें एक ही तथ्य सबसे केंद्रीय है और बार-बार उजागर होकर आता है कि कहीं ऐसे संगठन हैं जहां सतह के नीचे अरबों-खरबों डॉलर रोज 'रूसी दैत्य' को मारने के लिए फूंके जा रहे हैं : जल-थल-नभ से संबंधित कोई ज्ञान-विज्ञान ऐसा नहीं, जो रात-दिन इसी काम में न लगा हो... हजारों कम्यूनिज्म-विरोधी विभाग, एक से एक प्रखर मेधा के स्वामी किस तरह चौबीसों घंटे इन सूत्रों को संभाले हैं, दुनिया के चप्पे-चप्पे को अपने घेरे में लिये कैसे-कैसे सर्वव्यापी तंत्र हैं... और मौत के कैसे लोमहर्षक खेल वहां रोज खेले जाते हैं... मनोवैज्ञानिक और आर्थिक मोर्चे-बंदियां होती हैं... और एक दिन होमी भाभा का जहाज क्रैश करता है तो दूसरे दिन दाग़ हैमरशोल्ड का; एक दिन मार्टिन लूथर किंग को गोली मारी जाती है तो अगले दिन कैनेडी... मुजीब या इंदिरा गांधी को... या माफिया के साथ मिलकर कास्त्रो पर अस्सी बार हमला किया जाता है... इन्हीं विवरणों को पढ़कर लगता है कि मासूम और निर्दोष लगने वाला कौन-सा वैज्ञानिक या समाजशास्त्रीय शोध-संस्थान, कौन-सा बैंक या स्वयं-सेवी संगठन, कौन-सा समाचार पत्र-समूह, फिल्म-निर्माण केंद्र या रेडियो-स्टेशन किस विशेष ऑपरेशन (कार्रवाहियों) का 'कवर' (छद्मनाम) है... और यहीं कॉमनसेन्स कहता है कि जब बारीक से बारीक धरातल और मोटे से मोटे मोर्चे पर कम्यूनिज्म से लड़ने, उसे समाप्त करने का लक्ष्य ही एक मात्र पूंजीवादी ऑब्सैशन या 'हौवा' है तो यह संभव ही कैसे है कि ऊपर से स्वतंत्र, स्वायत्त और स्वतः प्रेरित लगने वाली बौद्धिक और अकादमिक अनुसंधान की दुनिया उनकी लड़ाई का 'कवर' बनने से बची रहे? 'एनीमल फार्म' '1984' से लेकर 'गॉड दैट फेल्ड' और 'डार्कनैस एट नून' और 'नॉट बाई ब्रैड एलोन' (दुदिन्त्सेव) या 'डाक्टर ज़िवागो से लेकर सोलेनित्जिन की आर्चीपिलागो, फर्स्ट सर्किल, कैन्सर वार्ड जैसी पुस्तकें मुफ्त या मुफ्त बराबर बंटवाने के पीछे क्या सिर्फ 'वृहत्तर मानव मूल्यों के लिए प्रतिबद्ध' साहित्य का परोपकारी-प्रेम ही है, या साहित्य से विचार या सरोकार मात्र

को निकाल देने की मुहिम सिर्फ एक अमूर्त कसरत है? प्रतिबद्धता कला का सत्यानाश करती है, के नारे के पीछे कला की शुद्धता की चिंता है या प्रतिबद्धता से दहशत? क्योंकि हम सब जानते हैं कि आज तक शायद ही किसी कलाकार, साहित्यकार ने कहा हो कि वह पूंजीवाद और साम्राज्यवाद से 'प्रतिबद्ध' है।

और इसी पृष्ठभूमि में पिछले पचास-साठ सालों से रोज डा. बोर्डिया की तरह मार्क्सवाद की मौत घोषित करने वालों से पूछने का मन करता है कि आप ये फ़तवे देने की बजाय क्या कभी भी अपने विज्ञान और औजारों की बनावट स्रोत और सोच को जांचने की ज़रूरत महसूस नहीं करते? परम संपन्न और समृद्ध देशों के पेट-भरे विकसित राष्ट्र जिन बौद्धिक बारीकियों का आविष्कार रोज करके हमें आतंकित, प्रभावित करते हैं क्या वे सचमुच हमारे लिए ज़रूरी हैं? आप यह भूल जाते हैं कि जिस 'कच्चे और कीटाणुभरे' पानी को पीकर आम अमरीकन नवों-द्वारों से पिचकारियां छोड़ता है, वह हमारी ज़िंदगी की ज़रूरत है और उसे हम रात-दिन पीते-खाते हैं... हो सकता है सूक्ष्म रासायनिक-विश्लेषण हमें उन्हीं नतीजों पर पहुंचाये जिन पर 'वे' पहुंचे हैं, मगर सच्चाई यह है कि हमारे लिए वह विश्लेषण सिर्फ एक किताबी-बुद्धिविलास है—उस चकमे में हम अपना पानी छोड़ देंगे और या तो उनके पानी के मोहताज होंगे या सिर्फ 'मिनरल वाटर' आयात करेंगे, या उनकी शोध-प्रक्रिया के खर्चीले संयंत्र लगायेंगे... वह भी केवल उन जैसे कुछ के लिए... बौद्धिक हो या वैज्ञानिक, कोई भी विश्लेषण हवा में या आत्यंतिक नहीं होता—देशकाल की ज़रूरतों के संदर्भ में ही उसकी प्रासंगिकता देखनी होती है। हो सकता है वहां के एयरटाइट कमरों और कंप्यूटरी-सेमिनार कक्षों की अकादमिक दुनिया में सचमुच मार्क्सवाद मर ही गया हो... मगर हमारी तीसरी दुनिया और विकासशील देशों में वह ज़िंदा है और अभी उसे ज़िंदा रहना है... बुद्धि और विश्लेषण की बारीक भूलभुलैयाओं में हम यह कैसे नजरअंदाज कर दें कि इस सदी की, साम्राज्यवाद और पूंजीवाद के खिलाफ लड़ी जाने वाली सारी लड़ाइयां, संप्रदायवाद, उपनिवेशवाद और तानाशाही के विरुद्ध सारे संघर्ष, स्वायत्तता और आत्मनिर्णय के लिए उठ खड़े हुए सारे आंदोलन सिर्फ और सिर्फ मार्क्सवाद के हथियार से लड़े जा रहे हैं? अफ्रीका हो या लैटिन-अमरीका, सुदूर-पूर्व हो या दक्षिण एशिया—इन करोड़ों लोगों को "अपनी जिंदगी को अपने ढंग से जीने" की प्रेरणा-शक्ति और दृष्टि कौन दे रहा है? जाहिर है कि न उनके पास वैसी अपार संपत्ति है, न वैसी विकसित टैक्नालाजी, मूलतः तो उनके पास अपना श्रम, अपनी प्राकृतिक संपदा और लुटेरों से उसे बचाये रखने का जुझारू संकल्प ही है, और वहीं वे हार और जीत रहे हैं। वह कौन-सा दर्शन है जो इस संकल्प को आंदोलन और रणनीति का रूप देता है? वियतनाम की वह अपराजेय जिजीविषा कहां से आती है जो बीस साल आधुनिकतम सर्वशक्तिमान ताकतों के दांत खट्टे किये रखती है? भौगोलिक अवस्थिति और ऐतिहासिक

नियति में हम जिनके साथ बंधे हैं, हमारी सोच और सक्रियता के केंद्र वे होंगे या अमरीका के किसी विश्वविद्यालय के तहखाने में बैठकर मार्क्स की जन्मपत्री और मार्क्सवाद का मर्सिया लिखने वाला तथाकथित प्रोफेसर? करोड़ों और अरबों लोगों की ज़िंदगी की इस जलती सच्चाई से आंख मूंदकर रोज-रोज रूप बदलने वाली मायावी दुनिया के स्वर्ग में रहनेवाले बुद्धिजीवी के इस विराट 'विश्वास' को इतिहास माफ कर देगा? हम इस तथ्य से भी कैसे मुंह मोड़ सकते हैं कि मार्क्सवाद ही एकमात्र वह विज्ञान-दृष्टि है जो अब तक के सारे मानव समाज के इतिहास और इतस्ततः बिखरी जानकारियों को, प्रदत्त स्थितियों या अदृश्य शक्तियों के निरंकुश खिलवाड़ के रूप में नहीं, वर्ग-संघर्ष की द्वंद्वात्मक प्रक्रिया के रूप में देखती है। यही वह दृष्टि है जो मानव इतिहास के संघर्षों और यातनाओं की मेधा के अमूल्य मणियों जैसे शब्दों को एक व्याकरण देती है ताकि सार्थक भाषा के रूप में उस सबको पढ़ा जा सके, क्रम और तरतीब दी जा सके। वह उसे एक पद्धति और प्रणाली के रूप में व्याख्यायित ही नहीं करती, बल्कि यह आत्मविश्वास भी देती है कि इस प्रक्रिया में हस्तक्षेप और परिवर्तन संभव है। 'मनुष्य महान' सिर्फ खूबसूरत कविता-पंक्ति के रूप में नहीं है, इसलिए भी है कि अपनी नियति को नियंत्रित-निर्धारित भी कर सकता है।

सही है कि जगह-जगह डगमगाती अब तक की कम्यूनिस्ट व्यवस्थाओं और भटकती वामपार्टियों के उदाहरणों से हमें बार-बार यही समझाया जा रहा है कि यह मार्क्सवाद का असफल और पिछड़ा होना है, कि मार्क्सवाद आधुनिक दुनिया के अनुरूप नहीं है और अनेक मुद्दों पर मार्क्स के निष्कर्ष गलत हैं... उधर बदलाव के इन रूपों से खुद मार्क्सवादी परेशान नहीं हैं, यह कहना भी गलत है। मगर जब हम अपनी आस्था का केंद्र अपने आदर्शों के परिणामस्वरूप एक व्यक्ति या देश को बना लेते हैं– तो ऐसे मोह-भंग होना भी अनिवार्य है। तब सब से आसान होता है पाला बदल लेना। जिन लोगों की आस्था टूटती है वे शारीरिक या मानसिक स्तर पर आत्महत्याएं कर लेते हैं। साहित्य-जगत में तो कम से कम यही हुआ है। जिन लोगों ने मार्क्सवाद का पर्याय सोवियत रूस को मानकर उसे अपनी आस्था का एकमात्र केंद्र बनाया था, उनके मोहभंग हुए, वे कटु और कटखने हो गये। मगर देखना यह है कि पाले बदलने के बाद उन्होंने वक्तव्यों के सिवा दिया क्या? और क्या यह सचाई नहीं है कि इस शताब्दी के लगभग सारे बुद्धिजीवी अपनी प्रतिभा और मेधा के शिखरकाल में मार्क्सवादी ही रहे हैं–कम्यूनिस्ट हों या न हों? मोहभंग से पहले और बाद की उनकी उपलब्धियों की तुलना की जा सकती है–उनमें ज्यादातर तो बाद में सिर्फ इस्तेमाल किये जाते रहे हैं–उपयोग के बाद कूड़े में फेंक दिये जाने के लिए...

यह आरोप नहीं, सचाई है कि मार्क्सवाद विज्ञान-दृष्टि है, विज्ञान नहीं। विज्ञान की परीक्षण-सामग्री बेजान न भी हो, मगर 'जैसी जहां है, वैसी ही' होती है। इसलिए गणित की तरह नतीजे भी हर बार वही निकलते हैं। वह तथ्यमूलक है। विज्ञान-दृष्टि, मूलतः व्याख्यामूलक है इसलिए प्रक्रिया है। वह विज्ञान की तरह अचूक और पूर्वानुमेय नहीं हो सकती, क्योंकि वहां दोनों तरफ जीवंत मनुष्य या समाज मौजूद हैं, जो हर व्याख्या का अतिक्रमण करते हैं। वहां अंतिम कुछ हो ही नहीं सकता। बदलती हुई हर नयी स्थिति वहां नये ढंग से परिभाषित किये जाने की मांग करती है। न रूस ने अंतिम आदर्श-समाज बना लिया था, न चीन ने। एक अत्यंत शक्तिशाली सर्वव्यापी और आक्रामक दुश्मन-माहौल के बीच उन्होंने सुरक्षात्मक रणनीतियां क्या अपनायीं--यह दूसरी बात है। मगर मूलतः वह था तो प्रयोग ही। प्रयोगों में सफलता-असफलताएं, प्रगति-अवगति, उपलब्धियां और नुकसान सभी कुछ शामिल होते हैं। सीढ़ी मिल जाती है तो आप दस खाने फलांग जाते हैं, सांप के मुंह में आ जाते हैं तो फिर एक नंबर पर... इसी दृष्टि से शायद क्रांति को "दो कदम पीछे और एक कदम आगे" चलने वाला प्रयोग कहा गया है। गलती हमेशा दृष्टि या प्रक्रिया में नहीं होती, प्रयोग में भी होती है। उसे बार-बार सुधारा और विकसित किया जा सकता है। कम्यूनिस्ट व्यवस्थाएं अगर आज डगमगा रही हैं तो हम यह क्यों मान लें कि वे अंतिम अवस्थाओं पर पहुंचे हुए समाज थे या आज पूंजीवादी 'खुला-समाज' ही उनका एकमात्र विकल्प है? या साहूकारों की धौंस और धमकी में रहना ही उनकी मुक्ति है? *

क्या वहां प्रयोगों, पुनर्व्याख्याओं और पुनर्व्यवस्थाओं की गुंजाइश नहीं है? हर समाजवादी देश अपनी सीमाओं में--अपनी समाज-व्यवस्था के हिसाब से प्रयोग और परिवर्तन करने के लिए स्वतंत्र है--बल्कि उसे करते रहना चाहिए। इतिहास कुछ के लिए जीवन-मरण का प्रश्न है तो कुछ के लिए सफल-असफल के फतवे देकर तालियां बजाने का मनोरंजन-अखाड़ा। अपनी ऊंची आरामदेह कुर्सियों में बैठे कुछ पेट-भरे लोग हमेशा ही इत्मीनान और संतोष से कहते रहे हैं : "कल तक हमारी जूतियां चाटता था, अब चला है स्वतंत्र रूप से अपना कुछ जमाने... मरेगा साला, देख लेना, कल नाक रगड़ता फिर यहां आयेगा..." सोचना हमें यह है कि क्या हम जो खुद अपने पांव पर खड़े होने की कोशिश कर रहे हैं--इन 'आक़ाओं' की हां में हां मिलाने की ऐय्याशी कर सकते हैं? हमारी

* वह समय गुजर गया जब तीन या चार हजार मील दूर बैठा कोई राष्ट्र अपने रंगभेदी अहंकार में, हिन्दुस्तान को अपने ढंग से चलाने के आदेश देता रहता था... इंदिरा जी के इस वक्तव्य को रेखांकित करते हुए निक्सन की 13 मार्च 72 की टिप्पणी है--"हमारे अनुदान-डालरों के रंग पर ध्यान देना उन्हें ज़रूरी नहीं लगता?" ('गोपनीय फाइलें' इलेस्ट्रैटेड वीकली 6-12 अगस्त 1989)--यानी अगर हम डॉलर देंगे तो आपको वही करना है जो हम चाहेंगे।

सहानुभूति और सहभागिता तो अपनी तरह संघर्ष करते हुए, अपनी तरह संभलने की कोशिश में लगे लोगों के साथ होनी चाहिए। "हां हुजूर, आप बिल्कुल ठीक फ़रमाते हैं। अच्छी खासी आपकी छत छोड़कर गया है तो मरेगा नहीं हरामी ? हम भी देखेंगे कौन-सी नयी व्यवस्था कर लेगा ?" कहते हुए क्या अपनी इस पुरानी नमकख्वारी और मानसिक गुलामी पर पुनर्विचार का यही क्षण नहीं है ? अपनों की ही असफलताओं पर कब तक हम अपनी इन 'भविष्यवाणियों' की सफलता की विजय का क्रूर संतोष पाते रहेंगे ?

डा. बोर्डिया को तो खुश होना चाहिए कि 'मरीज' ने 'उनके विज्ञान' को झूठा कर दिया।

['मेरी तेरी उसकी बात', हंस, अक्तूबर, 1989]

मार्क्स कहां गलत है ?

अंग्रेजी में एक मुहावरा है 'प्रॉफ़ेट ऑफ द डूम' यानी 'क़यामत के मसीहा'। कुछ लोग क़यामत की भविष्यवाणियां करते हैं, परम-निष्ठा और विश्वास से उसकी प्रतीक्षा करते हैं और जब वह 'आने लगती है' तो उत्कट आह्लाद से नाचने-गाने लगते हैं; 'देखा, मैंने कहा था– आयेगी और आ गयी।' अब इस आने में भले ही उनका अपना घर-बार ही क्यों न शामिल हो। क़यामत के परिणामों से अधिक प्रसन्नता उन्हें अपनी बात के सच हो जाने पर होती है। पूर्वी-यूरोप में कम्यूनिस्ट सरकारें 'धड़ाधड़' गिर या उलट रही हैं, प्रदर्शन और परिवर्तन हो रहे हैं; लोग जिंदगी को अपने ढंग से ढालने और बनाने में लगे हैं– और हम हैं कि खुश हैं कि–'हम जानते थे, यही होगा। क्योंकि कम्यूनिज्म असंभव है। मार्क्स ग़लत है।' मैं गंभीरता से सोचना चाहता हूं कि इस 'चरम सत्य' की खोज क्यों उन्हें इतना प्रसन्न करती है ? मार्क्स क्यों ग़लत है ? मार्क्स ने ऐतिहासिक और तार्किक प्रमाणों से यही तो कहा था कि मनुष्य-मनुष्य के बीच शोषण, असमानता और अन्याय की जो भी व्यवस्थाएं रही हैं उन्हें समाप्त होना चाहिए– इन्हें जायज़ और शाश्वत सिद्ध करने के जो तरीक़े ईजाद किये गये हैं–उन्हें गहराई से समझने, उद्घाटित करने और उखाड़ने का प्रयास किया जाना चाहिए– क्योंकि यह इतिहास की मांग है। अब तक के मानव-समाजों का अध्ययन हमें यही सिखता है कि इन विषमताओं के स्वरूप या उनके विरुद्ध लड़ने के मानवीय प्रयास क्या रहे हैं ? क्या मानव-विकास अंधेरे की लक्ष्यहीन दौड़ है या उसके अपने कुछ नियम हैं ? अगर नियम हैं तो क्या हैं ? अब मेरी समझ में सचमुच नहीं आता कि इसमें आखिर ऐसा क्या है जो 'अभारतीय' है या मार्क्स ने ऐसा कौन-सा अपराध किया है कि उसे बार-बार कब्र से खोद कर सूली पर लटकाया जाना चाहिए ? शायद मार्क्स का अपराध इतना है कि बाकी लोगों की तरह उसने शोषण और अन्याय को दूर करने के सिद्धांत को सिर्फ एक सपने, मनुष्य को बराबर बताने वाले श्लोक और सदाशयी आकांक्षा या ईश्वरीय आशीर्वाद के रूप में ही क्यों नहीं रहने दिया–हमें क्यों यह समझाने की कोशिश की कि यह सब ऐतिहासिक, भौतिक और व्यावहारिक है। इसके स्वरूप और तरीके हमेशा बदलते रहे हैं और इन्हें बदला जा सकता है, बदलना चाहिए।

जहां तक समझ में आता है, सिर्फ दो ही तरह के लोग इसके विरोध में होने चाहिए– एक वे जिनके पैरों तले की जमीन इस सिद्धांत से खिसक रही हो, दूसरे वे जो सचमुच विश्वास करते हैं कि शोषण, अन्याय या असमानता शाश्वत हैं, ईश्वरीय हैं और आवश्यक या अनिवार्य है– चूंकि वे हमेशा से हैं, इसलिए हमेशा रहेंगे, उन्हें रहना चाहिए। इन स्थितियों का कोई भी बदलाव उन्हें– 'अभारतीय' और 'अप्राकृतिक' लगता है। वे अगर खुद इन स्थितियों के शिकार हैं तो यह उनकी नियति है।

बहरहाल, यथास्थिति को अपनी व्यक्तिगत नियति मानने वाले चाहे जितने खुश और उल्लसित होते रहें, ऐतिहासिक नियति यही है कि आदमी बार-बार स्थितियों को बदलेगा, तोड़ेगा, बनायेगा और बेहतर जिंदगी की कोशिश करेगा। एक बार अपनी स्थिति और उसे बदलने के तरीके या क्षमता जान लेने के बाद कोई भी वह नहीं रहता जो पहले था। पूर्वी-यूरोप में भी यही प्रयोग चल रहा है और तीसरी दुनिया के देशों में भी। उसी रूस के समर्थन से, जो कल-तक हमारा 'स्वर्ग' था।

वस्तुतः न यह कम्यूनिज्म की पराजय है, न पूंजीवादी डैमोक्रेमी की जीत। हो सकता है इस द्वंद्वात्मकता से उभरनेवाला कोई तीसरा ही रूप हो। गोर्बाचोव के ग्लासनोस्त ने इतना तो सिद्ध कर ही दिया है कि कम्यूनिज़्म का स्तालिनवादी मॉडल अब चल नहीं सकता। उसे हर जगह टूटना है, और सबसे पहले वह टूट रहा है पूर्वी-यूरोप के उन देशों में जहां द्वितीय महायुद्ध की बंदर-बांट में कम्यूनिज़्म ऊपर से लाद दिया गया। वह वहां के अपने संघर्षों और अपने परिश्रम से अर्जित की गयी व्यवस्था नहीं थी। इसलिए उसके प्रति विद्रोह, एक थोपी गयी व्यवस्था के प्रति विद्रोह है, एकाधिकार के खिलाफ संघर्ष है– कम्यूनिज़्म के खिलाफ नहीं। हो सकता है कि नयी उभरने वाली पार्टियों और शक्तियों के नाम वे न रहें जिनके खिलाफ यह सारी जद्दोजहद है– मगर अपनी अंतर्वस्तु में वे पूंजीवादी नहीं ही होंगी। दूसरी और सबसे महत्वपूर्ण बात यह कि इस बदलाव के गुणात्मक स्वरूप– वे नहीं होंगे जो तीसरी दुनिया के संघर्षशील देशों में हैं। हमें यह कभी नहीं भूलना चाहिए कि क्रांति का निर्यात नहीं होता। हमेशा ऊपर से लादी जाने वाली व्यवस्था; दमन, भ्रष्टाचार और एकाधिकारी अधिनायकवाद को जन्म देती है– 'घर-घर नीचे तक उसकी कल्याण योजनाओं को पहुंचाने वाले, चमचों और दलालों में बदल जाते हैं' सर्वोच्च सत्ता का नाम लेकर हर अधिकारी छोटे-छोटे तानाशाहों का रूप ले लेता है। असंतोष, प्रतिरोध और क्रांतियां हमेशा नीचे, अपनी जड़ों से उभरने वाली शक्तियां हैं।

['मेरी तेरी उसकी बात', हंस, फरवरी, 1990].

कहा, तूफान तो होगा

केंद्र और राज्यों के आपसी संबंधों में तनाव लगभग हर देश में हैं। सोवियत रूस में भी अलग-अलग राष्ट्रीयता और गणराज्यों की स्वायत्तता को लेकर बहसें दसियों वर्षों से और व्यापक पैमाने पर हो रही हैं। छः साल पहले छपी येल्तिसिन की आत्मकथा 'अगेन्स्ट द ग्रेन्स' में इस पर लंबी विवचेना है, जहां यह साफ है कि केंद्र-गणराज्यों के संबंधों या स्वायत्तता पर वे और गोर्बाचोव लगभग एकमत हैं। अंतर दोनों में तरीकों को लेकर रहा है। इस पुस्तक के हिसाब से येल्तिसिन नीचे की पंचायतों से इस स्वायत्त चेतना को उभारकर ऊपर लाना चाहते थे तो गोर्बाचोव ऊपर से किश्तों में देने में विश्वास करते थे।

बहरहाल आज_ सोवियत रूस में जो कुछ हो रहा है उसने दो स्तरों पर सारी दुनिया को आंदोलित कर दिया है। समाजवादी विचारधारा का पतन और असफलताओं की भविष्यवाणियां करने वाले मिठाइयां बांट रहे हैं, अमरीका का जय-जयकार कर रहे हैं और पूंजीवादी व्यवस्था के गुण-गान में लगे हैं। उधर समाजवाद के विश्वासी भीतर से हिले हुए हैं। लगता है बचाव की लड़ाई भी हार रहे हैं और समझ नहीं पा रहे कि अचानक यह सब हो क्या रहा है? गोर्बाचोव का रिरियाते हुए भीख मांगना तीसरी दुनिया के आत्मसम्मान पर लगातार आघात कर रहा है। एक के बाद एक राष्ट्रीयताओं, छोटे देशों का टूटना, स्वायत्त होते जाना उनके एक सदी के विश्वासों को खंड-खंड किये जा रहा है। गांव, शहर या महानगर में जैसे एक दुर्दांत माफिया डॉन निर्द्वंद्व और निरंकुश होकर मनमानियां करता है, लोगों के मनोबल तोड़कर उन्हें अपने आप में ही बंद हो जाने को मजबूर कर डालता है--स्थिति ठीक वही है, सभी कुछ उसी की कृपा पर है, अगर अपनी सुरक्षा, शांति या जिंदगी चाहिए तो उसकी नज़रेइनायत याचिए_ हमारे यहां भी बहुराष्ट्रीय कंपनियां, आई.एम.एफ. और वर्ल्ड-बैंक घुस आये हैं, अब वे ही हमारी अर्थनीतियां, उद्योग-व्यवसाय राजनीति और सामाजिक जीवन तय करेंगे_ हमारी ज़रूरतें, विकास और भविष्य सभी कुछ उन्हीं की इच्छा और योजना से होगा। दो आशंकाएं अब हमारे इतिहास की सचाई होने जा रही हैं : भारत को टूटने से अब कोई नहीं बचा सकता (क्योंकि देशों को तोड़ना अमरीकी नीति भी है और अलग-अलग क्षेत्रीयताओं का उभार भी)

दूसरे; केंद्र में बहुत शीघ्र फासिस्ट धर्मांध जड़वादी पार्टी का राजनैतिक वर्चस्व.. क्योंकि यही वे दक्षिणपंथी लोग हैं जो खुशी-खुशी देश को गिरवी रख सकते हैं ताकि अपना हिंदू राष्ट्र बचा रहे.. उधर अब तक अमरीकी साम्राज्यवाद के एकाधिकार में दो ही सबसे बड़े अवरोध रहे हैं : इस्लामी राष्ट्र और तीसरी दुनिया के समाजवाद प्रेरित देश.. गोर्बाचोव का बधियाकरण और पहले इंदिरा गांधी, फिर राजीव गांधी का हटना, अगर एक तरह की बाधा को तोड़ता है तो सद्दाम हुसैन का ध्वंस दूसरी अड़चन को। दसियों सालों से सी. आई. ए, एफ. बी. आई. जिस 'बी.सी.सी.आई.' बैंक का इस्तेमाल ड्रग और हथियारों की सप्लाई, नेताओं को मरवाने, देशों का तख्ता पलटने और दूसरे घिनौने कामों के लिए करते रहे हैं—उस बैंक का इसी समय भंडा-फोड़ करना, उसकी शाखाओं को बंद करना 'अचानक' नहीं है, इसके माध्यम से सारे इस्लामी अर्थ-तंत्र की बांह मरोड़ी जा सकती है, क्योंकि इसका अस्सी प्रतिशत से अधिक कोश अरब शेखों, मुसलमान देशों और व्यवसायियों का है। हिंदुस्तान को धमकाकर सही रास्ते पर बनाये रखने के अलावा अमरीका, पाकिस्तान को बहुत मदद देगा, इसकी ज़्यादा उम्मीद नहीं है। बल्कि इस्लामी रीढ़ तोड़ने के लिए हो सकता है पाकिस्तानी हथियार-जखीरों में और विस्फोट हों, कहूटा का आणुविक केंद्र क्षति-ग्रस्त कर दिया जाये और सिंध की अलगाववादी ताकतें ज़्यादा खूंखार हो उठें.. वैसे भी रूस और हिंदुस्तान के खिलाफ ही तो पाकिस्तान को पोसा जा रहा था, अब जब दोनों नख-दंत विहीन हो गये हैं तो पाकिस्तान को सींचने से क्या मिलेगा? इससे इस्लामी अहंकार तो कमजोर होगा ही, भारत की आत्मा को भी बहुत संतोष होगा.. अमरीकी गिलोटिन के नीचे खुद सिर बढ़ा देना 'मोक्ष' ही लगेगा.. भारतीय राजनीति के केंद्र, उत्तर-प्रदेश के मुख्यमंत्री (अवाजो तो होंगे ही) से अमरीकी राजदूत और जर्मनी-इंग्लैंड के प्रतिनिधियों का जाकर एक साथ मिलना मुझे आने वाले दिनों का सबसे निर्णायक संकेत लगता है.. भारत में बिना प्रधानमंत्री की जानकारी या सहमति से वर्ल्ड-बैंक का दफ्तर खुल जाना क्या यह सिद्ध नहीं करता कि सूदखोर घर में घुसकर योजनाएं और प्राथमिकताएं डिक्टेट करेगा? खैर, अभी तो यह शुरुआत है, कल वे सीधे कुछ और जगहों या संवदेनशील संस्थानों का भी मुआइना कर सकते हैं। साहूकार को कौन रोकेगा ? वाक्य याद है वह प्रेमचंद का? "कर्ज़ वह मेहमान है जो आकर कभी नहीं जाता।"

समाजवादी देशों के पतन या रूपांतरण को ही मार्क्सवादी विचारधारा की मृत्यु घोषित करने के अनेक लाभ हैं : अमरीकन आशीर्वाद तो है ही। अब धर्म-संस्कृति मोक्ष पुनर्जन्म, ध्यान, ईश्वर, ज्योतिष, मंदिर, गौ-ब्राह्मणों की महिमा इत्यादि को ही जीवन के मुख्य-प्रश्नों के रूप में स्थापित किया जा सकेगा, वर्ना इन नास्तिक कम्यूनिस्टों ने तो देश का सत्यानाश कर डाला था; ऊंच-नीच, सवर्ण-शूद्र, गरीब-अमीर के विधानों को बदले

दे रहे थे। बोलो, इतिहास हो या मनुष्य जीवन, इनके चलाने के कहीं कोई नियम, तर्क या विज्ञान होते हैं? वह तो सब यों ही धक्कमपेल में चलता रहता है। या तो उन्हें भगवान चलाता है या कुछ महानायक– जाने कहां से ऐतिहासिक भौतिकवाद, द्वन्द्वात्मक भौतिकवाद, ऐतिहासिक शक्तियों के संघर्ष, सामंतवाद, साम्राज्यवाद, साम्यवाद जैसे शब्द ले आये थे और लगे थे दुनिया बदलने। अरे, ऊंच-नीच कब नहीं थे और कब नहीं रहेंगे? तुम्हारे कहने से, गरीब-अमीर बराबर हो जायेंगे, शोषण समाप्त हो जायेगा? जो ताकतवर है वह तो अपना हिस्सा भी लेगा और कमजोर को जूते तले भी रखेगा। प्रकृति का नियम है। जिसमें दम है वह तो सिर फोड़ेगा, गोली मारेगा, घर-बार फुंकवायेगा, औरतें उठवायेगा। कर लो जो तुमसे बन पड़े। यहां के दलित शूद्र या अफ्रीका जैसे देशों के काले नंगे अगर स्वतंत्र हो भी जायेंगे तो क्या तीर मार लेंगे? भूखे मरेंगे और भीख मांगेंगे। अब तो इन हरामखोरों को मान लेना चाहिए कि कुछ जातियां और नस्लें सिर्फ शासन और शोषण करने के लिए ही होती हैं। उन्हें तुम्हारा बाप नहीं रोक सकता। तुम साम्यवाद लाओ या प्रजातंत्र, हमारा कुछ नहीं बिगाड़ सकते– देखा आपने मार्क्सवाद की मृत्युघोषित कर देने से कितने झंझटों से मुक्ति मिलती है, कैसी आसानी से इतिहास की ग़लतियों को सुधारा जा सकता है।

अब उनकी छोड़कर अपनी बात करें तो सच है कि पश्चिम के समाजवादी देशों के कायाकल्प ने हम सबके विश्वासों की नींवें हिला दीं हैं। वर्षों हम एक मिथक में जीते रहे कि सोवियत-संघ में समाजवादी व्यवस्था आ गयी है। आज वह मिथक टूट गया है। हो सकता है कि इस झटके में हममें से कुछ इस विचारधारा को ही गलत और मार्क्सवादी दर्शन को ही मृत मान लें, हो सकता है कुछ इस पर विचार करें कि पश्चिम का सच हमारा सच नहीं हो सकता। द्वंद्वात्मक भौतिकवाद अगर एक वैज्ञानिक प्रक्रिया है तो यह ज़रूरी नहीं कि एशियायी समाजों के मार्क्सीय-निष्कर्ष संशोधनीय न हों। पश्चिमी समाजवाद का मिथक अगर टूटा भी है तो वह मानव-इतिहास में कहीं कुछ नहीं जोड़ गया– कहना दूसरी अतिवादी भूल है। हजारों सालों से आदमी चांद के मिथक को अपने सपनों, सोच, कलाओं और जीवन में जीता रहा है। अगर हम आज चांद की 'असलियत' जान भी गये हैं तो क्या वे सारी कलाएं, कविताएं और सौन्दर्य, स्वप्न झूठ हो जायेंगे जो आज तक मनुष्य की सांस-सांस में बसे हैं? मनुष्य शरीर भी तो हाड़-मांस-मज्जा-मेदा का पिंड है फिर इसमें अलौकिक सौन्दर्य, आध्यात्मिक तेज देखना क्या सिर्फ मूर्खता है? नहीं असलियत चाहे जो हो आदमी को अपने जीवन और आगे बढ़ने के लिए हमेशा कुछ मिथकों की ज़रूरत बनी रहेगी। पुराने तोड़ेगा तो नये बना लेगा–

इधर सारी दुनिया में, खासकर यूरोशिया में जो कुछ हो रहा है उससे दो तीन बातें साफ उभरकर आ रही हैं: धर्म का एक होना देशों या क्षेत्रों को आपस में जोड़ता ही नहीं

तोड़ता भी है : इराक-ईरान हों या पाकिस्तान के सिन्ध और पंजाब। समाजवादी दुनिया को सैद्धान्तिक आधार भी एक नहीं रख पा रहे हैं। पूरे भारत में चाहे जितनी सांस्कृतिक या धार्मिक एकता हो, लेकिन क्षेत्रीयताएं आपस में लड़ रही हैं। सिख, तमिल, नेपाल सभी धार्मिक सांस्कृतिक रूप से एक हैं– मगर सब अलग स्वायत्तता की मांग कर रहे हैं। लगता है यह सारा विखंडन अन्ततः समाज को छोटी-छोटी कबीलाई इकाइयों में ही बांट कर रहेगा। अब तो छोटे होने की असुरक्षा और बाहरी भय ही अगर आपस में जुड़ने के कुछ सूत्र निकाल सकें, तो शायद एक होने का कोई रास्ता दिखायी दे।

इन बदलती स्थितियों का सबसे बड़ा लाभ हमें यह होगा कि भारतीय कम्यूनिस्ट पार्टियां बैठकर गहराई से आत्मविश्लेषण करेंगी, अपनी भूमिका पर फिर से विचार होगा। हो सकता है कुछ दूसरी बड़ी पार्टियों में विलय हो जायें तो कुछ अपने अस्तित्व और भविष्य पर ठेठ अपनी स्थितियों के संदर्भ में पुनर्विचार करें– अपने को पुनर्परिभाषित करें– यह मानकर कि आर्थिक, वैचारिक, सैद्धांतिक कोई भी मदद अब कहीं बाहर से नहीं मिलनी, अपने संघर्ष को अब अपनी भाषा, सोच और अपने ही हथियारों से लड़ना है– बाहरी उधारों या उद्धरणों से नहीं, इस 'आत्मज्ञान' के सिवा दूसरा विकल्प भी तो नहीं है।

['मेरी तेरी उसकी बात', हंस, अक्तूबर, 1991]

कोई सपना तो चाहिए

आपको याद होगा 'पृथ्वी' और 'आर्यभट्ट' से पहले या उस दौरान हमने न जाने कितने उपग्रह आकाश में फेंके–कुछ वहीं अपने आसनों पर ही 'फुस्स' हो गये तो कई कुछ दूर तक जाकर गिर पड़े। प्रयास-रत हर देश में ऐसा हुआ, हम तक सूचनाएं आयीं सिर्फ सफलताओं की। इन असफलताओं या सफलताओं से न तो वह तकनीकी ज्ञान झूठा पड़ गया, न उसमें सुधार-संशोधन करने की जरूरत समाप्त हुई। हर ऐसी असफलता हमें अपनी ग़लतियां पकड़ने और औज़ारों को जांचने की प्रेरणा देती है। अगर सिद्धांत में अंतर्भुक्त गत्यात्मकता बनी है, तो सफलताओं की प्रक्रिया भी ऊंचे-नीचे विकासों द्वारा अपना चक्र पूरा करेगी...

सोवियत-संघ नाम का उपग्रह भी शताब्दी के तिहत्तर साल घेरकर बिखर गया। अभी कल तक की महाशक्ति का लौह-दुर्ग, लाक्षागृह की तरह जला और देखते-देखते राख में बदल गया। अब वहां राष्ट्रीयताओं के स्वायत्त होने और संपत्तियां हथियाने का प्रेत-नृत्य हो रहा है। किसने और कब इस आग को बाहर से निमंत्रित किया या किसने इसे भीतर से सुलगाया, यह सब अब अप्रासंगिक है। प्रोलेतेरियत की तानाशाही, यानी पार्टी और आगे जाकर व्यक्ति के सर्वसत्तावाद से भी अधिक शायद सबसे बड़ी आग वहां की विराट नौकरशाही रही है। संपत्ति पर व्यक्तिगत स्वामित्व हटते ही वह सार्वजनिक हो जाती है और सार्वजनिक किसी की नहीं होती। उसे सब मिलकर लूटते और खाते हैं। अपने यहां भी सबसे बड़ी लूट और नाश के केंद्र सरकारी या सार्वजनिक संस्थान हैं– आप दो-दो घंटे सास या दोस्त को रूस-अमेरिका-इंग्लैंड फोन कीजिए, जहाजों में विश्वभ्रमण कीजिए, कोयला और लोहा बेचिए–या टिकियाचोरी के स्तर पर रेलवे के पंखे, बल्व, शीशे उतार ले जाइए, कोई पूछने वाला नहीं है। छोटे-से-छोटे विरोध का तो तरीका ही हो गया है–सार्वजनिक संपत्ति का दहन। आखिर कितनी लूट और कितना नाश बर्दाश्त करेगी कोई अर्थ-व्यवस्था? एक दिन तो उसे चरमराकर झूठे सरकारी आंकड़ों की धरती पर औंधे मुंह ध्वस्त होना ही होगा... सोवियत व्यवस्था को अपने ही अंतर्विरोध खा गये। दसियों साल पहले आर. मद्वेदेव ने अपनी पुस्तक 'इतिहास को फैसला करने दो' में

लिखा था, "ब्यूरोक्रैट (नौकरशाह) सिर्फ एक ऐसा सरकारी कार्यवाहक नहीं होता जो अपने दफ्तर में बैठा-बैठा कुछ कामों का निर्देश-नियंत्रण ही करता रहता हो। वस्तुतः नौकरशाह एक ऐसा विशेषाधिकार प्राप्त कार्यवाहक अफसर है जो वास्तविक जिंदगी से, जनता से, आम आदमी की ज़रूरतों और हितों से एकदम कटा होता है। अपनी पद-प्रतिष्ठा के अनुरूप कार्य करने या ज़िम्मेदारी निभाने में उसकी कतई कोई दिलचस्पी नहीं होती– उसकी चिंता तो एकमात्र यही है कि अपनी स्थिति कैसे सुरक्षित रहे, उसमें बढ़ोत्तरी कैसे हो... अगर अपनी हैसियत पर आंच आ रही हो तो उसे बड़ा-से-बड़ा जनविरोधी कार्य करने में रत्तीभर हिचकिचाहट नहीं होगी। हरदम उसके साथ रहने वाले हथियार या रक्षा-कवच हैं, अवसरवाद, जी-हुजूरी, लालफीताशाही और जड़ नियम-कायदों की दुहाई... मूलतः जड़ता– खासतौर पर सांस्कृतिक उपलब्धियों की अनभिज्ञता, भावनात्मक भोंथरापन और सीमित समझ (कुंद-बुद्धि ?)... ये हैं एक ब्यूरोक्रैट की टिपीकल चारित्रिक विशेषताएं..." जी नहीं, यह सारा विश्लेषण भारत के बारे में नहीं, सोवियत रूस के बारे में है। चाहें तो इसे संयोग कह लें कि इसी कैन्सर से सोवियत-व्यवस्था छिन्नभिन्न हो गयी और अपार कर्जों में लदा भारत बहुराष्ट्रीय कंपनियों के हाथों बेच दिया गया... संस्कृति का ढोल बजाने के सिवा बचा क्या है हमारे पास? अब तो सबकुछ वही संभाल लेंगे जिनकी पूंजी लगेगी... क्योंकि बड़े स्तर पर 'देश' भी तो सार्वजनिक संपत्ति ही है।

उधर व्यक्तिगत-संपत्ति, सुरक्षा और विकास की प्रेरणा जरूर बनती है, मगर वहां बाकी समाज से संबंध मूलतः असुरक्षा, संदेह और प्रतियोगिता पर बने होते हैं, चीजें कुछ हाथों में सिमटने लगती हैं–इस दौड़ में बहुत बड़ा वर्ग पीछे छूटता जाता है, कुचल दिया जाता है और हर चीज़ का एकाधिकार जिनके पास होता है वही दूसरों को अपनी योजनाओं और दया के हिसाब से चलाये रखते हैं। असमानता, विषमता और अन्याय (या शक्तिवान की कृपा) पर टिकी मुक्त-व्यवस्था अंततः कुछ के लिए ही मुक्त होती है; शेष को तो उसी में अपनी मुक्ति देखने की मजबूरी है। सारे आर्थिक और सामाजिक मूल्य केवल कुछ के ही हित साधने के लिए बनते और बदलते हैं। अपने यहां भी सबकुछ को खोल देने, रुपये का अवमूल्यन करने का नतीजा सामने है, बड़े लोगों को रातों-रात करोड़ों-अरबों का फायदा हुआ है और रिक्शेवाला या क्लर्क दस की चीज़ बीस में खरीदने के अभिशाप को जी रहा है, "देश की खातिर जनता को तकलीफें बर्दाश्त करनी होंगी" यहां देश का अर्थ है, अफसर-नेता और अपराधी...

बहरहाल, पश्चिमी समाजवादी देशों और सोवियत संघ का विघटन इस सदी की सबसे बड़ी घटना या दुर्घटना हो सकती है क्योंकि इससे सारे शक्ति-संतुलन गड़बड़ा गये हैं वैचारिक और सामरिक सारे समीकरण समाप्त हो गये हैं दुनिया एकध्रुवीय हो गयी है और नई स्थितियों के हिसाब से हर देश को अपने आपको पुनर्व्यवस्थित करना पड़

रहा है। राष्ट्रीय, अंतर्राष्ट्रीय उठा-पटक अपनी जगह है, मगर सोवियत संघ के समाप्त हो जाने का अर्थ यह कदापि नहीं है कि शोषण मुक्त समाज का सपना या समता-मूलक जीवन स्थितियों के लिए संघर्ष ग़लत और अप्रासंगिक हो गया है। आज भी हमारे अपने संघर्ष तो स्थगित नहीं हुए हैं, हमारी अपनी लड़ाइयों के मैदान तो वही हैं—सामाजिक अन्याय, शोषण, भुखमरी, गरीबी, महंगाई और जातिवादी सामंती मानसिकताएं, मध्यकालीन संस्कृति की आतंकवादी तानाशाही। समझ में नहीं आता कि औद्योगिक और आर्थिक स्तर पर इक्कीसवीं सदी—मगर सामाजिक दिमागी रूप से पहली-दूसरी शताब्दी की परस्पर विरोधी यात्राएं एक साथ कैसे चलेंगी?—नतीजा साफ है कि कुछ लोग भविष्य में यात्राएं करेंगे तो शेष सारा समाज अतीत में। निरंतर बर्बर, हिंस्र और कबीलाई युद्धों में लौटती हुई अपनी स्थितियों से आंख मूंदकर दुनियाभर की समस्याओं को अपना सिरदर्द बनाने से अब काम नहीं चलेगा। समाजवादी देशों या सोवियत संघ द्वारा किये गये एक के बाद एक अपराधों और अत्याचारों को लेकर भारतीय बुद्धिजीवियों की 'चुनी हुई चुप्पियों' पर वर्षान्त विलाप करने वाले निर्मल वर्मा जैसे चिंतकों से हमें पूछना पड़ेगा कि दिन-रात हरिजनों-दलितों की जलाई जाती बस्तियों, घर-घर में फूंकी जाती औरतों और हर रोज होते सांप्रदायिक हत्याकांडों पर अपनी 'चुनी हुई चुप्पी' तोड़ने की ज़रूरत उन्हें कभी क्यों महसूस नहीं होती? भारतीय संस्कृति की आध्यात्मिक और दार्शनिक महानताओं का आत्ममुग्ध झुनझुना बाजाते हुए उन्होंने यह सवाल भी कभी पूछा है कि क्यों यहां हजारों सालों से असमानता और मनुष्य-विरोध को ही स्थायी सामाजिक मूल्य बना दिया गया है? क्यों उनकी परेशानी इस बर्बर मध्यकालीनता से नहीं है जिसे सवर्णवाद 'अखिल भारतीय संस्कृति' कहकर सारे देश पर थोप रहा है? पीढ़ी-दर-पीढ़ी करोड़ों लोगों की गुलाम-नियति उनके अपने पूर्वजन्मों का फल क्यों है और क्यों कभी कोई विश्वमित्र अपनी 'जाति' नहीं बदल पायेंगे? क्यों कभी निर्मल वर्मा ने इस विषय को अपनी चिंता का विषय नहीं बनाया कि सारे दर्शनार्थियों के मुकाबले साफ-सुथरे कपड़े पहने होने के बावजूद, कथाकार विजय, मथुरा के द्वारिकाधीश मंदिर में मूर्ति के पास नहीं जाने दिये जायेंगे, सिर्फ इसलिए कि पूछे जाने पर उन्होंने बता दिया था कि वे कायस्थ हैं, क्यों 'अक्करमाशी' पढ़कर उज्ज्वल भट्टाचार्य को अपने भारतीय और आदमी होने पर शर्म महसूस होने लगती है और वे अपने को शरणकुमार लिम्बाले से इसलिए एकात्म पाते हैं कि ग्यारह-साल योरूप में (उच्चकुलीन ब्राह्मण होने और अपने खुले गेहुंआ रंग के बावजूद) अछूत और हाशिए के काले नागरिक की यातना से गुज़रते रहता पड़ता है? चार पीढ़ियों से स्नातक या इससे आगे की शिक्षा के बावजूद क्यों मुझे बताया जाता है कि भैंसें चराने का काम छोड़कर मैं क्यों लिखने-पढ़ने की दुनिया में अपनी ऐसी-तैसी करा रहा हूं? मिलते होंगे इन बातों के जवाब, उपनिषदों, पुराणों या

किसी 'वेद' की महान दार्शनिक उक्तियों में, मगर आज के आदमी की तकलीफ, आज की है, उसे दो हज़ार साल पहले लिखी कोई किताबी महानता न सांत्वना देती है न निष्कृति– कितना खूबसूरत तर्क है कि आप तो बेहद सहज-स्वाभाविक ढंग से जाति-समूहों को हज़ारों सालों से तिरस्कृत, अपमानित, वंचित करते रहें, अपने हर अधिकार का उपयोग करके उन्हें उनकी 'हैसियत' बताते रहें, मगर जैसे ही वे जाति-समूह उठकर समानता और न्याय मांगें, आप उन पर जातिवाद भड़काने का आरोप लगाकर वितंडा खड़ा कर दें– बसों और घरों को फूकें और सारे मीडिया को अपना भोंपू बना लें– दस-बीस हजार मील दूर होने वाले भीषण अत्याचारों या ढाई हजार साल पहले की महान उक्तियों पर किसी कागज़ी बुद्धिजीवी के बोलने या चुप रह जाने के मुकाबले ज्यादा विश्वासघाती 'चुनी हुई चुप्पियां' ये हैं। क्योंकि सवर्ण वर्ग को ये उत्कृष्ट सूक्तियां और महान वेद वाक्य भूले ही 'आत्मा की शांति' देते हों, खुद अपनी पीठ ठोकने को उत्साहित करते हों, मगर सिर्फ किसी जाति में जन्म ले लेने के विकल्पहीन अपराध के कारण जिनके घर-बच्चे जलाये जाते हैं, औरतों के साथ बलात्कार होते हैं, उन्हें आपके उपनिषदों की ऊंचाइयों या किसी इतिहास-पुराण के उदाहरण कहीं कोई शांति, गर्व या मदद नहीं देते।

चूंकि सारे राष्ट्र को दस हजार मील दूर बैठे महाजनों या पांच हजार साल पहले के इतिहास को बेचने की भव्य योजनाएं परोसी जा रही हैं इसीलिए आज और यहां के संघर्ष समाप्त नहीं कर दिये जायेंगे और तीसरी दुनिया के अविकसित सामंती उपनिवेशों के पास वाम विचारधारा के सिवा आज दूसरा विकल्प नहीं है ; हां उसे बार-बार संशोधित पुनर्गठित और आत्मनिर्भर किया जाता रहेगा– वर्ना स्थगित भविष्य या ध्वस्त-स्वप्न की तदर्थता (एडहॉकिज्म) कब तक चलेगी ? हमारे पास इसके सिवा रास्ता ही क्या है कि या तो इस स्वप्न को सुदूर अतीत की गौरव गाथाओं से भर लें या फिर एक शोषणमुक्त, समान और सद्भावी समाज की कल्पना करें और जहां इसके लिए संघर्ष हो रहे हैं वहां भरसक शामिल हों– मगर इसके लिए विचारधारा को जांचने की ही नहीं, हमें अपनी मध्यवर्गीय सुरक्षित सोच और मूल्य-प्रणाली की, तटस्थ होकर खुद शल्य-क्रिया करनी होगी।

['मेरी तेरी उसकी बात', हंस, फरवरी, 1992]

'साम्यवाद' के मरते ही

देश के सबसे बड़े तकनीकी संस्थान (आई.आई.टी. कानपुर) के एक सेमिनार में सवाल उठा : इस शताब्दी की अब तक की सबसे महत्वपूर्ण घटना कौन-सी मानी जायेगी? उत्तर था, 'वियतनाम-युद्ध!' बात निश्चय ही चौंकाने वाली है। शताब्दी के दूसरे दशक की सोवियत क्रांति, दो बड़े विश्वयुद्ध, हिरोशिमा पर अणुबम, माओ के नेतृत्व में तीन दशक की लोंग-मार्च, सबसे बड़े साम्राज्य इंग्लैंड का पतन और उपनिवेशों की मुक्ति के परिणामस्वरूप भारत जैसे देशों की स्वतंत्रता, हिटलर द्वारा लाखों यहूदियों का 'अंतिम समाधान', ग्लास्तनोस्त और पैरेस्त्रोइका, पचास वर्ष अलग और विलोम बने रहकर जर्मनी का एक हो जाना, कम्यूनिस्ट सरकारों का पतन.. मेरे दिमाग में ये सारी घटनाएं तैर रही थीं--जिन्होंने आदमी के सारे सोच और जीवन-व्यवहार को सिर्फ झकझोरा ही नहीं, हमेशा के लिए बदल दिया था। इनमें हमने देखे थे मनुष्य के सर्वश्रेष्ठ और सबसे निकृष्ट रूप। मगर इन विश्वव्यापी घटनाओं के बीच बूंद-बराबर देश वियतनाम में होने वाला युद्ध! फिर बात धीरे-धीरे मुझे सही लगने लगी–सवाल शताब्दी की सबसे बड़ी घटना को लेकर नहीं, महत्वपूर्ण (सिग्निफिकेंट) घटना को लेकर था। लेकिन महत्व भी उसका यही था। दुनिया के सबसे शक्तिशाली, सबसे संपन्न, विज्ञान और टैक्नॉलॉजी के सबसे उन्नत विकसित और घातक हथियारों से लैस अमेरिका जैसे देश के मुकाबले पिद्दी वियतनाम। एक तरफ खूंखार दैत्याकार शेर और दूसरी तरफ सर्वहारा चूहा। क्या था वियतनाम के पास? सिर्फ आत्मरक्षा की मजबूरी, संकल्प और स्वतंत्र रहने का सपना। आठ साल चलने वाले नर-संहार से ही नहीं निकला वियतनाम, उसने अमेरिका की सारी अर्थव्यवस्था और सारी नयी पीढ़ी को चौपट कर दिया। उसे घर और बाहर की नीतियां मौलिक रूप से बदलनी पड़ीं (देखिए 11.2.92 की 'टाइम' पत्रिका में वियतनाम युद्ध के संचालक मैकनमारा की पराजय-स्वीकृतियां) "सबसे ऊपर मनुष्य है और उससे ऊपर कुछ नहीं है।" विनाश और संहार की वैज्ञानिक तकनीकी प्रलय के बीच आस्था की छोटी-सी नाव।

और आज फिर सारा विश्व शताब्दी की एक बहुत बड़ी घटना से गुजर रहा है।

खाड़ी-युद्ध को लेकर बार-बार वियतनाम का हवाला दिया जाता रहा है। पता नहीं मनुष्य के इतिहास में यह युद्ध कहां स्थान पायेगा? मगर आज तो 30 दिनों से चलती धुआंधार बमबारी, ध्वंस और विनाश के बीच चारों ओर लाखों लोगों के घर-खेत, कारखाने तबाह हो रहे हैं, लाशों और घायलों के अंबार बढ़ते चले जा रहे हैं, तेल और खून से लिथड़ा उजाड़, राक्षस की तरह हजारों किलोमीटर की जमीन को निगले चला जा रहा है। जल, थल, नभ– सब धू-धू करके जल रहे हैं। पूरे द्वितीय विश्वयुद्ध के दौरान जितना गोला-बारूद बम नहीं गिराया गया उतना गिराया जा चुका है। लगभग अकेला इराक और चारों तरफ से घेरकर रात दिन धुआंधार हमले करने वाली 'मित्र-सेनाएं' या कहिए सिर्फ अमेरिका। एक देश को नेस्तनाबूद कर डालने के लिए जुटी हुई 28 देशों की विध्वंस-शक्तियां! जाहिर है कितने दिन लड़ेगा इराक? अगर युद्ध-विराम नहीं हुआ तो आज या कल इराक को तो हारना ही है। सीजर की तरह मित्रों से और अभिमन्यु की तरह दुश्मनों से घिरा है सद्दाम हुसैन। क्या है इसके पीछे? कुवैत पर अचानक हमला और 'अवैध' कब्जा? तेल को इराक से मुक्त कराना? या फिर पश्चिम-एशिया में उभरते इस 'खतरे' को हमेशा के लिए कुचलना? खुद अमरीका जिस तरह छोटे-छोटे देशों को हथियाता या वहां तख्ते पलटवाता रहा है, उसके लिए कुवैत इतना बड़ा मुद्दा नहीं हो सकता है कि हजारों मील से आकर अपना सारा गोला-बारूद वहां झोंक दे। उसे अरबों या एशियायी देशों से कोई सहानुभूति नहीं है। उसे चाहिए तेल और यह वह बर्दाश्त नहीं कर सकता कि एक छोटा-सा देश सारे तेल को अपने कब्जे में कर ले और फिर दुनिया की राजनीति को हमेशा अपनी शर्तों पर नचाता रहे। तेल से भी ज्यादा, उसे कुचलना है, तेल को हथियार बनाकर एक मध्य-एशियायी देश का सद्दाम हुसैनी अहंकार। उसके लिए इराक को दुनिया के नक्शे से पोंछ डालने की जरूरत हो तो अमेरिका वह भी करेगा। और यहां न चाहते हुए भी सारी दुनिया दो खेमों में बंट गयी है। मध्यकालीन इस्लामी धर्मांधता की कठमुल्ला तानाशाही का समर्थन किया जाये या दुनिया का चौधरी बन जाने की जिद से आक्रांत अमेरिकी साम्राज्यवाद का। सारे मीडिया या प्रचार-तंत्र अमेरिका के हाथ में हैं और हम युद्ध के बारे में इतना ही जान रहे हैं, जितना यह मीडिया हमें बता रहा है। युद्ध और विनाश की सारी जिम्मेदारी इराक पर डालने और बाकी सारी दुनिया को 'जनतांत्रिक मूल्यों से प्रतिबद्ध' एक कॉज़ के लिए लड़ने के दबाव में एकजुट होने की तस्वीर रात दिन हमारे दिल और दिमाग़ों में ठूंसी जा रही है।

स्थिति यह बन गयी है कि सद्दाम हुसैन विजयी हो या पराजित, वह आज सारी दुनिया का ऐसा हीरो बन गया है जिसने अमेरिका जैसे साम्राज्यवादी राक्षस के छक्के छुड़ा दिये हैं। आज अगर वह समाप्त कर दिया जाता है तो भी इस्लामी दुनिया एकजुट होगी और जीत जाता है या युद्ध विराम हो जाता है तो भी सारे अरब देश आपस में

जुड़ेंगे। सद्दाम हुसैन की सबसे बड़ी राजनैतिक विजय यह है कि उसने इस तेल-युद्ध को इस्लाम बनाम विश्व का युद्ध बना दिया है, गरीब बनाम अमीर के संघर्ष का रूप दे दिया है। कर्जों और दूसरी सहायताओं के अहसानमंद और ताबेदार जो देश आज अमेरिका के साथ हैं, वहां भी जनता की सारी सहानुभूति इराक के ही साथ है। पाकिस्तान जैसे देशों में तो विद्रोह की स्थितियां सघन हो रही हैं। अगर वह युद्ध कुछ और चला तो कोई ताज्जुब नहीं कि अमेरिका के बूते पर लड़ने वाले साउदी-अरेबिया जैसे देशों की जनता अपने ही शासकों के खिलाफ उठ खड़ी हों। खाड़ी-युद्ध सच्चे अर्थों में विश्वयुद्ध इसलिए भी है कि वह दुनिया के हर मुसलमान के दिल और दिमाग में लड़ा जा रहा है। उसका सारा भावनात्मक समर्थन सद्दाम हुसैन और इराक के साथ है जो विश्व की दुर्दांत साम्राज्यवादी शक्ति अमेरिका को लोहे के चने चबाने को मजबूर कर रहा है, मगर सीधी लड़ाई साउदी अरेबिया से है जहां मक्का और मदीना जैसे तीर्थ हैं। अमेरिका की कूटनीतिक सफलता इस बात में है कि उसने दो इस्लामी देशों को इस तरह लड़ा दिया है कि वह दोनों का 'धर्मयुद्ध' बन गया है और दोनों को विश्वास है कि बिना दूसरे को खत्म किये इस्लाम का बचना मुश्किल है। भारत पाकिस्तान जैसे देश का मुसलमान किसके साथ हो?—मक्का-मदीना जैसे परम-पवित्र स्थानों वाले साउदी अरेबिया के साथ या इस्लामी अस्तित्व और भविष्य की आशा, इराक के साथ? इस्लाम के लिए यह अतीत और भविष्य के बीच उठ खड़ा होने वाला युद्ध भी है। वर्तमान की बलि देकर उसे अपना अतीत बचाना है। उधर अमेरिका के साथ है भविष्य का संकट या उससे भी अधिक संकट का शोर। अगर एक छोटा-सा देश इस तरह गुस्ताखी से हुक्म-उदूली करेगा तो कल कौन पूछेगा उसे, हर देश उसके हितों को हड़प जायेगा। नव-साम्राज्यवादी विस्तार का क्या होगा? जनतांत्रिक दुनिया इसलिए इराक के साथ हैं कि एक समृद्ध पूंजीवादी बुलडोजर देखते-देखते तीसरी दुनिया के एक देश की ईंट-से ईंट बजा डालने पर तुला है।

यह सही है कि सद्दाम हुसैन उदार शासक नहीं है, वह डंडे से राज करता है। उसने काफ़िर-कुत्सित कम्यूनिस्टों का ही सफाया नहीं किया, अपने दुश्मन लाखों कुर्द-कबाइलियों का भी कत्ले-आम करा दिया, ईरान के लाखों लोगों को मार डाला। मगर इराक में कोई उसकी तस्वीर की भी आलोचना नहीं कर सकता। उस दृष्टि से वह नृशंस, क्रूर और अमानवीय है। उसकी जीत का मतलब है एक धर्मांध, असहिष्णु और कठमुल्ला सरकार का मध्य-एशिया पर वर्चस्व, जो अपने धर्म और तेल के ब्रह्मास्त्र से सारी दुनिया को उंगलियों पर नचायेगा। एक मध्यकालीन, अवैज्ञानिक, सामंती मुल्लाशाही की पुनर्वापसी। उधर अमरीका की विजय का अर्थ है सारी दुनिया को पूंजी के साम्राज्य की निरीह चरागाह में बदल देना, कठपुतली देशों का आपस में सिर फोड़ना और घातक हथियारों की प्रयोगशाला

के रूप में इस्तेमाल होना। हो सकता है कल प्रेसिडेंट बुश हटा दिया जाये और 'जनतांत्रिक' दबावों में कुछ देशों को थोड़ी-बहुत रियायतें बख्श दी जायें, मगर अमेरिका की दरोगाई भूमिका, या पूंजी-विस्तार समाप्त हो जायेंगे ऐसी कोई संभावना नहीं है। मूलतः तो यह दो महत्वाकांक्षी दादाओं के बीच अहं और स्वार्थ की लड़ाई है, जिसमें अंतिम लाभ अमेरिका को ही होना है। रूस और कम्यूनिज्म के विरोध में उसने जो पचासों बरसों से संहारक हथियारों का वैज्ञानिक और टैक्नॉलॉजिकल विकास किया है, उस सबके उपयोग और प्रयोग के लिए एशियायी और खाड़ी देशों से ज्यादा अच्छी जगह उसे कहां मिलेगी, अपने देश से हजारों किलोमीटर दूर और दूसरों की कीमत पर? अरबों-खरबों का यह सारा खर्चा भुगतना तो खाड़ी देशों को ही होगा– क्योंकि अमेरिका 'परोपकार' के लिए तो उन्हें मदद और हथियार नहीं दे रहा। इससे अच्छा बिजनैस और क्या होगा कि लड़ने वाले दोनों पक्षों को सीधे या घुमाकर अपने हथियार बेचो, उनकी फौजों को ही आपस में लड़ाओ (कल तक अमेरिका ने ही ईरान के खिलाफ इराक को दुनिया-भर के हथियार और अरबों डॉलर दिये थे) और जब वे आपस में ही सिर फोड़कर पूरी तरह तहस-नहस हो जायें तो बरसों उनके पुनर्निर्माण के ठेके ले लो– क्योंकि जिस उन्नत तकनीक से सारा कुछ नये सिरे से बनाकर खड़ा किया जायेगा, उस सबकी दक्षता या 'नो-हाउ' और साधन भी तो उन्हीं के पास हैं– यानी दशकों तरह-तरह के उपकरणों की खरीदारी और विशेषज्ञों की किराये की सहायता। इस भीषणयुद्ध के बाद अमेरिका कितनी बड़ी आर्थिक महाशक्ति बनकर उभरेगा इसकी हम कल्पना नहीं कर सकते। आज भी लड़ने वालों में अस्सी प्रतिशत या तो अमरीकन नीग्रो हैं या फिर खुद अरब सैनिक। श्वेतों की संख्या तो गिनी-चुनी है।

उधर मीडिया इस युद्ध को जिस तरह आसमान की आतिशबाजी बनाकर प्रचारित कर रहा है वह तो और भी भयानक और दिल दहला देने वाला है। पिछले पच्चीस-छब्बीस दिनों से हर रोज दो-दो हजार सॉर्टी (हवाई हमले) हो रही हैं– शहर के शहर मलबे के ढेरों में बदल रहे हैं। सारी सावधानियों के बावजूद एक हमले में सौ-पचास लोग भी मर रहे हों तो हर दिन दो चार हजार लोगों के मरने का औसत तो है ही। दूर-दराज के ड्राइंगरूमों में, हवाई जहाजों, प्रक्षेपास्त्रों और बमों की रंगबिरंगी बिजलियों की कौंध को लगातार दिखाने वाले टी॰वी॰ कैमरे कभी धरती की तरफ अपना रुख नहीं करते कि धरती पर बमों के गलीचे बिछा देने वाले हमलों और बमबारी ने किस तरह इमारतों-कारखानों-बस्तियों को नेस्तनाबूद किया– किस तरह नागरिकों को भून डाला। यहां बैठकर हम लोग क्या उन मानवीय यातनाओं की कल्पना कर सकते हैं? हमारे लिए वे सिर्फ कुछ मनोरंजक दृश्य और सनसनीखेज खबरें हैं। लाखों लोगों को तबाह कर डालने वाला यह सारा युद्ध आज सिर्फ 'देखने' की एक फिल्म बनकर रह गया है। क्या एक क्षण भी हमें यह

खयाल आता है कि युद्ध का यह दावानल कल हमारे अपने देश और घर को भी अपनी लपेट में लेने जा रहा है ? इसलिए नहीं कि रासायनिक बमों या अणुबमों का रेडिया-एक्टिव जहर दशकों के लिए हमारे या आधी दुनिया के पर्यावरण को विषैला बना देगा, या सारी दुनिया की अर्थव्यवस्था चकनाचूर हो जायेगी– बल्कि इसलिए कि मध्य-एशिया की बाधाओं को पार करती हुई समृद्ध देशों की महत्वाकांक्षाएं, हिंदुस्तान-पाकिस्तान को अपनी संहारशाला में बदलने जा रही हैं। मानवता, मृत्यु, सर्वनाश, सही-गलत की अमूर्त चिंताओं को एक बार छोड़ भी दें तो शुद्ध आत्मरक्षा और स्वार्थ की दृष्टि से सद्दाम का पक्ष लेना हमारी मजबूरी है। कम से कम छोटा दैत्य, बड़े दैत्य की उन्मत्त-निरंकुशता को तो काट रहा है– और इसी से आधी-दुनिया सुरक्षा की मोहलत पाती है। वर्ना वह क्षण दूर नहीं कि हम दूरदर्शनी पर्दे पर अणुबम का धुएंदार गोभी-फूल खिलते देख-देखकर मुग्ध होते रहेंगे और लपटें हमारे दरवाजों में घुसती चली जा रही होंगी।

और वे आ रही हैं, हथियारों के सौदागरों के रूप में– उन्हें ला रहे हैं हमारे आध्यात्मिक दलाल। चन्द्रास्वामी के मित्र-मालिक अद्नान खाशोगी अभी शाही मेहमान होकर गये हैं। महाराजा सूर्यदेव सिंह (धनबादी) के कंधों पर चढ़े 'मरकट की नांई' भारत के प्रधानमंत्री चंद्रशेखर, महम की महिमा से मंडित उपप्रधानमंत्री ने भोज में शामिल होकर उनकी शोभा बढ़ायी, परमपूज्य जगद्गुरु चंद्रास्वामी ने आरती उतारी और रामजन्मभूमि के निर्माण-ठेकेदार जे.के. जैन ने एक से एक शाही गोश्तों से उनकी पंचतारा सेवाएं कीं। (कहां गयी म्लेच्छों से रामजन्म भूमि को मुक्त कराने की प्रतिज्ञाएं) 'प्राण जाहु पै वचन न जाही'– के उद्घोष, दुनियाभर के स्मगलरों, दलालों और उद्दंड हत्यारों की ऐसी राजसी आवभगत, भव्य-स्वागत, सामाजिक स्वीकृति और आध्यात्मिक मान्यता मिली थी पहले कभी ? यह कौन-सा समाज और कौन-सा शासन है जहां अपराधियों, अवसरवादियों और देशद्रोहियों की डोरियों से लटके पांच आदमी बहुमत से चुनी सरकारों को गिरा रहे हैं, गवर्नरों को बर्खास्त कर रहे हैं, नियम-कायदे भाड़ में डालकर अफसरों को उलट-पलट रहे हैं और व्यक्तिगत जोड़-तोड़ के लिए देश को साम्राज्यवादियों-संप्रदायवादियों के हाथों गिरवी रखते चले जा रहे हैं। अंधी राजनीति के तदर्थ परिणामों की खुशफहमी के चलते पिछले दशक में इंदिरा गांधी ने तैयार किया था भिंडरवालां। इस दशक में राजीव गांधी गढ़ रहे हैं चंद्रशेखर– बहरहाल भारतीय अध्यात्म का यह जादू मेरी समझ में बिल्कुल नहीं आता कि वह हथियारों और हत्याओं का इतना समर्थक, पैरोकार और पेशकार क्यों है ? वे कौन-से सूत्र, तर्क या व्याख्याएं हैं जहां सती, नर-बलि, शूद्र-दहन तो शास्त्र सम्मत हैं ही– अरविंदो जैसा 'भगवान' भी वियतनाम पर रासायनिक अणु-अस्त्रों के प्रयोग के लिए अमरीका की प्रशंसा करता है, धीरेन्द्र ब्रह्मचारी बंदूकों की फ़ैक्टरियां चलाते हैं और चंद्रास्वामी हथियारों की दलाली करते हैं।

और ये सारे धर्मात्मा मिलकर जब वी॰पी॰ सिंह को क्रूर, अत्याचारी, मूर्ख या महत्वाकांक्षी कहते हैं तो अनजाने या अनचाहे ही वे श्रद्धाभाजन होने लगते हैं। संतों की इस बारात में निश्चय ही वह व्यक्ति सबसे बड़ा राक्षस है जो न्याय-अन्याय, नीति-अनीति, समता-विषमता, सामाजिक शोषण और सम्मान जैसे असुविधाजनक सवाल उठाकर यथास्थिति और स्वार्थ-संतुलन को गड़बड़ाता है। उसके दुस्साहस की उसे सज़ा दी ही जानी चाहिए।

एक सवाल बार-बार धिक्कार और [illegible] मेरे ऊपर उछाला जाता है कि [illegible] हिंदू-धर्म की ऐसी बखिया इसीलिए तो उधेड़ पाता हूं कि यह धर्म उदार है और अपने बड़े से बड़े आलोचक को बर्दाश्त ही नहीं करता, उसे गालियां देने की छूट भी देता है। लिखा होता इसका आधा भी इस्लाम के खिलाफ और फिर अपना हश्र देखता सलमान रुश्दी की तरह। मैं यह मानता हूं कि मैंने हिंदू मां-बाप के यहां जन्म लिया है इसीलिए अपनी सड़ांध, कुत्सा, कट्टरता, ढोंग और अमानवीयताओं के खिलाफ बोल सकता हूं, बोलने का अधिकार रखता हूं। यही बातें किसी दूसरे धर्मवाले से सुनकर मैं भी एक हद तक बर्दाश्त करता, इसके बाद बचाव की लड़ाई के लिए उठ खड़ा होता, यानी अपने धर्म की महानता और उसके धर्म की नीचताएं गिनाने लगता। मिस मेयो की 'मदर इंडिया' लाला लाजपतराय जैसों को तिलमिला देती है, मगर उससे भी ज़्यादा कटु किताब नायपॉल की 'एरिया ऑफ डार्कनैस' हमें आत्मालोचना की प्रेरणा देती है। किसी भी धर्म या संप्रदाय में आलोचना, उदारता, सुधार के आंदोलन हमेशा अपने भीतर से ही उठते हैं, तभी प्रभावी हो पाते हैं। आधुनिक दुनिया के बनने के लिए इस्लाम या भारतीय मुसलमानों में जो भी परिवर्तन, सुधार या विद्रोह होंगे वे मूलतः उनके अपने आंतरिक दबावों, बाहरी प्रभावों में से ही आयेंगे और देर-सबेर लायेंगे उनके अपने ही बुद्धिजीवी। हमारी आलोचना या जबर्दस्ती उन्हें अधिक आत्मरक्षात्मक, कट्टर और आक्रामक ही बनायेगी। और आज मुसलमान बुद्धिजीवी ऐसा नहीं कर रहे हैं, यह कहना उनके प्रति ज़्यादती है। क्या वे ज़िया के निजामे-मुस्तफा के विरोधी नहीं थे? क्या शाहबानो कांड में हजारों प्रबुद्ध मुसलमानों ने शरीयत का विरोध नहीं किया था? उनकी बात नहीं मानी गयी और विजय कठमुल्लाओं की हुई यह भी सही है। मगर क्या हम ही अपनी बात बी॰जे॰पी॰ और विश्वहिंदू परिषद वालों को मनवा पा रहे हैं? 'विदेशी तक हमारे धर्म की महानता, दार्शनिक गहराइयों और सांस्कृतिक श्रेष्ठता पर सदियों दंग होते रहे हैं–' इस आत्ममुग्धकारी झूठ से मुक्त होकर अगर देखें तो क्रिश्चियन धर्म की दृष्टि में, हम भी मुसलमानों से कम बर्बर, स्वार्थी, जड़, अंधविश्वासी, मानव-विरोधी और पुरातनपंथी नहीं हैं। आज सांस्कृतिक महानता का किसी को अचार नहीं डालना, देखना सिर्फ यह है कि आचार-व्यवहार में हम कहां हैं, क्या हैं। वह आध्यात्मिक दिव्यता कहां हमारे कर्म को निर्धारित कर रही है? हमारी दृष्टि में हो सकता है इस्लाम एक क्रूर, असहिष्णु और मध्यकालीन, अवैज्ञानिक धर्म हो– मगर उसकी वे क्या आंतरिक शक्तियां रही हैं कि आज वह दुनिया का दूसरा सबसे बड़ा धर्म है? हो सकता

है इस बात में भी सचाई हो कि इस्लाम तलवार के बल पर फैला है– मगर जब तलवार नहीं रही तो क्यों नहीं लोग वापस अपने-अपने धर्मों में चले गये ? हिंदुस्तान में तो आज तलवार नहीं है, फिर क्यों लाखों लोग स्वेच्छा से धर्म-परिवर्तन करते हैं ? हिंदू धर्म क्यों इतनी बड़ी संख्या में उन्हें आकर्षित नहीं कर पाता ? उनकी बढ़ती हुई संख्या के पीछे क्या सिर्फ परिवार-नियोजन न करना ही है ? जबर्दस्ती और लालच के अलावा भी तो इस्लाम में कोई चीज रही है जो लाखों लोगों को अपनी तरफ खींचती है । हम यह क्यों भूल जाते हैं कि इस्लाम मूलतः मजबूरों, मज़लूमों और शोषितों का धर्म रहा है जो अपने अनुयायियों को समता और न्याय, सुरक्षा और बराबरी के सम्मान का आश्वासन देता है । वह निश्चय ही इस दृष्टि से सामाजिक धर्म है । यही आश्वासन क्रिश्चियैनिटी देती है और यही विश्वास दिलाता है बौद्ध-धर्म । हां, इस्लाम न तो क्रिश्चियैनिटी जैसा उदार और गतिशील है और न ही बौद्ध-धर्म जैसा उदासीन । जहां वह बहुमत में है वहां न तो असहमति बर्दाश्त करता है, न जिसे उसके मुल्ला कुफ्र कहते हैं उसे, और जहां अल्पमत में है वहां तो वह स्थायी अशांति-केन्द्र है ही । वह हमेशा एक आतंक और तनाव में जीने वाला धर्म इसलिए भी है कि विश्वस्तर पर क्रिश्चियैनिटी और भारत में हिंदू-धर्म उसके लिए 'खतरा' है । चूंकि वह अवधारणा से अधिक प्रतीकों और कर्मकांडों पर जोर देता है, इसलिए उन्हें ही अपनी पहचान या आइडैंटिटी की एकमात्र शर्त भी मानता है । वह नये विचारों, सोच और दृष्टि के लिए खुला धर्म नहीं है, और आज भी चौदह-सौ साल पहले की कबीलाई जीवन-प्रणाली से चिपका है– यह हीनताबोध उसे हर परिवर्तन के लिए प्रतिरोधी बना देता है । कब कौन-सी बात या चीज इस्लाम के लिए 'खतरा' बन उठेगी, उसे स्वयं उस धर्म के बड़े-से-बड़े तत्व ज्ञानी भी नहीं बता सकते । जिस धर्म के ठेकेदार शिक्षा, जागरूकता और नागरिकता बोध या हाइजीन तक को धर्म के लिए 'खतरा' घोषित करते रहे हैं वहां विश्वस्तर के विचारक, चिंतक, दार्शनिक या वैज्ञानिक न हों तो आश्चर्य नहीं होना चाहिए । कल्पना कीजिए उस जड़ता की जहां सर सैयद अहमद खां और मौलाना आजाद द्वारा प्रस्तुत कुरान की व्याख्याएं पढ़ना तक कुफ्र है । अपनी आंतरिक सीमाओं में जो थोड़ा बहुत विद्रोह वहां दिखायी देता है वह साहित्य के दुहरे अर्थों वाले माध्यमों से ही व्यक्त हुआ है ।

किसी दूसरी या बेहतर व्यवस्था या विजन को स्वीकार और पेश करने का संकल्प न होने के बावजूद धर्म सामूहिक शक्ति की कितनी दुर्दम और अपराजेय अभिव्यक्ति है– खाड़ी युद्ध यह तो सिद्ध कर ही रहा है । इसी का एक छोटा और पिलपिला रूप हम राजजन्मभूमि मसले पर 'हिंदुत्व' में भी देख चुके हैं । शायद यही कारण है कि धर्म से छूत की बीमारी की तरह बचने वाले बुद्धिजीवी तक पुनर्विचार करने लगे हैं कि इस सामूहिक शक्ति को सामाजिक-परिवर्तन की कोई कल्याणकारी दिशा दी जा सकती है या नहीं । जो शक्ति संहारक अणुशस्त्रों के मुकाबले निर्भीक होकर खड़ी हो सकती है, दुनिया के सबसे बड़े दुश्मन को खुले आम

चुनौती दे सकती है वह क्या नहीं कर सकती ? तीसरी दुनिया की सहानुभूति और आस्था उसके साथ नहीं जुड़ेगी तो किसके साथ एकाकार होगी ? ट्रेजेडी यही है कि वह हजार साल पहले की दुनिया को विकल्प के रूप में रख रही है। काश,उसे अपनी इस आत्मघाती जिद से मुक्ति मिल सके। लेकिन जैसा कि मैंने कहा, यह ज़िम्मेदारी और हिम्मत उस धर्म के अपने बुद्धिजीवियों को ही दिखानी होगी तभी वह भीतर से उसे बदलने की प्रक्रिया को तेज़ कर सकेंगे।

['मेरी तेरी उसकी बात', हंस, मार्च, 1991]